大河小說 주역 ⑥

옥황부의 긴급사태

김승호 지음

도서출판 섬영사

차례 •••

금의 환향(錦衣還鄕)

건영이는 과연 우리가 우려하고 있다는 사실조차 알고 있었다. 그럼에도 불구하고 빨리 오라고 한 것을 보면 이미 숲 속의 위험에 대해 알고 있지만 아직 아무런 대응 방안이 없다는 뜻일 것이다.

단지 오늘은 숲에 별일 없다고 말했을 뿐이다. 건영이는 아마 점을 쳐서 그것을 알아냈을 것이다. 아니면 신통한 육감이 발휘됐는지도. 아무튼 건영이가 이토록 확신하고 정섭이까지 마중 내보낸 것을 보면 안심해도 될 듯싶었다.

그러나 빨리 오라고 했으니 신속하게 행동하는 게 좋으리라. 인규는 여기까지 생각하고 남씨를 쳐다봤는데, 남씨도 같은 생각을 하고 있었던 것 같았다.

"빨리 출발해야겠다. 박씨가 빨리 와야 할 텐데……."

남씨는 인규의 얼굴을 걱정스러운 듯 쳐다보며 말했다.

"그래요, 박씨를 찾아보지요."

인규는 미소를 지으며 고개를 돌려 숲길을 바라봤는데 마침 박씨가 나타났다.

"왜, 여기 나와 계세요? ……어! 아니?"

박씨는 남씨를 보며 말하다가 그 옆에 서 있는 정섭이를 발견했다.

"정섭아!"

"아버지!"

정섭이는 박씨에게 달려갔다.

"너, 웬일이냐?"

박씨는 걱정스레 물었다.

"마중 나왔어요! 건영이 아저씨가 그러는데 오늘은 숲에 아무 일 없대요!"

똑똑한 정섭이는 이들에게 뭔가 걱정거리가 있다는 것을 이미 파악하고 속 시원하게 말해 주었다.

"뭐? 건영이가!"

박씨는 정섭이에게 말하다 말고 남씨를 바라봤는데, 남씨는 그냥 웃고 있었다.

"박씨! 빨리 가야겠어, 정마을로! 하하하……."

"예? 일이 잘 됐나요?"

박씨는 영문을 모르겠다는 듯 이렇게 물었다.

"응, 건영이가 빨리 오라고 했어! 오늘은 괜찮은가 봐!"

"그래요? 그럼 잘 됐군요. 자, 빨리 가봐야지요."

"음…… 가지!"

세 사람은 급히 발걸음을 돌려 짐이 있는 곳으로 향했다. 저쪽 편에는 조합장 부하들이 기다리고 있었다.

잠시 후 일행은 숲 속으로 들어섰다. 드디어 정마을로 가는 본격적인 행보가 시작된 것이다. 모두들 발걸음이 가벼웠다. 오늘 떠나게 된 것은 참으로 다행이었다. 만일 정섭이가 나타나지 않았다면 꼼짝 없이 하루를 지체했을 것이다. 아무리 경치가 좋은 곳에서 머문다 하더라도 지루하고 초조했을 것이다. 그리고 내일이라고 해서 반드시 떠날 수 있다는 보장도 없었다. 필경 점괘에라도 의지해야겠지만 그것도 별로 신통하지 않았다.

점괘에 산풍고가 나와서 위험할 것 같았는데 멀쩡하니 아무 일도 없었기 때문이다.

정마을까지 가려면 아직 멀었지만 건영이가 안전하다고 빨리 오라고 한 이상 위험할 것 같지가 않을 성싶었다. 인규는 물론 남씨도 편안한 듯, 걸음을 재촉하고 있었다.

특히 기분이 좋은 사람은 표정을 확연히 드러낸 박씨였다. 박씨는 아들인 정섭이를 뜻밖에 만나고, 건영이가 안전하다는 소식을 들었으므로 마음이 편해졌다.

지금 그들이 지나치는 숲은 언제나처럼 정다웠다. 숲길은 좁았지만 하늘은 넓게 보였다. 더위는 그다지 느껴지지 않았고 오늘 따라 시원한 바람이 더 자주 불었다.

숲의 나무들은 마음껏 푸르러 생기가 넘쳐흘렀다. 지금 맨 앞에서 걷는 사람은 당연히 정섭이었다. 정섭이는 걸음이 몹시 빨랐으나 일행이 미처 쫓아가지 못하면 되돌아와서 재촉하곤 했다.

숲의 곳곳에서 종종 새소리가 들려왔다.

정섭이가 발걸음을 재촉하는 소리와 새소리는 서로 조화를 이루고 있었다. 박씨는 정섭이의 바로 뒤를 따라 걸었고, 그 뒤를 따라가는 인규는 정섭이의 모습을 전혀 볼 수가 없었다. 박씨는 무거운 짐을 짊어지고 양손에도 큰 보따리를 들고 전면을 막아서 있었다.

그러나 좁은 길을 걸어도 박씨 뒤를 따라가는 한 넓고 편안한 느낌이 들었다. 박씨는 걸음이 몹시 빨랐다. 당장 마음만 먹으면 지금과 같은 상태에서도 정섭이와 함께 뛰어갈 수도 있을 것이다.

걸음이 좀 느린 사람은 인규 바로 뒤에 따라오는 남씨였다. 남씨는 비교적 가벼운 짐을 들었지만 걷는 속도에 힘들어 하고 있었다. 조합장 부하들은 남씨가 뒤로 처지면 기다렸다가 같이 걷곤 했다.

다시 이들 일행은 한 줄로 걸어가고 있는데, 맨 앞의 대장격인 정섭이가 잘 인솔하였다.

"조금 쉬었다 갈까?"

마침 숲의 넓은 공터가 나오자 남씨가 말했다.

"선두 제자리!"

인규가 남씨의 말을 받아 곧바로 정섭이에게 전하자 일행은 정지했다. 숲은 평화로웠고 한쪽 하늘이 크게 열려 있었다. 저 하늘이 보이는 위쪽이 정마을 방향이었다. 모두들 편안한 마음으로 나무 그루터기에 걸터앉았다.

정섭이는 힘이 남아돌아가는지 쌍안경을 빼앗아 들고 앞쪽으로 뛰어갔다. 조금 앉아 있자 시원한 바람이 불어왔다. 강가에서 불어오는 바람이었다. 박씨는 이것을 의식했는지 그쪽을 얼핏 바라봤다.

강을 누구보다도 좋아하는 사람이 있다면, 그는 바로 박씨일 것이다. 박씨는 정마을에서 보냈던 거의 모든 날을 강가에서 지냈다. 이는 매우 긴 세월이었고 박씨는 강을 떠나서는 생활을 원만스레 할 수 없을 것 같았다.

그러던 박씨가 갑자기 강을 떠난 뒤 얼마나 세월이 흘렀던가! 당시에는 깊게 생각할 겨를도 없이 강의 생활을 떠났지만 어느덧 한 계절이 지나가고 있었다.

이제 정마을로 돌아가면 다시 강을 가까이하는 생활을 되찾게 되겠지만, 지금 당장 강가에서 불어오는 바람마저 감회가 새로웠다.

"형님! 절반 정도는 왔겠군요!"

박씨는 남씨에게 말하면서 스스로에게 확인하고 있었다. 인규도 남씨를 불렀다.

"아저씨!"

"……."

"이곳이 어딘 줄 아세요?"

"음?"

인규의 갑작스런 물음에 남씨는 크게 관심을 나타냈다. 이곳이 어디냐니? 인규 자신도 알다시피 정마을로 들어가는 숲의 한 가운데가 아닌가? 어느 곳이나 다 비슷한 숲일 뿐이다. 단순히 지나가는 길목인 여기가 특별한 의미를 가질 리 없었다. 인규는 웃으며 말했다.

"여긴 말이에요? 빗자루 괴인이 나타났던 곳이에요!"

"뭐? 이곳이……?"

남씨보다 박씨가 먼저 놀라면서 뒤를 돌아봤다.

"하하하…… 지금은 괜찮겠지요!"

인규는 웃으며 말했지만 박씨는 꺼림칙한 모양이었다. 매우 심각한 얼굴로 주위를 둘러보았다. 남씨는 주위를 돌아보지 않았으나 얼굴이 어둡게 변했다.

세상의 이치란 흔히 두려워할 때 아무 일 없는 법이고, 안심하고 있을 때 사건이 발생하는 법이다. 특히 사람이 너무 안심하고 크게 웃을 때는 더욱 위험하기도 했다. 그래서 예부터 군자(君子)는 편안할 때도 험난을 잊지 않는다고 하지 않았는가! 남씨는 이런 생각을 하고 있는지도 모른다.

"그만 가볼까?"

남씨는 마치 인규를 나무라듯 심각하게 말했다.

"……."

남씨의 말이 떨어지자 일행은 조용히 일어났다. 그러고는 다시 숲속으로의 행군을 시작했다. 분위기는 다소 우울했지만 걸음은 처음보다 빨라진 것 같았다. 정섭이는 여전히 선두에서 걷고 있었는데, 종종 쌍안경을 들어 앞을 살펴보았다. 정섭이는 물론 쌍안경을 가지고 노는 것이었지만 누가 보면 전방을 미리 탐색하는 것처럼 보였다. 숲은 여전했다. 새소리, 그리고 정섭이의 중얼거림!

얼마간 시간이 흐르자 분위기는 점차 밝아지고 있었다. 이제 정마을이 가까워짐을 느끼고 있기 때문일까?

사람의 마음이란 참으로 묘한 데가 있었다. 정마을이 가까워 온다해서 위험한 일이 일어나지 말란 법은 없었다. 그런데도 한결 마음이 밝아졌다. 좀 전에 이들이 쉬고 있던 곳에서는 기분이 어두웠다. 물론 괴인이 출현했던 곳이라는 이유 때문이었다.

과연 어떤 마음가짐이 옳은 것일까? 아마 특별히 옳은 답이 있지는 않을 것이다. 이런 경우를 당했을 때 사람의 감정이란 합리적일수 없다. 그리고 어떤 것이 합리적이라고 잘라 말할 수도 없는 것이다. 남씨의 태도는 필경 자신의 평소 마음가짐이 은연중 나타난 것이리라!

이성적인 사람은 언제나 최선을 다하고자 한다. 남씨는 오히려 인규가 태평히 웃고 있는 모습에서 위험을 느꼈을 것이다. 어쩌면 남씨의 이러한 자세는 상당히 깊은 인격을 반영한 것인지도 모른다. 단지 인규의 마음은 이랬을 것이다.

'이왕 숲에 들어섰으니 마음이나 편히 갖자고!'

어떡하겠는가? 숲에 들어온 이상 이제 위험이 다가온다 해도 어쩔 수 없다! 앞으로 닥칠 일을 미리 걱정한다 해도 아무 소용이 없지 않은가? 이럴 때는 차라리 모든 것을 잊고 현재에만 충실하며 지내는 것이 속 편할 것이다. 오히려 웃어버리면 더욱 편할지도 모른다.

인규의 이러한 마음은 다분히 감성적이라 해야 할까? 그리고 남씨의 마음을 이성적이라 해야 하는가? 아무튼 지금은 두 사람 모두 편한 기분으로 숲 속을 걸었다. 길은 두 갈래로 나뉘어져 그들 앞에 나타났다.

좌측은 강 쪽으로 향해 있지만 결국에는 막다른 길이었다. 우측 길은 멀리 다른 산으로 연결되어 있다. 정마을로 가는 길은 우측으로 들어섰다가 도중에 길 아닌 숲 속으로 들어서야 한다. 그리고 숲을 헤치고 조금 걸어 나가면 좌측으로 좁은 길이 나타난다. 이 길이 바로 정마을로 통하는 길이지만 그 길을 찾기란 그리 쉽지 않다. 아무런 특징도 없는 데다 계절에 따라 길 입구의 모양이 변하기 때문에 그 입구를 발견하기가 수월치 않은 것이다.

그러나 정마을 사람들은 그 길을 찾는데 혼동을 하지 않는다. 지금 정섭이도 정확히 입구로 들어섰다. 그러자 남씨는 조합장의 부하들에게 말했다.

"여기를 잘 익혀둬야 돼! 갈림길에서 오백 보 정도야! 나무들이 비슷해서 혼동할 우려가 있어!"

남씨는 자세히 설명해 두었다. 갈림길에서 오백 보라는 것은 언제

세어둔 것일까? 조합장의 부하들은 주위를 두리번거리며 나름대로 길을 익혀두었다.

일행은 숲으로 들어섰다. 나뭇가지를 헤치고 조금 전진하자 편편한 곳이 나타났다. 얼핏 봐서 길 같지는 않았다. 그러나 헤치고 나가지 않아도 좋으니 길이라 해도 무방했다.

그대로 조금 더 나가자 길다운 곳에 연결되었다. 길은 아래쪽으로 비탈져 있었는데 우측으로 꺾이면서 넓은 평지에 다다랐다. 정섭이는 벌써 보이지 않았다. 한 걸음 앞서 달려간 것이었다.

이제 평지를 몇 걸음 걸어서 좌측을 보면 강이 나타난다. 이곳이 바로 정마을의 건너편 나루터인 것이다.

일행은 마침내 정마을의 입구에 당도했다. 갑자기 드넓은 강변 정경이 눈에 들어왔다. 이와 동시에 정섭이와 함께 서 있는 정마을의 주민 한 사람이 보였다.

이 사람은 누군가! 생선 비늘처럼 반짝이는 강물을 뒤에 두고 서 있는 이 사람은 말할 필요도 없이 바로 두 번째의 정마을 수호신이었다.

"아니! 건영이가!"

박씨가 놀라면서 급한 걸음으로 달려 나갔다.

"아저씨!"

건영이와 박씨는 두 손을 맞잡고 서로를 빤히 바라보았다. 그러나 두 사람은 반가움을 말로 표현하지 못하고 눈으로 말하고 있을 뿐이었다. 두 사람의 재회는 하늘도 기쁜 듯 밝은 햇빛을 뿌려주고 있었다.

박씨에게 있어서 건영이처럼 존귀한 사람은 없을 것이다. 건영이보다 더 귀중한 사람이 있다면 물론 촌장이겠지만, 촌장은 이미 떠나가 버렸고, 지금은 건영이가 촌장의 전인(傳人)이 된 셈이다.

건영이는 남씨 일행이 나타날 시간에 맞추어 미리 강을 건너왔다. 일행이 숲을 두려워할까 봐 먼저 정섭이를 내보냈고, 건영이 자신도 강을 건너 기다린 것이다.

건영이의 모습은 언제나처럼 천진한 가운데 강물처럼 기운이 넘쳐 흐르고 있었다. 게다가 건영이에게는 전에는 찾아볼 수 없었던 또 하나의 기운이 느껴졌는데, 그것은 흐르는 강물과의 조화였다. 글쎄! 박씨는 자신의 느낌을 이렇게 표현했다.

'흐르는 강물, 그 자체 같은 느낌!'

이것은 일찍이 촌장에게서도 느껴졌던 그런 기운이었다. 인내·순응·변화 등 강의 깊은 역사 같은 것이 느껴졌다. 강의 기운을 받았기 때문일까?

건영이의 얼굴은 가벼운 미소를 띠고 있지만 전체적인 느낌은 강가에 널려 있는 돌처럼 야생의 기운이 넘치고 있었다. 건영이가 입고 있는 옷도 그저 평범한 옷이었는데, 이것조차 상서로운 기운이 서려 있는 듯했다.

박씨의 기분에는 건영이가 강을 건너온 것이 아니라 흐르는 강물에서 나타난 강의 화신처럼 느껴지기도 했다. 박씨는 잠깐 동안 건영이 뒤에 흐르고 있는 강을 바라봤다. 강물은 조용히 흐르고 있었다.

저 강물은 박씨가 돌아온 것을 알고 있을까? 강변의 모든 정경은 몇 개월의 세월이 흐른 지금에도 변한 것이 없었다. 오직 변한 것이 있다면 건영이의 모습일까? 박씨는 이런 생각을 하면서 다시 건영이의 모습을 되돌아봤는데, 그저 반갑게 건영이는 남씨를 맞이하고 있었다.

"아저씨 안녕하셨어요?"

"마중을 나왔구나. 우린 잘 지내고 왔어! 건영이도 그동안 별고 없었나?"

남씨는 미소를 지으며 건영이의 어깨와 손을 동시에 잡았다. 이 두 사람의 재회는 조용히 이루어졌으나 깊은 감회가 서려 있었다.

당초 남씨가 정마을을 떠나 서울로 출행하게 된 것은 건영이의 부탁에 의한 것이 아니었던가!

건영이의 부탁이 당돌한 것이었는지 아니면 운명적인 것이었는지는 알 수 없으나 남씨는 이에 순응하여 대장정(大長征) 끝에 뜻을 이루고 귀환한 것이다. 그간 남씨가 겪은 고초는 상당한 것이었으나 일단은 지나간 것으로 지금은 고향에 돌아온 기쁨만이 전신을 휘감고 있었다.

그러나 건영이는 남씨의 기쁜 얼굴 속에 가려져 있는 인고의 회한을 분명히 느낄 수 있었다. 물론 남씨가 서울에서 보낸 나날은 크게 보람이 있었다고 할만 했다.

무엇보다도 경복궁의 경회루를 본 남씨가 당장에 자신의 전생을 찾아내었다. 또한 거대한 숙명을 깨닫게 된 일은 절대적 소득이었다. 만일 그냥 정마을에만 머물고 있었다면 과연 그와 같은 일을 알아냈을까?

이것을 단적으로 말하기는 어렵다. 깨달음이란 어떤 시기가 찾아와서 자연스럽게 얻어질 수도 있는 것이기 때문이다. 물론 남씨의 깨달음은 경회루의 정경이 전생의 어떤 추억을 자극했기 때문이라고 할 수는 있겠지만 반드시 장소로 인해서 일어났다고 볼 수만은 없다.

서울에 오지 않았다 하더라도 정마을에서 계기가 생길 수도 있었을 것이다. 예컨대 숙영이 어머니의 모습에서도 전생의 어떤 추억을 찾아내지 못하라는 법은 없다. 그런데 남씨의 깨달음이 장소에 의한 것이든 시기에 의한 것이든 간에 남씨는 지금 단순히 한 인간일 수만은 없다.

남씨는 현재 인간의 몸과 신선의 마음을 동시에 갖고 있으니 신분이 무엇이라 해야 할까? 어쩌면 남씨 자신은 단순히 정마을 사람일 뿐이라고 말할지도 모르겠다.

남씨는 깊은 눈에 미소를 띠며 멀리 강 쪽을 둘러보았다.

"건너갈까요?"

건영이는 남씨가 보는 방향을 함께 바라보며 말을 건넸다.

"그래! 건너가야지. 마을 사람들은 다들 잘 있겠지? 그리고 여기는 서울서 온 손님들이야!"

남씨는 조합장 부하들을 소개했다.

"고생하셨군요! 잘 오셨습니다."

건영이는 낯선 손님이 누구인지를 짐작하면서 반갑게 맞이했다. 정마을에 찾아온 사람은 누구나 귀인(貴人)인 셈이다. 조합장의 부하들은 건영이를 향해 고개를 숙였다. 이들 눈에는 건영이가 어떻게 비쳐졌을까?

조합장의 부하들은 오늘의 여행 일정이 바뀌어 정마을로 곧장 오게 된 연유가 건영이 때문임을 눈치로 알고 있었다. 그리고 박씨와 남씨의 행동에서 건영이를 대하는 태도가 심상치 않음도 느꼈다.

이들에게 건영이는 박씨와 남씨에 이어 또 한 사람의 신비한 인물로 보였다. 인규와 건영이는 서로 바라보며 미소를 지었을 뿐 악수는 하지 않았다.

일행은 물가로 걸어 나갔다.

"내가 저어볼까!"

박씨가 먼저 배에 오르며 말했다. 박씨야말로 본래의 이 배 사공으로, 말하자면 자기의 배에 돌아온 셈인 것이다. 건영이는 잔잔한 미소를 띤 채 박씨의 믿음직한 모습을 진지하게 바라보고 있었다. 이제 배의 주인이 돌아왔으니 건영이가 사공을 그만둘 때가 된 것이다.

'건영이가 허전한 마음을 느끼고 있지나 않을까?'

박씨는 순간 그런 생각이 들었으나 곧 그 생각을 지우고, 자기 짐을 배에 내려놓은 뒤 다른 사람의 짐도 받아들었다. 그런데 배가 작기 때문에 짐만으로도 이미 자리를 절반이나 차지했다.

"한 번에 다 탈수는 없겠군! 자네들이 먼저 타지!"

박씨는 조합장의 부하를 먼저 태웠다. 그리고는 익숙한 솜씨로 배를 출발시켰다.

어느덧 제자리에 돌아온 사공 박씨는 태연히 노를 저었다. 긴 세월 동안 떠나 있었던 사공이었지만 노를 젓는 자세는 조금도 변한 것이 없었다. 단지 바뀐 것이 있다면 입고 있는 옷으로, 제법 깔끔하고 고급스러웠는데, 이는 건영이 아버지가 서울에서 사 준 것이다.

옷만으로 보면 사공 같지는 않지만 몸은 여전히 그 상태 그대로였다. 강물은 한가히 흐르고 있었다. 박씨는 상류 쪽에서 계속 내려오고 있는 강물을 의식하지 않은 채 천천히 강을 가로질러 갔다.

끊임없이 변하면서도 일정한 강의 흐름! 이것은 대자연의 축소판이었다. 강물은 천지의 순환을 보여주면서 오고 감을 쉬지 않았다.

박씨가 없는 동안에도 이 강물은 쉼 없이 찾아왔고, 그리고 떠나갔다. 배는 옛 주인을 태우고 조용히 정마을 쪽에 당도했다. 박씨는 승

객과 짐을 내리고 다시 배를 띄웠다. 이때 박씨가 느낀 것은 자신이 고향에 돌아왔다는 것과 사공으로서의 임무가 다시 시작되었다는 점이었다.

지금 박씨는 마음이 정마을 쪽에 와 있는 상태에서 건너편의 손님을 맞이하러 가는 것이다. 이러한 변화는 쉴 새 없이 찾아와 박씨를 예전의 모습으로 바꿔놓았다.

박씨는 하류 쪽을 바라보며 노를 저어갔다. 고요히 흐르는 강물은 마음의 피로를 씻어주고 있었다. 박씨는 배를 타고 강물 위에 있을 때가 가장 평온했다. 어느덧 밝아진 남씨의 얼굴에 바람이 가볍게 스치고 지나갔다.

햇빛은 조용히 내려와 강물 위를 비춰주고 있었다. 강은 새로움이며 통합이고 장구함과 변천, 그리고 험난을 뜻한다. 박씨는 지금 새로움을 맞이하면서 험난을 건너고 있는 것이다. 박씨 앞에서 멀어져 가는 강물은 하류로 흘러 다른 세계로 연결된다.

강으로 가볍게 움직여 가는 배는 괘상으로는 풍택중부(風澤中孚: ☵☱)이다. 이 괘상은 축적되어 있는 것이 자라서 작용을 이루고 있다는 뜻이다. 이는 새가 알을 품고 있는 것처럼 새로움에 의한 희망을 나타낸다.

박씨는 마음속에 무엇을 품고 있는 것일까? 강과 배의 뜻을 알고 있을까? 맑게 흐르는 물은 박씨의 마음처럼 풍요로웠다. 그 속에 살아 움직이는 물고기는 천지의 큰 뜻을 간직하고 있는 것이다.

박씨는 일정한 속도로 노를 저었다. 삐걱거리는 소리는 마치 험난을 이겨내는 맥박과도 같았다. 박씨의 배는 다시 강을 건넜다.

"여전하구먼!"

남씨는 박씨를 대견한 듯 바라보며 배에 올랐다. 남씨는 다시 사공으로 돌아온 박씨를 축하해 주고 있는 것이다. 이번에 건너는 사람은 모두 정마을 사람들로서 박씨는 더욱 평온함을 느꼈다.

배는 천천히 출발했고 노 젓는 소리는 한가하게 들려왔다. 일행은 저마다의 생각에 잠겨 있었다. 배의 맨 앞쪽에 정섭이가 앉았고, 그 뒤쪽에는 건영이가 앉았다. 건영이는 강물이 흘러오는 곳을 바라보았다.

강물은 먼 쪽에서 장엄하게 흘러들고 있었다. 그런데 건영이는 강물을 그냥 바라보고 있는 것이 아니라 유심히 살피고 있는 것처럼 보였다. '처벅'하고 물고기가 뛰는 소리가 들렸는데도 돌아보지 않는 것을 보면 무엇인가에 집중하고 있는 것이 틀림없었다. 하기야 바로 옆에 있는 남씨 역시 미동도 하지 않았다.

인규만은 물고기가 나타난 곳으로 재빨리 시선을 주었다. 지금 일행 모두에게 공통점이 하나 있다면 그것은 각자 상념 중에도 즐거운 기운이 서려 있는 것이다. 오랜만에 고향에 돌아온 사람들이나 이를 맞이한 사람들 모두가 기쁜 마음인 것은 틀림없었다.

박씨는 차분하게 배를 저으며 고향의 정취를 느꼈다. 박씨의 마음 속에는 이제 새로운 생활에 임하게 될 설렘도 섞여 있었다. 앞으로의 생활은 예전의 그것이겠지만 내면의 정신세계는 무엇인가 달라져 있을지도 모른다.

그것이 바로 설렘으로 나타난 것이리라! 이러한 마음은 남씨나 인규도 마찬가지였다. 인규는 수도 생활에 임해야 하기 때문에 인생의 미지 영역으로 들어서는 것이고, 남씨는 특히 전생과 결부된 생활이 새로움을 가져다줄 것이다. 이윽고 배는 나루터에 닿았다.

남씨 일행은 강을 건너 마침내 정마을로 돌아온 것이다. 서울로 출행했던 사람 중 가장 먼저 배에서 내린 사람은 남씨였다. 이제 남씨는 나루터의 땅을 밟음으로써 기나긴 여행을 마감했다.

남씨 일행은 마치 전쟁터에서 돌아온 군인들과도 같았다. 이들은 실제로 위험한 싸움을 벌이고 돌아왔으며, 몸으로 부딪치는 싸움 외에도 싸움은 한 가지가 더 있었다. 그것은 바로 서울이라는 속세 중의 속세에 나가 자신들의 마음을 견주어 본 것이다.

이 일은 어쩌면 어느 무엇보다 더 큰 싸움일 수도 있었다. 아무튼 남씨 일행은 두 가지 싸움에서 모두 승리를 거두고 돌아왔다고 할 수 있다. 우선은 건영이가 지시한 임무를 충실히 이행한 것이고, 부수적으로는 자신과의 싸움에서 승리한 것이다.

물론 처음의 출행 목적은 건영이 아버지를 구하는 것이었지만, 지금에 와서 보면 보람은 엉뚱한 것으로부터 얻어졌다. 이들이 이번 서울 출행에서 얻은 경험 내지 계기는 평생을 두고 크나큰 의미를 갖게 될 것이다.

운명은 바로 그러한 목적 하에 이들을 서울로 끌어들였던 것일까? 이들이 건영이 아버지를 구하는 일에는 성공했어도 만일 세속에서 일어난 자신과의 싸움에서 패배했다면 과연 승리자로서 귀환했다고 할 수 있을까?

혹은 건영이 아버지를 구한 공적을 하늘이 상 주기 위해서 자신들과의 싸움을 준비해 준 것일까? 이들이 서울 출행을 통해 얻어진 경험 혹은 깨달음은 너무나 소중한 것이어서 그 자체로 인생의 승리를 쟁취했다고 할 수 있다.

이들은 실로 대단한 일을 성취하고 금의환향한 것이다. 화려한 옷은 이들의 마음에 입혀진 것이므로 더욱 빛나고 그 빛이 영구할 것이다.

배에서 내린 이들은 생기가 넘치고 있었다. 승리를 하고 돌아온 이들에게 개선(凱旋) 행사는 건영이가 강을 건너 마중 나간 것으로 이미 이루어진 셈이었다.

일행은 짐을 챙기고 정마을을 향해 다시 걷기 시작했다. 이제부터는 여행이 아니다. 한가히 걷는 도중에 눈에 보이는 모든 산천초목은 친근한 이웃이었다.

숲들은 말없이 이들을 환영했고, 새들은 온갖 소리로 지저귀며 기뻐하는 듯했다. 흐르는 냇물, 논밭들, 돌멩이나 나무들, 이 모든 것이 옛 모습을 그대로 보여주었다. 그뿐만 아니라 좌측에 보이는 산들은 마치 긴 팔을 내밀어 이들을 포용해 주고 있는 듯 느껴졌다.

맑은 공기는 세속의 그것과는 확실히 달랐다. 시원히 불어오는 바람도 결코 세속의 바람과 같을 수는 없었다. 일행은 우측에 흐르는 개울을 따라 발걸음도 가볍게 정마을로 당당히 들어섰다.

바로 앞에 박씨의 집이 보였다. 마을 사람들은 아직 보이지 않았다. 마을 사람이라 해 봤자 몇 명 안 되지만 이들은 남씨 일행이 돌아온 것을 모르고 있을까? 남씨는 얼핏 서서 박씨를 바라봤다.

'어디를 먼저 가지?'

박씨도 남씨의 이 생각을 알아채고 잠깐 생각하는 듯했다. 이 사이 정섭이는 벌써 달려 나갔고, 건영이는 미소를 지으며 한 방향을 가리켰다. 바로 우물이 있는 쪽이었는데, 몇 걸음 걷자 강노인이 웃으며 서 있는 것이 보였다.

"할아버지!"

남씨는 앞으로 나서며 강노인의 팔을 맞잡았다. 촌장이 없는 현재 정마을에서 가장 연장자는 강노인이다. 먼 여행을 다녀온 직후 격식은 아니더라도 강노인을 먼저 만나보는 것이 당연한 것이다.

이 일도 건영이가 이미 주선해 둔 것일까? 그야말로 환영행사는 대단했다. 건영이는 밝게 웃으며 강노인을 바라보고 있었다.

"한참 만에 돌아왔구먼. 모두들 서울로 아주 가버렸나 생각했더니……."

"예? 정말이세요?"

"허허허…… 이렇게 돌아와서 반가우이. 모두들 무사했겠지?"

강노인의 인자한 얼굴에는 반가움과 기쁨이 서려 있었다. 강노인은 남씨가 정말로 정마을을 떠나버린 것으로 생각했을까? 어쩌면 그럴 수도 있었으리라. 정마을이란 곳은 속세의 관점에서 본다면 장래의 희망은 전혀 찾아볼 수 없고, 그날그날 연명이나 하는 곳쯤으로 생각될 것이다.

지난 십여 년 동안에도 정마을 주민은 꾸준히 줄어들었다. 남씨나 박씨가 서울로 일하러 간 김에 아예 눌러앉는다 하더라도 전혀 이상할 것이 없었다. 인생 경험이 많은 강노인으로서는 인간의 의지가 상당히 약하다는 것과 세상이 자주 변한다는 것에 익숙해 있었다.

물론 정마을에 산다는 것이 특별한 의지일 수는 없지만 장래성이 없다는 것도 조금은 생각해 봐야 할 것 같았다. 흔히 장래성이라면 경제력과 결부되어서만 사용하는데, 이것이 과연 옳은 생각일까?

인간은 어째서 경제력만으로 그 사람의 현재와 미래를 평가해야만 하는가? 원시 지혜로 본다면 경제력은 한 개인에게 있어서는 숱한 생존 경쟁의 수단 중에서도 식량 확보 능력에 지나지 않는다. 경제력이 반드시 인격이나 지혜, 혹은 건강 등을 향상시켜 주는 것은 아니다.

아무튼 남씨와 박씨는 세속 쪽으로 따진다면 장래성이 없는 정마을로 돌아오고 만 것이다. 하지만 두 사람은 돌아온다 만다를 한 순간도 생각해 본 적이 없었고, 단순히 일을 마치고 집으로 돌아온 것뿐이었다. 그런데도 강노인에게 이들이 돌아온 것은 너무나 반갑고 대견한가 보았다.

"건강해 보이는구먼! 오느라고 힘들었겠지?"

"괜찮습니다. 별로 힘들지 않았습니다. 이곳은 모두들 평안한지요?"

"그렇다네, 들어가서 좀 쉬게."

"아닙니다. 마을 사람들을 먼저 보고 싶은데……."

남씨는 이렇게 말하며 박씨를 돌아봤는데, 박씨야말로 피로를 전혀 느끼지 않고 있었다. 지금 남씨는 숙영이 어머니를 보고 싶은지도 몰랐다. 강노인은 박씨와 남씨를 번갈아보고는 고개를 끄덕였다.

"좋아! 천천히 목욕이나 하고 올라오게. 모두들 임씨 부인과 함께 있으니……."

강노인은 미소를 지어보이고는 먼저 올라갔다. 일행은 잠시 쉬었다가 올라가기로 했다.

정마을의 잔치

서울에서 돌아온 일행들은 곧장 정마을의 생활로 돌아갔다. 박씨의 집에 짐을 풀어놓은 이들은 각자 휴식을 취했는데, 그 방법도 가지각색이었다. 박씨는 목욕 후에 옛 촌장의 방으로 들어가서 명상을 하였고, 남씨는 나무 그늘에 기대어 쉬었으며, 조합장의 부하들은 박씨의 방에서 그동안의 누적된 피로로 잠 속에 빠져버렸다.

마을이 갖고 있는 안온한 기운은 시간이 지날수록 그들의 여독을 풀어주었다. 그러나 인규는 건영이를 따라 임씨의 집으로 올라갔다. 인규는 잠깐의 휴식도 취하지 않았다. 인규는 지치도록 열심히 움직인 후 오랫동안 꼼짝 않고 쉬는 체질을 갖고 있었다.

오늘 일이 끝나면 내일은 하루 종일 잠에서 깨어나지 않을지도 모른다. 그러나 새로이 마음을 다지고 이 마을에 들어온 이상, 어떤 특별한 모습을 보여줄지는 아직 알 수 없었다.

인규의 마음은 지금 자기의 수도장(修道場)으로 돌아왔다는 기분에 들떠 있었다. 인규는 원래 여행의 피로를 잘 느끼지 않는데, 이는 정섭이를 닮았다고나 할까!

인규가 건영이를 따라 임씨 부인 집에 들어서자 마을 사람들 모두가 모여 있는 것이 보였다.

"학생, 어서 와요!"

먼저 인사를 건넨 사람은 강씨 부인으로, 이 할머니는 잔치에 참석한 것만으로도 뜻밖인데, 인사를 먼저 건넨 것은 더욱 놀랄 일이었다. 할머니는 그동안 많이 변해 있었다.

이것은 무슨 징조일까? 사람이 어떤 형태로든 변하기 시작하면 그로 인해 생활 주변에 모종의 사건이 등장하기 마련이다. 세상에는 수많은 징조가 있지만 사람의 성격 변화나 마음의 변화처럼 확실한 징조는 없을 것이다.

물론 인규가 할머니의 성격 변화에 대해 이토록 날카롭게 의미를 부여한 것은 아니었다. 단지 인규는 몹시 까다로웠던 할머니가 예상 외로 친절하게 맞아주어 기분이 한결 즐거워졌을 뿐이었다.

"안녕하세요?"

인규는 할머니를 향해서 정중하게 인사를 하고 나서 다른 사람들에게도 미소를 지어보였다. 저쪽에는 숙영이도 자리하고 있었는데, 인규를 돌아보며 인사 표시를 해 주었다. 숙영이의 모습은 전보다 더욱 아름답게 변해 있었다.

숙영이와 숙영이 어머니는 음식 준비를 하는 중인가 보았다. 마을 사람들이 이곳에 다 모인 것은 건영이의 제안으로 저녁 잔치를 하기 위해서였다.

건영이는 새벽에 이미 서울 갔던 사람들이 오늘 돌아오리라는 사실을 감지하고, 여러 방면에 걸쳐 철저히 준비해 둔 것이었다. 앞날의 일에 이토록 확신을 갖고 대비할 수 있는 사람이 요즘 인간 세상에 누가 또 있을 것인가!

그런데 마을 사람들은 이런 놀라운 일에는 전혀 무감각했다. 건영이의 말에 그저 그러려니 무관심하게 생각하며 잔치를 준비했을 뿐이었다. 그러나 마음만은 모두 즐거워서 흔쾌히 참석한 것이었다.

오늘 유난히 눈에 띄는 사람은 숙영이 어머니였다. 고운 옷을 입고 머리 모양도 달라져 있었다. 전체적으로 건강미가 넘쳐흘렀고 마음속에도 뭔가 새로운 기분이 깃들여 있는 것처럼 보였다.

숙영이 어머니의 이러한 모습은 사실 마음 때문이었는데, 사람의 겉모양만 가지고는 결코 밝음을 만들어 낼 수 없는 법이다. 여인에게 있어서 마음을 밝게 가지는 것보다 더 아름다운 치장법은 없다.

숙영이 어머니의 마음속에서 나오는 밝은 빛은 그 입은 옷을 더욱 빛나게 만들고 있었다. 숙영이 어머니에게 오늘 특별히 더 좋은 일이라도 있는 것일까?

"이쪽으로 올라오게!"

강노인은 건영이와 인규를 마루 위로 불렀다. 어느 잔치에서나 마찬가지겠지만 지금 정마을의 잔치에서도 우선 남자들이 자리에 앉았다.

이 잔치에 참석한 사람 중 그동안 마을에서 볼 수 없었던 또 한 사람의 남자가 있다면, 그는 바로 임씨의 아들이다. 이 아기는 아직 부를 이름도 갖지 못한 채 혼자 잠들어 있었다.

아기 어머니는 부엌에서 일을 거들고 있는 중이었다. 할머니는 부엌 쪽 마루에 걸터앉아서 양쪽 일에 다 관여했다. 할머니의 이런 행동은 기분이 몹시 좋다는 증거였다.

할머니는 평소 자기 방에서 꼼짝 않고 지냈는데, 오늘처럼 적극적으로 참석하는 날이면 필경 많은 술을 준비하곤 했다. 이 마을에서 술은 으레 할머니가 거의 다 준비하였고, 술을 내줄 때의 양(量)을 보면 할머니의 기분을 알 수 있었다. 이와 같이 할머니의 그때그때의 기분을 보면 술의 양을 미리 알 수 있다는 뜻도 된다.

오늘 잔치는 서울 갔던 사람들이 돌아온 것을 환영하는 뜻으로 마련되었지만, 장소 선택은 아무래도 좀 이상했다.

임씨 부인은 현재 남편이 돌아오지 않고 있는 것에 크게 상심하고 있을 것이 분명할 텐데, 오늘 모임은 그 마음을 더욱 자극할 우려도 있었다. 그러나 당초 이 일은 건영이가 제안한 만큼 자연스럽게 이루어졌다.

도대체 건영이는 어쩔 셈일까? 건영이의 모습은 근래 보기 드물게 밝았다. 그렇다면 임씨 부인의 지금 기분은 어떠할까? 그것을 일부러 생각해 보는 사람은 없지만 임씨 부인의 기분을 꼭 알고자 한다면 그리 어려운 일이 아니었다.

여인이란 기분이 나쁘면 행동이 없거나 느려지는 법이었다. 그런데 지금 임씨 부인의 행동을 보면 부지런하고 신속하다. 원래부터 착하고 재주 많은 이 부인은 지금 솜씨를 다하고 있었다. 그러므로 기분이 나쁠 리는 없는 것이다.

이상하게도 사람의 기분이란 가장 내면적인 것인데도 불구하고 그 징후가 표면에 가장 잘 드러난다. 남자의 경우는 기분이 좋으면 움직임이 적어진다. 지금 강노인은 뜰 앞을 바라보고 편안히 앉아 있다.

건영이와 인규도 그 앞에 가만히 앉아 있었는데 모두들 기분이 좋아 보였다. 강노인은 잠시 하늘을 올려다보고는 부엌 쪽을 바라봤다. 무료한 표정이었다. 그러나 남자들을 쳐다보지도 않은 할머니가 그들의 마음을 읽기라도 한 듯 즉시 반응을 보였다.

"어멈! 술상을 어서 준비하게. 남자분들이 심심할 거야."

할머니가 부엌을 향해 이렇게 말하자 임씨 부인이 밝게 대답했다.

"예, 할머니!"

술상은 즉시 준비되었다. 잠시 후 네 명의 남자들은 술상을 사이에 두고 마주앉았다.

정섭이도 처음부터 대등한 자격임을 주장이라도 하듯 자리를 확실히 차지하고 앉아 있었다.

"할아버지, 잔 받으세요."

인규가 먼저 따르고 자신도 한 잔 받아놓았다.

"자, 건영이도……."

이어 강노인은 건영이에게도 술을 따라주고 첫잔을 함께 마셨다. 잔이 세 개밖에 없어 세 사람만 먼저 마셨는데, 정섭이가 이의를 제기했다.

"할아버지! 저도? 한잔 마시고 싶은데……."

"음? 그래 좋아, 잔을 갖다 마시렴…… 허허허."

강노인은 선선히 허락했다.

이 말에 정섭이가 재빨리 잔을 챙겨온 것은 두말할 나위가 없다. 정섭이도 어느 누구 못지않게 술을 대단히 좋아하는 것 같았다. 강노인은 정섭이의 어른스런 모습을 대견스럽게 바라볼 뿐이었다.

나이 어린 정섭이가 술을 마시는 것에 대해서는 이미 촌장이 허락한 예가 있었기 때문에 강노인도 이에 따른 것이었다. 물론 촌장이 정섭이에게 술을 허락한 것은 어른이 함께 한 자리에 한해서이겠지만, 정신만 온전하다면 그 무엇이 문제이겠는가?

술이란 먼 옛날에는 신들의 전용물이었다고 하는데, 후에 인간에게 주어진 것은 인간의 정신이 향상되었기 때문이라고 한다. 말하자면 술을 마실 때는 정신이 중요한 것이다.

어른이라 해도 정신이 온전하지 못하다면 술은 마실 수 없다. 술이란 참으로 신통한 물건이다. 한 잔 술에 강노인은 벌써 얼굴빛이 환하게 변하고 있었다.

강노인이 술을 마신 것은 실로 오랜만이었다. 그리고 마을 사람들이 이렇게 모이게 된 것 또한 여름 내내 없었던 일이었다. 예년 같으면 우물가든 어디든 자주 모여 있었겠지만 올해에는 오늘이 처음이었다.

정마을이 생긴 이래 올해야말로 가장 침울했던 해가 아닐는지? 아직 한 해가 다 지나간 것은 아니지만 강노인은 오랜만에 찾아온 이 평화를 몹시 흐뭇해하고 있었다.

강노인의 마음속에는 그간 내내 불안이 자리 잡고 있었는지도 모른다. 강노인의 불안은 무엇보다도 마을 주민들의 감소였을 것이다. 남씨와 박씨가 서울로 출행하자 임씨가 행방불명되었고, 이로써 원래 정마을의 주민이었던 남자들은 모두 사라진 셈이었다.

강노인은 이런 상황을 홀로 견디면서 서울로 간 사람들이 하루바삐 돌아오기만 기다렸던 것이다. 이제 그들이 돌아왔으므로 남은 일은 임씨를 찾는 문제인데, 이에 대해서는 건영이에게 묘안이 있는 듯 보이므로 적이 안심이 되었다.

"이 사람들, 몹시 피곤한가 보군!"

강노인은 남씨 일행이 기다려지는 모양이었다. 이 말을 들은 정섭이가 슬쩍 일어나 자리를 빠져나갔다. 필경 억지로라도 깨워서 데려오려는 것이다. 강노인은 이를 아는지 모르는지 술잔을 들어 또 한 모금을 마셨다. 이때 할머니도 다가와 합석했다.

"나도 한잔 해 볼까?"

"그러시지요, 자 잔 받으세요."

건영이는 할머니에게 자리를 조금 비켜주며 재빨리 술을 따랐다. 분위기는 조금 전보다 더욱 활기가 넘쳤다. 만일 오늘 같은 날 임씨가 있었다면 자리는 시끄럽고 더욱 흥겨웠을 것이다.

임씨가 없는 현재 정마을은 무슨 일에든 점잖은 사람들뿐이었다. 정마을에는 아무래도 항상 싱글벙글하는 임씨가 절대 필요한 존재임에 틀림없었다. 임씨가 없는 지금 잔치는 다소 한적한 느낌이 들었다. 그렇다고 기쁨이 잦아드는 것은 결코 아니었다. 오히려 한적한 가운데 평화로움을 더 깊게 느낄 수도 있었다.

여인들은 마을에 남자들이 많을수록 안정을 느낄 것이다. 깊은 산중 마을에 이웃이든 누구든 남자가 없다면 어떤 일인가 불편함이 있기 마련이다.

오늘은 금년 들어 처음으로 주민 모두가 모였을 뿐 아니라, 외지로 떠나갔던 남자들도 돌아왔으므로 여인들의 일손은 훨씬 가벼운 것 같았다.

지금 여인들이 일하고 있는 한쪽 편 마루에는 세 명의 남자들이 조용히 술잔을 기울였다. 정마을의 정취는 오랜만에 평상을 되찾은 것 같았다.

뜰 앞에 내리쬐던 햇볕은 차츰 사그라졌다. 그러나 모든 사람들의 마음만은 더욱 밝은 저녁을 맞이하고 있었다. 늦여름의 저녁 공기는 신선했다. 마루에 앉은 주객들은 더욱 한가한 기분이 되었다.

"정섭이는 어딜 갔지?"

강노인이 이렇게 말했지만 이 뜻은 정섭이가 데리러 간 손님이 늦는다는 뜻일 것이다. 강노인은 잠시 먼 하늘을 바라보는 듯했다. 그러자 이때 문밖에 인기척이 나더니 정섭이와 박씨가 들어섰고, 이어 개선장군인 남씨가 낯선 청년 둘을 데리고 들어섰다.

"어머! 아저씨…… 큰아버지!"

숙영이는 갑자기 나타난 박씨와 남씨를 먼저 보고는 가볍게 놀랐다.

"안녕하셨습니까?"

박씨는 큰 소리로 모든 사람들을 향해 인사말을 건넸다. 박씨의 시원한 목소리는 축포가 울리듯 집안 전체를 흔들어 놓았다. 이로써 조용한 집안은 갑자기 활기를 띠기 시작했다.

"어머! 안녕하셨어요?"

임씨 부인과 숙영이 어머니는 차례로 부엌에서 나오며 반가운 인사를 보냈다. 남씨는 두 여인에게는 가볍게 고개를 숙여 보이고 숙영이의 손을 잡아주었다.

"잘 있었니?"

"예, 큰아버지께서도 안녕하셨어요?"

숙영이는 고개를 들어 남씨를 바라보았다. 몇 개월 만에 보는 숙영이의 모습은 여전히 아름다웠고 눈은 신비하게 반짝였다. 남씨는 숙영이의 어깨를 감싸주며 다정한 미소를 지었다.

"이쪽으로들 오게!"

강노인은 인사를 마친 사람들을 마루로 불러들였다. 이렇게 해서 손님들 모두 참석했고 잔치는 시작되었다.

이곳 정마을에 처음 온 조합장 부하들은 엉뚱하게도 이 마을 잔치에 참석하게 되었지만, 어느덧 거친 모습은 사라졌고 온순한 모습으로 자연스럽게 어울렸다.

이것이 인간 본연의 모습이 아닐까? 사람은 누구나 환경의 지배를 받아 억지로 꾸며진 행동을 하게 마련이다. 그런데 정마을처럼 꾸며 댈 필요도 없고 긴장도 없는 곳이라면 본성 그대로가 자연스럽게 표출될 것이리라.

그들은 비록 직업적인 폭력배지만 마을 사람들과 섞여 있으니 그저 평범한 인간일 뿐이었다. 그리고 마을 사람 누구 하나 이들을 이상하게 보는 사람도 없고, 또 이들이 하는 일을 묻지도 않았다.

누구나 자연 속에 동화된 사람들이기에 특별히 사회적 역할로만 그 사람을 평가하지 않기 때문이다. 굳이 그 사람이 어떤 사람인지를 묻고자 한다면, 차라리 자연 속에 홀로 서 있는 그가 어떤 사람이냐를 묻는 것이 나을 것이다. 이때의 가치라면 인격·성품·깨달음 등 순수함 그 자체가 아닐까!

만일 인간이 복잡한 사회에서 살지라도 자연을 품안에 간직할 수 있다면 본연의 성품을 유지할 수 있으리라!

모두들 다정한 이웃이 되어 술이 한 순배씩 돌아가자 강씨 할머니가 화제를 꺼냈다.

"박씨! 서울이 어떻던가?"

"예? 서울이요? ……답답하던데요!"

박씨는 웃으며 대답했다. 그러나 박씨가 이렇게 말한 것은 서울 생활의 마지막 시기를 말하는 것이리라! 처음에는 서울을 얼마나 신기해하고 좋아했던가! 시간 가는 줄 모르고 즐겼었다. 물론 나중에는 서울 생활이 싫증났지만. 사람에 따라서는 아예 서울 생활에 물들어 서울을 떠나기 싫어하기도 하고, 또는 서울이 싫다고 고향으로 돌아갔다가 다시 찾기도 할 것이다.

박씨는 일단 서울이 싫다고 대답했지만 얼마간 세월이 지나면 서울 생활을 선호하게 될지도 알 수 없었다. 할머니는 박씨를 빤히 보며 다시 물었다.

"답답하다고, 그렇겠지! 그래도 뭔가 좋았던 게 있었을 게 아닌가?"

"글쎄요, 뭐…… 물건 하난 참 많더군요! 그리고 자동차·전차·큰 건물 등 신기한 것이 많았어요!"

박씨는 역시 물질에 관심이 많았다. 할머니는 고개를 끄덕이고는 이번엔 남씨에게 물었다.

"남씨는 어땠는가?"

"좋았어요!"

"그래? 서울에서 살고 싶지는 않던가?"

할머니가 정말로 묻고 싶었던 것은 이것이었는지도 몰랐다. 할머니는 남씨의 기색을 살피듯 물었다.

"아니요! 전혀 그런 생각이 안 들었습니다. 대도시보다는 역시 정마을이 제일 좋더군요!"

남씨는 자신의 생각을 확실하게 대답해 주었다.

"허허, 그런가? 역시 남씨구먼! 서울은 답답할 거야."

강노인이 끼어들며 말했다. 강노인은 남씨가 정마을이 좋다고 한 그 말에 기분이 좋은가 보았다. 그동안의 외로움 때문일까? 아니면 남씨가 서울로 아주 떠나가 버릴까 봐 걱정이라도 하는 것일까?

강노인이 이런 생각을 하는 것은 당연했다. 지난 긴 세월을 되돌아보면 서울에 한번 다녀온 사람은 얼마 안 가서 반드시 정마을을 떠나고 말았다. 물론 처음에는 서울이 싫다거나 정마을이 좋다고 말은 하지만……

강씨 할머니는 강노인의 생각과는 상관없이 남씨를 향해 다시 물었다.

"서울엔 여자도 많을 텐데! 구경은 많이 했나?"

할머니의 물음에는 약간 짓궂음도 있는 것 같았다. 여자란 말이 나오자 정마을의 여자들이 긴장했다. 특히 숙영이 어머니는 전혀 무관심한 듯 보였는데 이는 오히려 관심이 많다는 뜻일 수도 있었다.

"예? 여자요……?"

남씨도 약간 당황한 듯 다시 물었다.

"여자 구경은 많이 했지요. 하지만 여자보다는 그들의 옷이 더 볼만했어요!"

남씨의 말은 사실인 것 같았다. 사실 남씨는 서울에서 많은 여자들을 살펴봤는데, 실은 옷을 살펴봤는지도 모른다.

"그래? 옷이 그렇게 좋았어?"

할머니는 남씨가 옷에 대한 관심을 갖는 것을 뜻밖으로 생각하고 재미있다는 듯이 쳐다봤다.

"예, 좋은 게 많았어요!"

남씨는 서울에 있는 옷에 대해서 정말로 감동을 받았는지 매우 진지하게 대답했다.

"호, 참…… 그럼 옷을 좀 사올 것이지!"

"하하하, 할머니…… 무슨 말씀하시려고 그러세요? 옷은 많이 사왔어요."

"음? 내 옷도 있어?"

"그럼요! 옷감도 사왔으니까 더 만들어 입으셔도 되고요!"

"그래? 착한 사람들이구먼! 그런데 다른 사람들 옷은?"

할머니는 자기 옷 외에도 옷감이 더 있다고 하자 기분이 몹시 좋아 졌으나 다른 사람들의 것도 궁금한가 보았다.

"할머니! 염려 마세요, 모두 준비했으니……. 그보다도 옷감이 있으 니 임씨 댁 아주머니께서 수고를 해 줘야겠군요!"

남씨는 이렇게 말하면서 임씨 부인을 바라봤다. 이 마을에 임씨 부 인만큼 옷 만드는 데 재주가 있는 사람은 없었다. 이 마을뿐만 아니 라 도시에 내놔도 일류 재단사라고 할만 했다.

임씨 부인은 재주도 좋지만 옷 만드는 일 자체를 취미로 삼았다. 물론 정마을에서는 옷 만드는 일이 그렇게 많지는 않았지만…….

"어머! 옷감이 많은가 보지요? 옷은 제가 만들 테니 염려 마세요. 숙영이 어머니 옷도 제가 만들어 드릴게요!"

임씨 부인은 남씨의 부탁을 받아들이며 매우 기뻐했다. 그런데 말 끝에 숙영이 어머니를 거론한 것은 참으로 미묘했다. 남씨도 이 말에 는 부자연스러운 반응을 나타냈다. 아무튼 무언가 부끄럼을 타는 듯 도 했다.

"예? ……아, 예…… 숙영이 것도 만들고 다른 사람들 옷도 만들어 야지요! 고맙습니다."

"아니야, 숙영 애미 것을 제일 예쁘게 만들어야 돼!"

할머니가 한 마디를 더 거들자 숙영이 어머니는 빈 그릇을 들고 그 만 자리를 피해 버렸다. 짓궂은 할머니가 또 무슨 말을 할지 모르기 때문이었다. 마을 사람들은 할머니 얘기의 뜻을 잘 알지 못했다.

할머니의 마음속에는 숙영이 어머니와 남씨를 결합시키려는 뜻이 있었다. 이 일은 전에도 한 번 거론된 적이 있었는데, 임씨 부인은 아마 할머니에게서 들은 적이 있을 것이다.

"자, 한잔 드시지요."

박씨가 이렇게 말하자 남자들만 모두 잔을 들어 마셨다. 이때 할머니가 임씨 부인에게 한 마디를 건넸다.

"자네도 한잔 해!"

"예? 아기한테 괜찮을까요?"

임씨 부인은 모유를 먹이고 있기 때문에 아기한테 어떨까를 물었다.

"괜찮아, 사내아인데 뭐…… 머리가 좋아질 수도 있어!"

할머니의 말은 이론적 근거가 있거나 또는 경험에서 나온 말인지 알 수가 없었다. 아무튼 임씨 부인은 거리낌 없이 한잔 들어 마셨다. 그러자 이번에는 정섭이가 끼어들었다.

"할머니! 누나도 마시라고 하세요."

"음? 그래. 그럼, 애야…… 너도 한 잔 마시고 엄마도 오시라고 해라."

"예, 할머니."

숙영이는 곱게 대답하고는 부엌으로 잔을 가지러 갔다. 잠시 후 숙영이 어머니까지 합석하여 술을 마시자 자리는 더욱 흥겨워졌다. 날은 황혼으로 접어들고 있었다.

오늘은 이상하게도 아기가 울지 않았다. 아기는 무엇을 알고 있기라도 한 것일까? 아기는 마을의 경사를 방해하지 않기 위해서 울음을 참고 있는 것일까? 그럴 리는 없을 것이다. 하지만 마을의 분위기가 평화롭고 크게 안정되어 있다는 것을 느끼고 있을지는 모른다!

마을 사람들은 아기의 존재를 잊고 편안히 즐겼고, 아기도 자기 자리에서 편안한 마음으로 잠들어 있었다. 마을 잔치는 모두들 스스로를 흥겨운 분위기로 만들어가며 미래의 축복을 기원하고 있었다.

사람은 착하고 즐겁게 지내는 것으로 좋은 운명을 맞이할 채비를 하는 것이 아닐까? 착한 것이 결코 약한 것이 아니고, 즐거움이 방심이 아니라면 그럴 수도 있을 것이다. 착하고 즐거운 것은 겸손과 부지런함이다. 이에 어찌 좋은 운명이 따르지 않을 것인가?

마을의 잔치는 늦도록 계속 되었다. 이윽고 날이 어두워지자 초롱불을 밝혔고, 하늘에 별이 가득 나타날 때쯤에야 잔치는 끝났다.

개선 행사인 잔치가 끝나자 마을 사람들은 저마다의 숙소로 찾아들었다. 남씨는 숲과 잇닿아 있는 자기 방으로 돌아갔고, 박씨와 정섭이는 촌장의 방으로, 서울서 온 손님들은 박씨 방으로 돌아갔다.

건영이와 인규는 자기 방으로 돌아가 둘 다 일찍 잠을 청했다. 지금 정마을에서 늦도록 잠을 이루지 못하고 있는 사람은 바로 남씨인데, 그는 숙영이 어머니를 생각하고 있었다.

'많이 닮았어! 그런데 나이가 좀 많이 들었군. 아! 가엾은 사람……'

남씨가 생각하는 것은 숙영이 어머니의 전생, 즉 천상의 소화 공주였고, 지금은 너무나도 달라진 모습에 대해 서글퍼하고 있었다. 그런데 과연 현생의 사람이 전생의 모습과 닮을 수 있을까?

생(生)이 바뀌었다 할지라도 영혼이 같기 때문에 어쩌면 닮을 수도 있을 것이다. 엄밀히 말해서 이것은 닮았다기보다는 정신에 의해 나타나는 내적인 표출일지도 모른다.

아무튼 남씨가 지금의 숙영이 어머니를 보고 그 전생의 모습을 느낄 수 있다면, 이는 생사를 초월하여 영원한 모습을 볼 수 있는 것이리라.

'한스러운 과거! 이것을 보상할 방법은 없는가? 숙영이 어머니와 나의 장래는 어떻게 될 것인가? 그리고 우리들의 이번생과 내생은 불행

할 것인가?'

남씨는 전생의 불행을 회상하고 그것의 보상책을 생각해 보았으나 이 일은 자신을 위해서가 아니라 숙영이 어머니를 위한 일이었다. 그러나 지난날의 불행을 이제나마 회복하려 해도 지금이야말로 무엇으로 행복을 만들 수 있으랴!

지금 살고 있는 곳은 깊은 산골, 가난한 환경, 게다가 무엇보다도 절망적인 것은 행복을 만들어야 할 두 사람이 이미 늙었다는 사실이었다. 비록 남씨는 사십 세가 넘었다 하더라도 그나마 남자이기 때문에 인생의 큰 뜻이나 행동 등을 창출해 낼 수 있지만, 여자인 숙영이 어머니는 그와 같지 못할 것이리라.

여자란 모름지기 젊음이 있어야 인생이 행복하다 할 것인바, 이 일은 제아무리 총명한 남씨라 해도 해결할 수가 없었다. 이미 지나버린 인생! 떠나간 젊음! 이것을 돌이킬 수는 없다. 하지만 젊음에 관한 한 이는 숙영이 어머니의 운명이다. 자신은 생을 건너뛰고 무한한 공간을 넘어서 숙영이 어머니, 즉 소화 공주를 만난 것만으로도 이미 행복하고 앞으로도 행복한 인생을 영위할 수 있었다.

그러나 숙영이 어머니는 그럴 수만은 없을 것이다. 더구나 숙영이 어머니는 자신이 소화 공주라는 것도 모를 뿐만 아니라, 남씨가 알려준다 해도 그것을 믿을지도 의문이었다.

남씨는 자신의 힘, 사랑으로 숙영이 어머니를 행복하게 해줄 수 있을까 상상해 봤다.

'이제 와서 내가 숙영이 어머니를 행복하게 해 줄 수 있을까? 전생에 선인의 힘으로도 우리는 행복을 지킬 수 없었어! 그렇다면 지금은 과연 가능한가? 이제 다시 큰 불행은 없을까? 혹시 우리는 너무나 나이가 든 것은 아닐까? 젊음! 아쉬운 인생! 인생에 있어서 젊음이란 그토록 중요한 것일까? 인생의 행복이란 과연 몸에 있는 것일까? 정신적인 힘만으로는 행복할 수 없는 것인가? 가난해도 사랑만 있으면 행복할 수 있을까?'

남씨의 마음은 빛나는 정신과 우울한 현실이 뒤섞여 일정한 결론을 내리지 못하고 있었다. 그러나 남씨의 마음이 불행한 것은 결코 아니었다. 무한한 공간을 뛰어넘어 그토록 사랑하던 사람을 만난 것만으로도 이미 행복은 성취된 것이 아닐까!

물론 그것을 더욱 풍요롭고 아름답게 영위하기 위해서는 여러 가지 조건이 주어져야 하겠지만, 그것은 이제부터라고 해도 되는 것이 아닌가? 나이가 든 것이 아쉬울 수도 있지만 그것 또한 숙명이니 어찌할 수 있으랴!

한 순간, 즉 젊음에 집착하지 않고도 행복의 길은 여전히 열려 있을 것이다. 남씨는 이 정도로 생각을 마치고 잠을 청하기로 했다. 오늘은 그리던 고향에 돌아온 것만으로도 충분했다.

잠시 후 남씨는 잔상을 지워버리고 저절로 잠에 빠져들었다. 이제는 정마을 주민 모두가 잠이 들고 하늘 위에는 별이 더욱 총총하게 빛났다. 마을은 다시 조용히 어둠에 잠겨 생기를 공급받았다. 새로움은 마을이 쉬고 있는 중에 서서히 고개를 들고 있었다.

천지자연의 현상은 끊임없이 변해 가지만 모든 것에 마디가 있어 절도(節度)를 이루고 있다. 아무리 긴 사건도 종말이 있게 마련이고 다시 별개의 것으로 이어진다. 그리고 사건의 한 마디 속에도 더 작은 마디가 있어 끝과 시작은 수없이 반복된다. 정마을은 지금 그 마디를 건너뛰고 있는 중이었다.

하나의 일이 끝나고, 또 다른 일이 준비되고 있는 것이다. 그러나 천지의 현상은 타인도 없고 나도 없으며, 전체가 하나로 어우러져 조화를 이루고 있을 뿐, 결코 소유자가 있는 것은 아니다.

정마을도 이러한 천지자연의 한 부분으로서, 전체의 작용에 참여하면서 스스로의 사물을 간직하고 있는 것이다. 사건의 발단은 흔히 작은 것에서 연유하지만, 그 발단이라는 것은 어쩌면 밖에 있는 사물의 요구에 의해 발생하는 것인지도 모른다.

그렇다면 현재 정마을에 부과되어 있는 사건은 무엇일까? 그리고 그 사건의 발단은 어떤 것에서 알 수 있는 것일까? 작용이 아직 드러나지 않은 상태는 수뢰준(水雷屯:☵☳)으로 표현되거니와, 이는 보이지 않는 세계 속에서 쉬지 않고 움직이는 것을 뜻한다.

지금 정마을에 내재(內在)되어 있는 사건, 즉 수뢰준의 내괘(內卦)는 힘을 축적하고 있다. 이것은 때가 되면 일어나서 변화하고, 다른 것에 통하면서 영구한 천지의 작용에 참여할 것이리라!

인격과 도(道), 그리고 수도장(修道場)

새벽은 아름답게 찾아왔다. 어둠과 밝음이 교차되면서 마을은 태동을 시작했다. 아직 어둠이 채 가시지 않았을 때, 건영이는 제일 먼저 일어나 자신의 수도장인 풍곡림(風谷林)으로 향했고, 밝음이 찾아오자 박씨가 일어나 강가로 떠났다.

박씨는 긴 여행 끝에 돌아와 다시 사공의 업무로 되돌아간 것이다. 오늘은 정섭이도 따라나섰다. 정섭이는 오래 떨어져있던 아버지를 만났기 때문에 며칠간은 계속 따라나설 것 같았다.

"아버지! 건강은 어떠세요?"

정섭이의 다정한 물음은 새벽 공기처럼 청량한 느낌을 주었다. 박씨는 밝게 웃으며 고개를 여러 번 끄덕였다. 자신이 건강한 것은 사실이지만 이토록 신경을 써주는 자식이 있다는 것은 고마운 일이다.

그리던 고향에 돌아온 박씨는 새삼 행복한 마음을 간직한 채 정섭이와 강가로 향했다. 어렴풋한 안개는 희망처럼 두 사람을 감싸며 환영하고 있었다. 어제는 그냥 지나쳤던 산야(山野)들이 그윽한 모습을 다시 드러냈다. 박씨는 천천히 걸으며 주변을 정답게 둘러보았다.

'신비하구나! ……저 아름다움!'

새삼 자연의 아름다움에 감탄하며 길을 걷는 박씨는 예전하고는 많이 달라져 있었다. 박씨가 자연 경관을 둘러보면서 신비라든가 아름다움이라는 느낌을 가져본 적은 거의 없었다. 예전에는 별 느낌이 없었는데 지금은 주변의 풍경에 일종의 경외감을 느끼고 있었다. 그렇다고 해도 기분이 좋은 것만은 틀림없었다.

새벽의 절경은 박씨의 마음속에 있는 자그마한 그늘조차도 빛나게 해 주었다. 일종의 환희라고나 할까 박씨의 정신은 자기도 모르게 생동하고 있었다.

'돌아오길 잘했어! 서울에서는 결코 느끼지 못할 이 기분!'

박씨는 지금 자신이 낙원에 돌아왔음을 음미하면서 이곳 산골 마을의 의미를 절실히 깨달았다. 그리고 박씨가 자기 자신의 마음을 잘 표현하거나 확인하고 있는 것은 아니지만 이제는 고독이 완전히 사라졌음을 느꼈다.

이것은 박씨 자신이 있어야 할 곳에 있다는 것뿐만 아니라 그곳은 더 말할 나위 없이 훌륭한 곳이라는 것을 발견했기 때문이었다. 물론 전에도 박씨가 정마을을 싫어했다거나 서울 같은 곳으로 가고 싶어 했던 것은 아니었다. 단지 사람을 그리워하면서 살았는데, 이번 서울 출행을 통해서 느낀 것이 있다면 사람들 속에 있어도 고독은 사라지지 않는다는 점이었다.

고독이란 마음이 어느 곳에 있느냐에 의해 정해지는 것이지, 몸이 어느 곳에 있느냐에 따라 정해지는 것은 결코 아닐 것이다. 박씨도 이것을 깨달았다. 남씨 같은 사람이야 진작부터 이러한 경지를 터득했겠지만, 박씨로서는 한번 세상에 나가봤기 때문에 집이 좋다는 것을 깨닫게 된 것이다.

말하자면 박씨는 비로소 자신이 살 곳, 만족한 곳을 발견하게 된 셈이다. 새벽의 산길은 한없이 평화로웠다. 박씨와 나란히 흐르고 있는 개울물은 시간의 비밀을 간직한 채 열심히 하류를 향해 흐르고 있었다. 가끔씩 들리는 물소리는 박씨의 마음을 일깨워주었다.

산자락에 자그맣게 흐르는 실개울은 어린아이를 닮았다고나 할까, 천진한 가운데 쉬지 않는다. 박씨의 마음도 또한 이와 같아서 노곤하지만 지치는 법이 없었다. 박씨는 자신이 걷고 있는 새벽길이 참으로 다양하고 뜻이 깊다는 것을 어렴풋이 느끼고 있었다.

모든 것이 저마다 존재하며 신비를 감추고 있다. 이는 일부러 감추는 것도 아니고 드러내고자 하는 것도 아니다. 지금 박씨의 주변에 자리 잡고 있는 야생의 존재들은 묵묵히 자기 자신만을 지키고 있을 뿐이다. 느낌이란 사람의 마음속에만 있는 것이 아닐까? 아니 사물에도 본연의 뜻이 있을 것이다.

옆에서 걷고 있는 정섭이는 무엇을 느끼고 있는지 주변을 가끔씩 살펴보며 혼자 중얼거리기도 했다. 정섭이의 중얼거림은 흡사 개울물 소리와도 같은데, 박씨는 이를 들으며 홀로 미소를 지었다. 정섭이는 잘도 따라왔다. 아니 거의 박씨를 앞지르고 있었다.

박씨는 일정하게 걷고 있을 뿐이었다. 그런데 두 사람은 닮은 데가 있는 듯했다. 무엇보다도 첫째는 마음인데, 두 사람 다 천진하고 부지런했다. 마음이 부지런하다는 것은 번민과는 크게 다르다. 번민이란 집착이고 부동이지만, 부지런함이란 떠남이고 변화가 아닐까? 천진함이란 물들지 않은 순수함, 바로 그것이다.

다음으로 몸에 공통점이 있는데, 박씨는 선도(仙道)의 비기(秘機)

가 작용한 축복받은 몸이고, 정섭이는 거지 생활로 단련한 강인한 몸이었다. 이런 사람들이 서로 부자의 인연을 맺게 된 것은 하늘의 섭리가 아니고 또 무엇이겠는가?

지금 두 사람이 지나쳐 가는 숲 속의 나무들은 아침 일찍부터 깨어나서 새벽 공기를 흠뻑 머금고 있었다. 새들도 이미 깨어나 고운 소리로 아침을 알렸다. 어쩌면 박씨의 발자국 소리에 놀라서 막 깨어났는지도 모를 일이었다.

산길은 좌측으로 꺾이고 좌우에 숲이 줄지어 나타났다. 개울물은 둘로 갈라져 하나는 박씨가 걷는 길을 앞서고 있었다. 숲길로 들어서자 새소리는 더욱 자주 들려왔다. 그러나 새소리에 귀를 기울일 수는 없었다. 정섭이가 말을 건네 왔기 때문이다.

"아버지!"

"……."

"도술을 할 줄 아세요?"

"음? 도술? ……그게 뭔데?"

박씨는 정섭이의 느닷없는 질문에 웃음이 나왔지만 정색을 하며 반문했다. 도술이란 무엇일까? 바람을 불게 하고, 비를 부르고, 병자를 살려내고, 보지 않고도 알고, 미래를 예언하고 등등 이런 것이 아니겠는가!

그런데 박씨는 하나도 할 줄 아는 것이 없었다. 단지 보통 사람과 다른 것이 있다면 강력한 힘인데, 이는 육체적인 것뿐으로 도술이라고 말할 수는 없을 것이다.

더구나 정섭이가 묻는 뜻을 정확히 알기까지는 함부로 대답할 수 없었다. 정섭이는 엉뚱한 표정을 지으며 다시 물었다.

"아버지! 도술 모르세요? 신통한 재주 말이에요!"

"신통한 재주? 글쎄…… 내게 무슨 재주가 있을까? 신통한 재주는 없어!"

"좋아요! 그럼 아버지가 잘하시는 게 뭐 있으세요?"

"음? 글쎄, 모르겠는데……."

박씨는 멋쩍게 대답했다. 잠깐 생각해 보니 특별히 내세울 것이 없었다. 사실 박씨처럼 재주 없는 사람이 또 있을까? 그나마 힘 하나 세다는 것뿐인데, 이것도 촌장이 만들어 준 것이므로 스스로가 내세울 만한 것이 못 되었다.

"아버지! 제가 하나 알려 드릴까요?"

"뭘?"

"아버지의 재주! 아니 남보다 아주 잘하시는 것, 아니 신통하신 것! ……글쎄 뭐랄까?"

정섭이는 무엇인가 말해 줄 것이 있는 것 같은데 그것을 잘 표현할 수가 없는 듯 보였다. 박씨는 궁금한 듯 정섭이를 빤히 바라보고 있었다. 그러자 정섭이가 마침 생각난 듯 큰 소리로 말했다.

"그렇지! 인격이에요. ……그래, 아버지께서는 인격이 매우 높으세요!"

정섭이는 이렇게 말해 놓고는 존경심과 사랑이 가득 담긴 눈으로 박씨를 쳐다봤다. 박씨는 자기 자신을 인격자란 말로 추켜줌과 동시에 그런 말을 할 줄 아는 정섭이에 대해서 무척 놀랐다.

과연 박씨는 인격자일까? 그리고 정섭이 자신이 내뱉은 말의 드높은 뜻을 알 수 있을까? 정섭이는 왜 이런 말을 했을까? 아마도 박씨를 좋아하는 정섭이가 크게 부풀려 표현한 것일 수도 있었다. 박씨는 정섭이의 사랑을 느끼면서 즐겁게 웃고 말았다. 내용이야 어떻든 간에 정섭이의 마음만은 확실했기 때문이었다.

"하하하, 그래? 정섭이도 착한 아이로구나!"

박씨는 정섭이의 어깨를 살며시 토닥여 주고는 개울 쪽 숲을 잠깐 바라봤다. 마침 숲에서는 맑고 깨끗한 새소리가 들려왔다. 두 사람의 걸음걸이는 조금 빨라졌고, 새벽 숲길은 한적하게 이어졌다.

오늘 아침 산책길은 오랜만에 예전의 자기 생활로 돌아온 박씨에게 흡족한 기분을 느끼게 해 주었고 모종의 깨달음마저 안겨주었다.

인격! 이것을 정섭이는 신통한 것이라고 표현했다. 물론 어린 정섭이가 충분히 의미를 두고 한 말은 아닐지라도 박씨 자신이 얼핏 생각해 보니 인격이야말로 과연 신통한 것이 아닐 수 없었다.

박씨 자신이 쉽게 인격자라고 말할 수는 없다 하더라도 인격이란 수행의 한 목표가 되는 것이 아닌가! 박씨는 오늘 새벽 또 한 번 자신을 돌아보는 계기를 가진 것이다.

자신이 잘하는 일이 무엇인가? 인격은 과연 있는가? 도술이란 무엇이고 어떻게 얻어질 수 있는가? 등 이러한 것들이 박씨의 마음속에 조용히 자리를 잡았다. 이것들은 차차 수행의 지표를 설정해 줄 것임에 틀림없다.

큰 도(道)란 하루아침에 이루어지는 것이 아니다. 자그마한 덕목(德目)을 소홀히 하지 않는 데서 큰 도를 깨닫는 계기가 생기는 법이다. 박씨도 오늘 산책길에서 이를 확실하게 깨달았다.

숲길은 점점 넓어졌고 밝아왔다. 강변이 가까워지자 아침 해가 고개를 들기 시작한 것이다. 박씨는 자신의 일터인 강가에 도착했다.

그러나 오늘은 강을 건널 손님이 있을 것 같지가 않았다. 특별히 그럴 이유는 없겠지만 어제 막 도착한 박씨가 오늘 당장 손님을 태울 행운이 있지는 않을 것이다.

세상일이란 대개는 자연스럽게 일어나는 법이다. 박씨는 예전에 하던 대로 강 건너편을 먼저 살펴보고 이어 자신의 배가 무사히 있는가를 점검했다. 배는 여전했고, 강 건너편 숲에는 손님이 나타날 기색이 전혀 보이지 않았다.

아무래도 좋았다. 오랜만에 강둑에 서서 드넓은 세계를 바라보니 마음속에 있는 큰 문이 활짝 열리는 듯했다. 박씨는 강변에서 시간을 좀 보낼 생각을 하며 주변을 둘러봤다. 어느 곳이나 평화롭지 않은 곳이 없었다.

정섭이도 나름대로 정경을 구경하고 있었다. 이윽고 박씨가 한 방향을 정하여 걸어가자 정섭이는 감상하던 정경을 중지하고 즐겁게 그 뒤를 따랐다.

두 사람이 가는 방향은 상류 쪽으로 모래와 자갈이 많은 곳이었다. 박씨는 강의 모양을 확인하고 싶은 것일까? 강 건너편에서는 가볍게 바람이 불어오고 있었다. 드넓은 산천에는 서서히 밝음이 깃들이고 있었다. 주변의 수많은 사물들이 잠을 떨치며 일어서고 정마을에서도 한 사람이 잠에서 막 깨어나고 있었다.

그 사람은 바로 인규로서 상당히 이례적이었다. 인규는 필경 오늘 늦잠을 자리라 생각되었기 때문이다. 그러나 단단한 각오로 일찍 일어난 것이었다. 피로가 아직 덜 풀려서 졸음이 오는지는 알 수 없었지만, 수도 생활에 임하는 굳건한 정신력인 듯했다.

지난밤 인규는 잠들기 직전 일찍 일어나야겠다고 단단히 마음먹었다. 그로 인해 누가 깨울 필요도 없이 저절로 눈을 뜬 것이었다. 정신의 작용이란 참으로 신비하다. 마음먹은 것이 쉽게 실현되다니.

정신이 시간의 흐름을 살펴보다가 새벽이 되자 몸을 깨워 일으킨 것일까? 아무튼 인규는 재빨리 일어나 문밖으로 나왔다. 날은 많이 밝아 있었으나 마을 사람들이 깨어나려면 시간이 좀 더 지나야 했다.

'조금 늦었군! 피곤해서 늦잠을 잔거야.'

인규는 속으로 이렇게 생각하고 있었는데 상당히 뜻밖이었다. 원래의 계획은 더 일찍 일어나려 했는데 약간의 차질을 빚었다. 그러나 이 정도의 차질은 어쩔 수 없다. 앞으로 습관이 되면 정확한 시간에 일어날 수도 있으리라!

인규는 맑은 공기를 마시며 언덕 아래쪽으로 내려갔다. 언덕 위쪽은 건영이가 자신의 수도장으로 간 방향이었다. 인규는 이것을 의식하며 일부러 방향을 반대로 잡았다. 어딘가에 자신의 수도장을 선택하고 싶었다.

물론 수도를 하는 데 있어 반드시 지금처럼 수도장이 꼭 필요한 것은 아니다. 하지만 인규는 적어도 어느 한 장소를 택해서 자주 찾아가려는 것이었다. 건영이도 그렇게 하고 있지 않는가!

박씨도 매일 아침 나루터로 나가고 있다. 모름지기 수도 생활을 하는 데 있어 장소에 의존한다는 것은 마음의 안정을 주기 때문에 좋은 방법이 될 수도 있다.

발걸음을 옮기던 도중 앞에 개울이 나타나자 인규는 잠시 서서 위쪽을 바라봤다. 개울물은 맑고 조용하게 흘렀다. 흐르는 물소리는 쉬지 않고 계속 이어지고 있었다. 아마도 수십 년, 아니 수백 수천 년 계속되었으리라!

인규는 무엇인가 신비한 생각이 떠오를 것만 같아서 흐르는 물을 세심히 살폈다. 한참 동안 물을 바라보자 마음이 가지런해지는 것을 느꼈다. 다시 물이 흘러가는 아래쪽을 바라봤다.

자신의 현재 위치에서 물이 상류에서 흘러 내려오는 것과 하류로 내려가는 것은 그 느낌이 상당히 달랐다. 인규로서는 그 느낌을 확실하게 표현할 수는 없었지만 무엇인가 전혀 다르다는 것만은 쉽게 알 수 있었다. 상류에서 내려오는 물은 희망일른지…… 그리고 흘러가는 물은 세상의 무상함을 말해 주는 것인가!

인규는 숨을 깊게 들이마시고는 개울을 건넜다. 좌측에는 얕은 숲이 있고, 길은 우측 아래로 이어져 있었다. 숲은 고요히 커다란 기운을 간직하고 있었다. 인규는 뒤를 슬쩍 돌아보고는 길을 따라 내려갔다. 이제 우측에 있는 개울은 멀어지고 있었다.

갑자기 길이 넓어지고 우물이 나타났다. 지금은 사용하지 않는 우물이었다. 이 우물은 속으로 벽이 터져 나갔고, 그 틈으로 많은 흙이 쏟아져 나와 있었다. 전에 건영이는 이를 자세히 살피고 무엇인가를 곰곰이 살폈었다.

그러나 우물이 이렇게 파괴된 것에 무슨 뜻이 있는지는 알 길이 없었다. 뜻? 건영이의 말에 의하면 자연 속에 있는 모든 현상은 그 자체로서가 아니라 다른 현상의 단서가 되는 뜻이 있다고 했다. 흔한 말로 징조라는 것인데, 우물이 무너짐으로 인해 필경 마을에 무슨 징조를 나타내는 것이리라!

하지만 인규로서는 그것이 무엇인지 도저히 알 수가 없었고 건영이도 별 뜻이 없다고 했다. 마을 사람들에게는 불편이 하나 늘었다는 것뿐이었다. 그러나 마을 곳곳에 맑은 물이 흐르고 작은 샘도 몇 개 있어 이 우물의 붕괴는 큰 사건이 되지 못했다.

우물은 서서히 마을 사람들의 뇌리에서 잊혀 가고 있는 것이다. 우물 옆에는 큰 공터가 있는데 이곳도 잊혀 가고 있다. 전에는 여름이면 으레 이곳에 마을 사람들이 모여 얘기를 주고받곤 했었다. 그리고 무슨 일이라도 일어나면 거의 이곳으로 모였었다. 지금은 떠나가 버린 촌장도 이곳에만은 종종 나왔었다.

건영이가 정마을에 처음 왔을 때에도 이곳 우물가 공터에서 촌장의 치료를 받았다. 인규의 마음속에 이러한 모든 것이 떠오른 것은 아니지만 우물가를 바라보고 있으려니 가슴이 허전해지는 것을 느꼈다.

우물가를 지나 조금 더 내려가면 박씨 집이 나타나고 거기서 더 나아가면 다시 개울을 만난다. 그러나 인규는 그쪽으로 가지 않고 좌측 언덕길로 방향을 잡았다. 이 길은 방금 인규가 내려온 쪽보다 경사가 가파르고 조금 올라가면 촌장이 살던 집이 나온다.

촌장의 집은 지금은 박씨에게 상속되어 있었다. 인규는 그 길을 따라 올라갔다. 우측에는 얕은 숲이 점점 넓어지고 있었다. 이윽고 촌장의 집에 다다르자 길은 다시 둘로 갈라져 하나는 계곡 쪽으로 파고들고, 하나는 남씨가 있는 집으로 뻗어있었다.

인규는 남씨 집 쪽으로 가는 길을 선택했다. 길은 이제 경사가 없어지고 한동안 평탄했다. 좌측에 집이 나타났다. 이곳은 남씨의 집으로, 지금 남씨는 자고 있을 것이다. 그러나 인규는 이곳에 온 것이 아니었다. 길은 남씨의 집 앞을 통과하자 갑자기 막혀 버렸다.

그러나 가까이 급경사로 산자락이 나타나고 거목 사이로 좁은 통로가 보였다. 사람이 다닌 흔적은 없었지만 통행이 불편한 곳은 아니었다. 인규는 그 길로 들어섰다.

인규의 마음속에는 이미 오래 전에 이 길을 생각해 두었던 것처럼 익숙하게 느껴졌다. 물론 인규가 이곳에 와 본 적은 없었다. 막연한 느낌을 가지고 혹은 기대를 가지고 찾아온 것이었다. 인규에게는 왠지 이쪽 방향이 끌렸던 것 같았다.

숲은 점점 우거져 갔다. 가끔 나무 사이로 밝은 햇빛이 가늘게 뻗쳤다. 인규는 쉬지 않고 한동안 올라가다가 잠시 멈춰 두리번거렸다. 그러자 좌측에 바위틈으로 좁은 통로가 보였다.

인규는 그 속으로 올라섰다. 인규의 느낌이 적중했다. 드디어 수도할 장소를 찾은 것이다. 올라서고 보니 과연 이 장소는 찾아올 만한 곳이었다. 전망은 가히 기가 막히다고 할 만했다. 멀리 좌측 아래로 강노인의 집과 벌판이 보였다. 벌판이래 봐야 손바닥만 하게 보이지만 시원한 느낌을 주었다.

우측 아래로는 작은 나무숲이 넓게 펼쳐져 있고, 그 숲 속으로 개울이 흐르고 있었다. 뒤쪽은 바로 산으로 연결되어 숲이 울창하고 깎아 세운 듯한 경사이기 때문에 올라갈 수가 없는 곳이다.

인규의 얼굴빛은 약간 홍조를 띠었다. 이곳이 매우 마음에 들었다. 평범한 바위 위쪽은 아주 넓어서 마을 사람들 모두라도 앉을 만했다. 이 바위 위로 한 걸음 더 올라서면 바로 전망이 탁 트였으며, 그곳을 내려오면 그야말로 한적하게 수도할 수 있도록 사방이 가로막혀 있는 곳이 나타난다.

인규는 주위를 찬찬히 살펴 앉을 곳을 찾았다. 그러나 멀리 바라볼 것도 없이 바로 아래쪽에 그런 곳이 보였다. 이곳도 아주 훌륭한 곳이었다. 인규는 강노인 집 방향을 등지고 앉았는데, 전면에는 숲이 펼쳐져 있고 가까이 큰 산이 막아섰다.

'대단하구나! ……이런 곳이 있다니, 매일 이곳에 와야지.'

인규는 이곳을 자신의 수도장으로 결정했다. 이제 아주 훌륭한 수도장을 얻은 것이다. 앞으로 남은 문제는 이곳에서 무엇을 하느냐였다. 수도란 어떻게 하는 것인지 인규는 지금 당장 그것을 자신에게 묻지 않았다.

우선은 수도하기에 적절한 장소를 찾은 것을 다행스럽게 여기고 한동안 그곳의 지리를 익혔다. 인규는 무엇인가를 생각하고는 벌떡 일어났다. 그러고는 주변을 샅샅이 점검하기 시작했다. 자신의 도량을 확인하려는 것이었다.

숲에서 뿜어져 나오는 생기는 인규의 가슴에 생생하게 와 닿았고, 시원한 바람이 불어와서 희망을 느끼게 했다.

긴긴 세월 고요했던 숲은 새로운 손님을 맞이한 것이다. 그러나 숲은 여전히 고요했지만 인규의 움직임은 오히려 평화로움을 더해 주는 것 같았다. 저 아래 정마을도 점점 아침 해가 밝아오고 있었다.

정마을에도 아침은 언제나 찾아왔지만 오늘 비로소 본래의 평화로운 모습을 되찾은 것 같았다. 마을 사람들은 지난밤 오랜만에 편안히 잠들 수 있었고, 아침이 되자 마을에 평화가 깃들이고 있다는 느낌을 받았다.

이는 물론 공연한 느낌이겠지만, 사람이란 근본적으로 고독을 두려워하는 존재이기 때문에 여러 사람과 함께 있으면 자연히 안심이 되는가 보다!

기다리는 사람과 떠나려는 사람들

임씨 부인은 아기의 울음소리와 거의 동시에 잠을 깼다. 마음이 어제보다 상당히 가벼워졌음을 느꼈다. 임씨 부인의 마음이 편안해진 이유는 단순히 서울 간 사람들이 돌아왔기 때문만은 아니었다.

임씨 부인으로서는 서울 간 사람이 돌아왔든 아니든 결코 그것이 문제일 수는 없었다. 남편이 행방불명된 이 마당에 남의 일에까지 신경 쓸 여유가 없었다. 그러나 서울 간 사람들이 돌아온 것은 어떤 새로운 것의 시발점이 된다는 생각에 마음이 편해졌다.

이제부터는 모두들 의논해서 남편을 찾는 일이 진행될 것이었다. 임씨 부인이 무엇보다도 기대하는 것은 건영이의 말이었다. 건영이는 서울 간 사람들이 돌아오면 남편을 찾아 나서야겠다고 말한 바 있었다.

사실 임씨 부인으로서는 자나 깨나 남편 생각에 몰두해 있었기 때문에, 건영이의 말이 없었으면 견디기 힘든 나날이었을 것이다. 어제 저녁만 해도 그렇다 건영이가 일부러 찾아와 잔치를 이곳에서 했으면 좋겠다고 했을 때, 임씨 부인은 상당히 즐겁게 받아들였다.

왜냐하면 건영이가 임씨 부인의 고통을 잘 알고 있을 텐데도, 굳이 임씨 부인 집에서 잔치를 하겠다는 것은 추후 대책이 있다는 것을 암시하기 때문이다. 과연 건영이의 마음이 그런지도 모른다.

틀림없을 것이다. 임씨 부인은 며칠 전 건영이가 한 말을 잘 기억하고 있었다.

'조금만 더 기다리세요. 서울에 간 사람들이 돌아오면 찾아 나설 거예요. 서울에서는 곧 돌아오게 돼 있어요…… 아시겠지요?'

임씨 부인은 그동안 이 말을 얼마나 많이 되뇌었는지 모른다. 특히 마지막 부분의 '아시겠지요?'라는 말은 혼자 있을 때조차 고개를 끄덕이게 만들었다. 게다가 건영이가 다시 찾아와서,

'서울 갔던 사람들이 오늘 올 것 같습니다. 여기서 잔치를 하지요!'

라고 말했을 때는 뛸 듯이 기뻤다.

건영이가 자신에게 한 말을 기억하고 있을 뿐 아니라 그것이 언젠가는 꼭 실현될 것이라는 믿음 때문이었다. 임씨 부인이 이토록 건영이를 신뢰하는 것은 어떤 절대적 판단이 있어서가 아니었다.

이는 촌장이 건영이란 사람을 만나기 위해, 이 마을에서 긴긴 세월을 지낸 것이라는 마을 사람들의 말 때문이었다. 그토록 신통한 촌장이 건영이를 만나기 위해 수십 년을 기다려 왔다면 건영이는 과연 어떤 사람이겠는가?

그뿐이 아니다. 건영이는 마을 사람들이 보기에도 인품이 뛰어날 뿐 아니라, 미래를 예언하고 그것이 적중하는 것은 가히 촌장을 방불케 하였다.

임씨 부인은 아기에게 젖을 먹이면서 남편의 모습을 그려보았다. 언제나 싱글벙글하면서 무슨 일이든 힘차게 해 나가는 그 모습, 아들이 생긴 것을 알면 얼마나 좋아할까! 작은 일에도 매우 기뻐하던 그

사람이 자신의 분신이 생긴 것에는 어떤 표정을 지을까?

임씨 부인은 불현듯 눈물이 나오려는 것을 느꼈다. 그러나 애써 참으며 일부러 웃음을 지어봤다. 이제부터 남편을 찾을 때까지 참아야 한다. 건영이는 분명 남편이 살아 있다고 확언했다. 단순히 위로의 말은 아니었을 것이다.

임씨 부인은 아침 햇살이 앞마당에 조용히 쌓이고 있는 것을 바라보며 굳게 입을 다물었다. 반드시 남편을 찾겠다는 다짐인 것이다. 임씨 부인은 서두를 생각은 결코 없었다. 마을 사람들을 보채지도 않을 생각이었다.

때가 되면 건영이가 먼저 남편 문제를 거론할 것이 틀림없었다. 그리고 곧 수색 작업을 시작할 것이다. 길어도 며칠 내에 진행될 것이고, 그렇게 되면 반드시 남편을 찾아낼 수 있을 것이다.

아기는 젖을 먹고 나자 즉시 잠이 들었다. 임씨 부인은 아기를 뉘어 놓고 다시 부엌으로 들어섰다. 그러고는 힘찬 행동으로 어젯밤 하다만 일을 해치우기 시작했다.

이 시간 숲 건너편에 있는 집에서는 남씨가 이미 깨어 있었다. 오늘 아침 남씨가 잠자리에서 일어난 시간은 이르지도 늦지도 않았는데, 남씨는 원래 일어나는 시간이 일정하지 않았다. 어느 때는 건영이나 박씨보다 먼저 일어나기도 하고, 또 어느 때는 오래도록 늦잠을 자기도 했다.

성격이 자유로워서 그런 것일까? 아니면 계획성이 없기 때문일까? 남씨는 아침에 일어나는 시간이 일정하지 않고 밤에 잠이 드는 시간도 제멋대로였다. 이유 없이 늦게 자는 경우도 있고, 어떤 때는 아주 일찍 잠들기도 했다.

그런데 한 가지 일정한 습관이 있다면, 일단 일어나서는 언제나 최상의 정신 상태를 유지하였다. 그리고 바삐 세수를 하고 옷을 단정히 입는 등 제법 깔끔한 편에 속한다.

오늘 남씨는 신선한 아침을 맞이하였다. 하루 전에는 뭔가 개운치 않은 느낌으로 일어나면서부터 골똘했었는데, 오늘 아침에는 특별히 신경 쓰이는 것이 없었다. 고향에서의 아침은 이토록 상쾌한 것일까?

남씨는 오늘 할 일을 생각해 보았다. 전 같으면 생각할 것도 없이 자연스럽게 생활에 임했을 텐데, 오랫동안 집을 떠나있다 보니 일하는 순서를 잊은 것 같았다. 요즈음은 농촌이 아직 바쁠 때는 아니고 지금 당장 급한 일도 없었다.

남씨는 그저 편안히 앉아서 잠시 시간을 보냈다. 그런데 마음속에서 한 가지 생각이 불현듯 떠올랐다. 그것은 바로 촌장의 모습이었는데, 곧이어 천상의 세계도 아른거렸다.

'촌장님은 지금 어디에 계실까? 혹시 천상에 가 계신 것은 아닐까?'

남씨는 처음엔 왜 이런 생각이 드는지 알지 못했다. 그러나 잠시 후 자신의 마음속에 나타난 잔상의 이유를 깨달았다. 남씨는 지난밤 잠들기 직전 천상의 일을 생각했고, 오늘 아침엔 잠에서 깨어나며 붓글씨를 생각했다.

남씨는 전생에 천상에서 어느 유명한 글을 쓴 바 있는데, 그것은 바로 《황정경(黃庭經)》 일서(一書)였다. 그런데 전에 촌장이 떠나면서 남겨놓은 책이 바로 《황정경》과 《육도 삼략(六韜三略)》이었다.

그 중에서 오늘 아침 《황정경》이 생각났고, 이로써 촌장과 천상의 세계가 연이어 떠올랐다. 촌장이 《황정경》을 남겨놓은 뜻은 무엇일까? 이 문제의 답은 곧바로 떠올랐다. 천상에서 쓰던 글씨를 계속해서 쓰라는 뜻일 것이다.

그리고 그 경(經)을 읽고 깨달으라는 뜻이었다. 남씨는 촌장이 자기에게 해 준 일이 무엇인가를 생각했다. 오늘 아침 그 전에는 박씨만이 촌장에게 배우고 큰 지시를 받은 것으로 생각했다.

그런데 그게 아니었다. 촌장은 남씨 자신에게도 커다란 사명을 주었다.

'《황정경》을 쓰고, 읽고, 숙명에 대응하라.'

이것이 촌장의 가르침이고 지시이다.

남씨는 혼자 고개를 끄덕이며 자신의 현재 처지를 생각해 보았다.

'나는 전생에서부터 붓글씨를 써왔어! 그런데 그 당시는 얼마나 잘 썼을까? 지금 내 글씨는 제대로 된 것일까?'

남씨는 고개를 가로저었다. 현재 자신의 글씨는 도저히 만족할 수 없는 수준인 것이었다. 서울에 사는 일송 선생은 자신의 글씨를 천하제일이라고 평하였지만 그게 도대체 어떻다는 것인가?

자신이 언제 남을 의식하고 글을 쓴 적이 있었던가? 남씨는 오직 자기 자신이 만족할 수 있는 글씨를 쓰고 싶을 뿐이었다. 그런데 현재의 글씨는 그렇지가 못하였다. 도무지 글씨가 아닌 것처럼 느껴졌다.

'이를 어찌할 것이냐……'

남씨는 자기도 모르게 한숨이 나왔다. 남씨의 시선은 이제 한쪽 구석에 있는 자그마한 보따리에 고정되었다.

그 보따리 안에는 붓과 벼루 등이 들어 있었다. 남씨는 다시 고개를 가로저었다. 마음이 편치 않았다. 잠시 현실을 외면하고 싶은 것일까? 남씨는 생각을 삼키듯 눈을 꼭 감았다 뜨고는 밖으로 나왔다.

이때 마침 밖에서 누가 들어서고 있었다. 숙영이었다.

"큰아버지, 안녕히 주무셨어요?"

숙영이는 상냥하게 인사를 건네며 다가왔다.

"음? 숙영이 왔구나!"

남씨의 얼굴이 환해졌다.

"어서 와라! 일찍 일어났구나."

"일찍은요? 시간이 많이 됐어요!"

"그래? 하하하, 지금이 몇 시지?"

남씨는 숙영이를 귀엽다는 듯이 쳐다보고는 시계를 살펴보았다. 그러나 시간을 알 수는 없었다. 시계는 멈추어 있은 지가 오래 되었던 것이다.

남씨는 원래 손목시계는 없고 오래된 탁상시계가 있을 뿐이었는데, 그나마 멈추어 있는 때가 더 많았다. 태엽을 주는 것을 자주 잊어버렸기 때문이었다. 이번 서울 출행 후 시계는 긴긴 세월 동안 쉬고 있었다.

"내려가세요…… 서울분들이 기다리고 계세요!"

숙영이는 미소를 지으며 말했다.

"서울분? 그래! 내려가야지."

서울분이라면 조합장 부하들을 말한다. 이들은 벌써 일찍부터 일어나서 남씨가 나타나기를 기다리고 있는 중이었다. 남씨는 숙영이를 뒤따라 산길을 내려왔다. 어느새 날은 환하게 밝아졌고, 산길은 조용히 펼쳐져 있었다.

"숙영아! 그동안 별일 없었니?"

남씨는 아래쪽으로 전개되어 있는 평화로운 길을 걸으며 한가하게 물었다.

"그럼요! 이곳은 여전해요. ……큰아버지는 고생하셨지요?"

"아니야! 잘 지냈어, 재미있더구나."

"예, 그렇군요! 서울은 좋은 곳이지요?"

숙영이는 막연히 상상하는 표정으로 말했다. 그러나 서울이란 곳은 상상만으로 알 수 있는 곳은 아니었다. 생전 서울이란 곳을 가보지 못한 숙영이로서는 큰아버지의 서울 출행이 그저 신기하기만 할 뿐이었다. 남씨는 숙영이의 상상하는 표정을 애틋하게 바라봤다.

'저토록 아름다운 아이가 이런 산골에서 그저 평범하게만 살아야 하다니!'

남씨의 생각은 숙영이의 장래를 아련히 그리고 있었다. 여자의 아름다움이란 과연 어느 곳에 있어야 행복한 것일까? 남씨가 얼핏 생각한 것은 부귀영화인지 모른다.

물론 숙영이의 착한 마음씨와 아름다움이 이 산 속에 있다고 해서 소용이 없다거나 아까운 것만은 아닐 것이다. 단지 미래를 알 길 없이 커나가고 있는 숙영이가 그저 애처로울 뿐이었다.

숙영이는 언제까지나 이런 산골에 있어야 하는가? 그리고 이 산골 마을은 영원히 존재하는 것일까? 숙영이는 남씨의 마음을 헤아리고나 있듯이 표정을 밝게 하며 말했다.

"……하지만 이곳도 나쁘지 않아요!"

남씨는 숙영이의 말에 즉시 고개를 끄덕이며 찬동을 표시해 주었다.

"그럼! 여기는 여기대로 좋은 거야! 서울에는 나중에 가볼 수도 있고……."

"예, 큰아버지."

숙영이는 상쾌히 대답하고 한 걸음 앞서 걸었다. 잠시 후 좌측에 집이 나타났다. 이곳은 옛 촌장의 집이고 지금은 박씨의 도량이었다. 두 사람이 동시에 걸음을 멈추자 숙영이가 먼저 말했다.

"박씨 아저씨는 안 계실 거예요! 다시 한 번 들러볼까요?"

남씨는 그 자리에서 기다리고 숙영이는 집을 살펴보았다. 박씨는 여전히 돌아와 있지 않았다. 분명히 강가에 나가 있으리라! 조금 더 걸어 내려오자 우물이 보였고, 길은 우측으로 갈라졌다.

우물을 지나쳐 내려가면 박씨의 본래 집으로 평소에는 정섭이가 잠을 자는 곳이고, 지난밤에는 서울 손님이 묵은 곳이다. 숙영이는 내려가지 않고 곧장 우측으로 꺾어졌다. 이때 남씨가 숙영이를 불러 세웠다.

"잠깐만! 저 집에 들러서 가자."

"……"

남씨는 숙영이를 기다리게 하고 빠른 걸음으로 내려가 박씨 집으로 들어갔다. 잠깐 만에 다시 나온 남씨의 손에는 한 뭉치의 보따리가 들려 있었다.

"숙영아! 이게 뭔지 알겠니?"

"……"

"서울서 사가지고 온 선물이야. 네 것하고 엄마 것을 많이 샀단다!"

남씨는 미소를 지으며 보따리를 들어 올려 보였다.

"어머! 선물이에요?"

숙영이는 놀라며 기뻐했다. 서울에서 사가지고 온 선물이라니 오죽하겠는가! 숙영이는 세상의 문물(文物)을 모르기 때문에, 서울에서 온 물건이라고 하니 무척 신기해했다.

숙영이의 얼굴은 홍조를 띠었는데, 어제 저녁에는 선물을 내놓지 않아서 서운하지나 않았는지! 남씨는 보따리를 숙영이에게 맡기고 천천히 뒤따라 올라갔다.

잠시 후 숙영이 집에 도착하자 서울 손님들은 문밖에 나와서 기다리고 있었다. 조합장의 부하들은 남씨보고 말없이 고개만 정중히 숙였다.

"음, 왜 나와 있나? 들어가지!"

남씨는 다정하게 말하고는 함께 마당으로 들어섰다. 마당에는 숙영이 어머니가 마중을 나와 있었다. 숙영이 어머니는 어제에 이어 오늘도 고운 옷으로 단정하게 차려입고 표정도 아주 밝았다.

"안녕히 주무셨어요?"

숙영이 어머니가 남씨를 바라보며 인사를 건네자 남씨는 약간 부끄러움을 타는 듯했다.

"아, 예…… 숙영이 어머니도 잘 지냈나요?"

이것이 남씨의 인사였다. 어제 저녁에는 눈인사 정도만 나누었을 뿐, 오늘 인사가 긴긴 세월 떨어져 있었던 정분(精分)의 인사인 셈이었다.

숙영이 어머니는 남씨를 바라보며 정면으로 인사를 건넸고, 남씨는 굳이 제수라는 표현을 삼갔다. 운명이란 참으로 기구하고 우주는 광대했다. 전생에 그토록 사모하던 두 연인은 처참하게 생을 바꾸고, 신분도 아주 얄궂게 만들어진 것이었다. 이 모든 것은 하늘에 지은 죄 때문이었을까?

지금에 와서 이것이 밝혀진다 해도 현실적으로 어떤 의미를 가질지 알 수는 없다. 더구나 숙영이 어머니로서는 전생과 사후의 세계가 일생을 초월한 무한한 세계임을 느낄 수 없을지도 모른다. 따라서 숙영이 어머니에게는 이번 생이 중요할 뿐이다.

그런데 남씨가 어제에 이어 오늘 숙영이 어머니에 대해 느낀 점은 몹시 행복한 삶을 살고 있는 것처럼 보인다는 것이었다. 이전의 숙영이 어머니에게서는 결코 찾아볼 수 없었던 모습이었다. 숙영이 어머니의 밝은 모습은 단순히 서울로 떠나간 사람이 돌아온 데 대한 반가움 때문인지도 모르겠다.

하지만 그것은 며칠을 더 지내보면 알 수 있을 것이다. 한 가지 분명하게 달라진 점이 있다면 그것은 남씨를 바라보는 눈이었다. 전에는 서로 시선을 마주치는 법이 없었는데, 어제 다시 만난 이후부터는 고개를 들고 정면으로 바라보았다. 그것도 다정한 모습으로 당당히 쳐다보아 오히려 남씨가 부끄러움을 탈 정도였다.

지금도 아침상을 차리면서 몇 번이나 바로 쳐다보았다. 그러자 무안해진 남씨는 약간 방향을 돌려 서울 손님들에게 일부러 말을 걸었다.

"어떤가? 이런 곳에 처음 와보지?"

"예? 아니에요. 저희 집도 시골인걸요!"

조합장 부하 중 하나가 멋쩍게 말했다. 이 사람은 시골에서 상경해 폭력배라는 직업을 갖게 된 것이다. 남씨는 흥미를 보였다.

"그래? 시골에 부모님들이 계신가?"

"예. 농사를 짓고 계십니다!"

"그럼, 자넨 농사를 안 짓고 왜 서울에 올라와 있어? 조용한 시골을 놔두고……."

"글쎄요. 뭐, 그저……."

청년은 머뭇거렸지만, 사실 이런 질문은 뻔한 것이기 때문에 마땅한 답이 없었다. 시골에서 태어난 사람이라면 그냥 농사를 짓고 살 것인지, 아니면 도시로 나가 살 것인지를 결정해야 하는데, 이 청년은 도시를 선택해 서울로 올라온 것뿐이다.

이러한 것이 생존의 방식이다. 특별한 사람이 아니고서는 생존이 인생의 전부이다. 살아가면서 형편이 좋아지면 그 속에서 행복을 느끼고 보람을 느낀다. 삶 그 자체가 무엇을 위해 쓰여야 하는지를 생각하는 사람은 극히 드물 것이다.

인생이란 다 그런 것이 아니겠는가! 조합장의 부하들이 남씨처럼 사는 것에 심오한 의미를 부여할 수는 없을 것이다. 넓고 넓은 세상에 태어나서 세상이 왜 이리 넓어야 하는지를 생각하고 사는 곳을 가려 선택하는 일은 도인이나 가능할 것이 아니겠는가.

그러나 현재, 인규가 그렇게 하고 있었다. 인규는 본래 서울에서 태어나서 시골이라곤 정마을을 처음 접해 본 것이지만 지금은 삶의 장소로 산골을 선택한 것이다. 남씨는 웃으며 다시 물었다.

"자넨 어때, 이곳이 재미있나?"

"저요? 좋은데요. 좀 심심하기는 하지만……."

그는 머리를 긁적이며 대답했다. 심심하다는 말은 이곳이 그리 좋다는 말은 아니다. 사람이 가장 견디기 어려운 것이 있다면 심심한 것인데, 젊은 사람일수록 더욱 심하다. 그런데 심심하다는 것은 삶의 본질이어서 그것을 잘 견디면 마음이 크게 안정될 수가 있다. 사실 도를 닦는다는 것은 이들이 말하는 심심한 마음을 억제하고 그로써 안정을 도모한다는 것이 아니겠는가?

마음이 안정되면 삶의 큰 의미를 깨달을 수 있을 것이다.

"자, 식사들 하지! 이쪽으로 오게!"

상이 다 차려지자 남씨는 젊은 친구들과의 대화를 중단하고 상 주

위에 둘러앉았다.

"그런데 다른 사람들은 다 어디 있지?"

"예. 모두들 안 보여요! 박씨 아저씨와 정섭이는 강가에 있겠지만……."

숙영이가 대답했다.

"그래? ……어디들 갔을까?"

남씨는 고개를 갸우뚱하고는 식사를 시작했다. 앞마당에는 햇빛이 반사되고 있었다. 시간은 정오에 가까워지고 있는 것 같았다.

건영이와 인규는 각각 자기의 도량에서 오랫동안 시간을 보내고 있었다. 그런데 인규가 산에서 오랜 시간을 지체하는 것은, 새로 생긴 도량에 정을 들이고 있는 것이겠지만, 건영이가 나타나지 않는 것은 조금 이상했다.

건영이는 산에 올라가는 시간과 내려오는 시간이 거의 일정했다. 생각할 일이 있으면 강변을 거닐고, 이론적인 연구를 할 때는 방에 틀어박혀 온종일 몰두하곤 했다.

숙영이가 찾아본 바에 의하면 집에는 없는 것 같았다. 숙영이는 남씨를 찾으러 가기 전에 건영이 집부터 들러봤었다. 건영이는 대체 어디서 무엇을 하고 있을까?

남씨는 식사를 마치고 밖으로 나왔다. 싸리문 밖에는 멀리 아래로 전망이 탁 트여 있고, 바람이 약간씩 불고 있었다. 남씨는 어디로 갈까 잠깐 망설였는데 조합장 부하가 물었다.

"선생님…… 저, 우리들은 언제 올라가지요?"

이들이 당초 정마을에 온 것은 길을 익히기 위해서였다. 조합장은 유사시에 정마을과 연락을 취하기 위해 이들을 파견한 것이었다. 물론 이들이 이곳 정마을에 올 때 조합장이 보내는 물건을 잔뜩 날라오기도 했지만, 일을 마친 지금은 돌아가도 되었다.

조합장은 이들에게 마음이 내킨다면 한동안 쉬다가 와도 좋다고 허락한 바 있었다. 그러나 이들이 이런 답답한 환경에서 오래 견딜 것 같지가 않았다. 산골이 답답하다고 느끼는 사람은 마음이 사악한 사람이 아닐까?

그렇다면 도시가 답답하다는 사람은 의욕이 부족하다고 해야 하는 것인지? 아무튼 조합장 부하들은 평화로운 정마을이 썩 마음에 드는 것이 아닌가 보았다! 하기야 평화스러운 것을 좋아할 이들은 결코 아니다.

이들은 도시에 나가 싸움을 하든지, 복잡한 서울의 술집이라도 가 있어야 신명이 나는 사람들이 아닌가! 긴장이 풀어진 한가한 산골은 이들에게는 적성에 맞지가 않았다. 남씨가 이들의 마음을 확실히 아는지 어떤지는 모르겠으나 다정히 미소를 지으며 천천히 말했다.

"글쎄, 나도 모르겠는데…… 어쩌나?"

"……."

두 청년은 영문을 몰라 잠시 망설였다. 지금까지 모든 일의 지휘자는 남씨가 아니었던가? 그러한 남씨가 모르겠다니! 남씨가 다시 물었다.

"자네들 이곳이 싫은가?"

"아니요, 싫다는 것보다 그냥…… 저…….”

청년의 대답은 분명하진 않았지만 정마을에 오래 머물고 싶지 않은 것만은 틀림없었다.

"그래 좋아, 가고 싶은가 보군! 그런데 내 마음대로 되는 게 아니야!"

"예? 무슨 말씀이신지요?"

"하하하, 이곳에는 도사가 있어! 자네도 봤지 않나? 그 젊은이……

그 사람이 가도 좋다고 해야 갈 수 있는 거야!"

"······."

남씨가 말하는 사람은 다름 아닌 건영이었다. 두 청년도 남씨가 건영이를 지칭한다는 것은 알았지만, 왜 그 사람에게 떠날 허락을 받아야 되는지 알 수 없었다.

그러나 남씨의 생각은 별게 아니었다. 오는 길에 빗자루 괴인이 나타날까 망설였던 것처럼 지금 역시 마찬가지 형편인 것이다. 그런데 언제 안전할지는 오직 건영이만 알 수 있었다.

그래서 남씨는 먼저 건영이게 허락을 받아야 한다고 말한 것이었다.

"자, 그럼 가보자고. 가서 도사에게 지금 떠나도 되는지 물어봐야지!"

남씨는 한가하게 앞장을 섰다. 두 청년은 남씨의 말을 대충 음미하면서 뒤를 따라 길을 나섰다.

싸리문 안에서는 숙영이와 그 어머니가 선물꾸러미를 풀어보고 있었다. 숙영이는 보따리를 조심스럽게 풀고, 숙영이 어머니는 부푼 기대로 이를 지켜보고 있었다. 처음에 나타난 것은 옷으로 서울 사람들이 입는 예쁜 색의 양장이었다.

옷은 상하 한 벌씩 갖추어져 두 사람 옷이 각각 두 벌씩이었다. 남씨는 이 옷 외에도 다른 보따리에 여러 벌을 더 준비했고, 그 외에 한복과 양장의 옷감이 많이 남아 있었다. 옷의 종류와 양을 보면 숙영이와 어머니가 정마을에서 지난 십여 년을 통틀어 입은 것보다도 많았다.

남씨는 서울에서 생활하는 동안 건영이 아버지와 조합장으로부터 상당한 돈을 받는데, 그 돈을 쓰지 않고 모아서 이 물건들을 준비했던 것이다. 물론 남씨는 숙영이 모녀 외에도 마을 사람들의 옷 등 여러 가지 물건을 골고루 준비해 두었다. 이것은 오늘 내일 중으로 배분될 것이다.

숙영이 어머니는 평생 처음 보는 아름다운 옷에 잠시 넋을 읽고 바라보고 있었다. 속으로는 수많은 감정이 일어나고 왠지 모를 눈물이 맺혔다. 숙영이는 옷을 세심히 살폈다.

'예쁘구나! 서울 사람들은 매일 이런 옷을 입고 지내는 것일까? 서울 사람들은 좋을 거야! 비싼 옷일 텐데……'

여인의 마음이란 산골에 있으나 도심에 있으나 마찬가지인 것일까! 두 사람은 한참 동안이나 옷을 들여다보며 좋아하였다. 사실 남씨가 서울에서 사온 옷은 정마을 같은 산골에서는 도저히 입을 옷이 못 되는 데도 지금 두 여자들은 자신이 옷을 입은 모습이 어떨까 하고 오랫동안 상상하고 있었다.

물론 산 속이라고 해서 예쁜 옷을 입지 말라는 법은 없을 것이다. 예쁜 옷을 입었을 때 누가 봐주면 확실히 좋긴 하지만 보는 사람이 없다 해도 스스로 만족하면 되는 것이다. 그런데 옛말에 이런 말이 있다.

'출세를 하고 고향에 돌아가지 않으면 비단 옷을 입고 산속을 거니는 것과 같다.'

이 말은 출세를 했으면 아는 사람에게 가서 자랑을 해야 더 신이 난다는 말이겠지만, 산 속 같은 데서는 비단 옷을 입고 다녀봐야 소용없다는 말을 포함한다. 과연 그런 것일까? 그렇다면 산 속에 피어 있는 꽃들은 보아주는 사람이 없어서 서글프단 말인가? 이것은 무어라 단정적으로 말할 수는 없다. 사람에 따라서는 누가 봐주지 않아도 홀로 아름다운 옷을 입고서 행복해하는 경우가 있을 수 있기 때문이다. 그리고 거친 옷을 입고도 거리낌 없이 남 앞에 나타날 수 있는 사람은 얼마든지 있다.

숙영이와 어머니는 옷을 여러 모로 살펴보고 몸에 대보며 좋아했다. 숙영이는 옷을 내려놓고 다른 물건을 살펴보기 시작했다. 숙영이 어머니는 왠지 물건을 만져보지도 않고 숙영이가 뒤척이는 대로 내버려두었다.

숙영이는 순식간에 두 번째의 물품을 골라냈다. 그것은 화장품이었는데, 정마을 같은 산골에서는 예쁜 옷보다 더욱 희귀한 물건이었다.

"엄마! 이것 봐요, 화장품이에요."

화장품의 종류는 많았다. 남씨는 이런 것을 어떻게 구할 수 있었을까? 아마도 누군가 여자에게 물어서 구입했을 것이다. 화장품에 대해서는 정작 여자인 숙영이 어머니조차도 잘 몰랐다. 정마을 같은 산골에서는 거의 본 적이 없었기 때문이다.

숙영이는 더더구나 알 턱이 없었다. 단지 한 가지 정도, 화장품이라는 것을 알기 때문에 다른 것도 화장품이리라 미루어 짐작한 것뿐이었다. 그런데 이런 것을 과연 누가 사용할 수 있을까?

숙영이 어머니는 속으로 놀라면서 엄두를 내지 못하고 있었다. 어쩌면 자신이 늙었다는 것을 한스러워하고 있는지도 몰랐다. 숙영이 어머니는 겨우 한 마디를 천천히 꺼냈을 뿐이다.

"그렇구나, 네가 사용하면 좋겠다!"

"예?"

숙영이는 깜짝 놀랐다.

"아니, 엄마! 내가 화장품이 무슨 필요 있어요?"

"아니야. 내가 이 나이에 무슨 화장품이 필요하겠니? 네가 쓰면 아주 예쁠 거야!”

“엄마가 무슨 나이 들었어요? 아직 예쁜데⋯⋯.”

“얘는 무슨 말을 그렇게 하니⋯⋯.”

“아니에요. 엄마, 좀 있다가 한번 해 보세요.”

“네가 해 봐! 이런 것은 젊은 사람이 하는 거야.”

“싫어요. 엄마 것을 내가 왜 써요!”

“⋯⋯.”

숙영이 어머니는 눈물을 흘리고 말았다. 숙영이는 어머니의 손을 잡아주었다. 두 여인은 잠시 동안 마음을 안정하고 다시 물건을 살펴보았다.

남씨는 실로 여러 가지 물건들을 사가지고 왔다. 남씨는 실컷 한이라도 풀 생각이었을까? 매사에 총명한 남씨는 여인의 마음을 헤아리는 데 있어서도 섬세한 아름다움을 지니고 있는 듯했다.

이 일은 총명하기보다는 아름답다는 표현이 적합하리라. 지금 숙영이가 살피고 있는 물건은 남씨의 세심하고도 따듯한 정성이 담겨 있었다. 화장품 외에도 갖가지 빗·머리핀·손톱깎이·손수건·옷핀·수첩·지갑·작은 손거울·색실·만년필·리본 등⋯⋯.

그런데 모르는 물건 하나가 숙영이 손에 잡혔다.

“어머! 이게 뭐지? 예쁜데!”

“음? 이거⋯⋯ 브로치인데⋯⋯.”

“예? 브로치요? 그게 뭔데요?”

숙영이는 생전 브로치라는 것을 보지도 듣지도 못했었다. 숙영이 어머니도 정마을에 들어와 산 이래 브로치를 달아본 적이 없었다. 남씨가 서울에서 사가지고 온 브로치는 꽃잎 모양으로 최근에 만들어진 것이었다. 남씨도 이것에 대해 잘 몰랐지만 백화점에 가서 여성용 물품을 보다가 눈에 띄어 마련한 것이었다.

"예쁘구나! 장식용으로 가슴에 다는 거야."

숙영이 어머니는 브로치의 용도를 설명해 주었다. 숙영이는 처음 보는 아름다운 물건을 자세히 살피며 신기한 표정을 지었다.

"엄마! 옷을 입어보세요. 이것도 달아보고……."

"음? 그래. 너도 한번 입어봐라!"

두 모녀는 옷을 입기 시작했다. 옷이 잘 안 맞으면 임씨 부인이 적당하게 고쳐줄 것이다. 집 밖에는 맑은 하늘이 드넓게 펼쳐져 있고 한가히 구름이 떠 있었다.

빗자루를 든 괴인의 괴력(怪力)

　남씨는 조합장 부하들을 데리고 건영이를 찾아 나서고 있었다. 남씨가 먼저 들른 곳은 건영이 집이었는데, 이곳은 인규와 함께 사는 곳으로 숙영이네 집보다 위치가 낮고 마을의 우물보다는 높게 자리하고 있었다.

　숙영이 집과 건영이 집 사이에는 작은 언덕과 숲이 가로막혀 있고 길은 아래쪽으로 내려오다 다시 올라가면서 연결된다. 지금 건영이 집은 고요가 서려 있었다. 건영이가 없으면 인규라도 있을 텐데 인기척이 전혀 없었다. 남씨는 대문을 열고 신발이 있는가를 살펴봤다. 두 사람 다 없었다.

　'인규와 함께 나갔나? 어딜 갔을까?'

　남씨는 생각에 잠겨 멀리 산 위쪽을 바라봤다. 그쪽은 건영이의 수도장으로 그곳에 가려면 길을 내려와 다시 숙영이네 집 앞을 통과해야 했다.

　그러나 남씨는 그곳에 갈 생각은 없었다. 건영이가 그곳에서 내려올 때까지 기다릴 생각이었다. 찾아간다거나 해서 건영이의 수도를 방해할 수는 없었다. 건영이가 어떤 사람인가? 현재 정마을에서 가장 신성한 존재가 아니더냐! 마을 사람 누구도 건영이가 다니는 산 쪽으로 가는 것을 금기로 생각했다.

남씨는 건영이가 인규와 함께 동행했으리라 생각하고 다른 쪽으로 방향을 정했다. 인규도 건영이의 수도장까지는 가지 않았을 테니 함께 나갔다면 필시 다른 곳으로 갔을 것이었다.

'강가로 가볼까?'

남씨는 우물가를 지나 아래쪽으로 향했다. 정마을에서의 길은 두 곳뿐이었다. 하나는 강 쪽인데 이곳으로 나가면 넓은 강변이 나오고, 또 한 방향은 강노인이 사는 집을 통과하여 큰산으로 가는 길이다.

두 번째는 길이 없고 큰산으로 연결되기 때문에 특별한 일이 없으면 그쪽으로는 가지 않는다. 전에는 약초를 캐러 종종 다니던 곳이지만 금년에는 한 차례도 그곳을 다녀온 사람이 없었다.

정마을은 이 두 곳 통로 외에는 숲과 산으로 막혀 막다른 곳에 위치하였다. 남씨는 박씨 집을 통과하여 막 개울을 건넜다. 바로 이때 뒤에서 부르는 소리가 났다.

"아저씨!"

"음?"

남씨가 돌아보니 마침 건영이가 오고 있었다. 건영이는 급한 걸음으로 산에서 내려왔는지 약간 숨을 몰아쉬었다.

"건영이로구나. 강가로 찾아가려는 중인데……."

"예. 저도 강가로 가는 중이에요. 빨리 가봐야 돼요!"

건영이의 모습은 매우 심각해 보였다.

"음? 무슨 일이 있니?"

남씨는 약간 놀라면서 물었다.

"잘 모르겠어요! 기분이 이상해요."

"……."

남씨는 영문을 몰라 가만히 기색을 살폈는데 건영이의 얼굴빛이 흐려졌다.

"괴인이 나타난 것 같아요! 아니, 틀림이 없어요."

"뭐라고? 괴인이 나타났다고?"

남씨는 목소리를 높였다. 건영이의 말은 틀림없을 것이다. 필경 건영이는 마음속으로 괴인의 출현을 감지했으리라!

조합장의 부하들은 건영이의 말뜻을 알 수가 없었다. 자신들의 눈에는 괴인이 보이지 않았다. 도대체 어디에 괴인이 나타났단 말인가? 조합장의 부하는 신통한 남씨와 그보다 더 신통하다는 건영이를 이상한 눈으로 보고 있었다.

남씨도 잠시 머뭇거렸다. 그러자 건영이가 다급한 목소리로 말했다.

"박씨 아저씨가 위험해요! 빨리 가서 피신시켜야 돼요."

"그래? 알았다. 얘들아……."

남씨는 그제야 정신을 수습하고 조합장 부하들에게 명령했다.

"너희들 먼저 달려가! 가서 박씨를 데려오라고! ……무조건 오라고 해! 어서 가!"

"예, 알겠습니다."

조합장 부하 두 명은 급히 달려가기 시작했다. 건영이나 남씨는 이들처럼 달릴 수 없으니 걸음을 좀 빨리해서 뒤를 따랐다. 앞으로 달려 나간 두 청년은 상당히 빨리 벌써 보이지 않았다.

"어떻게 된 거야?"

남씨는 급한 조치를 마치고 숨을 돌리며 물었다.

"예. 괴인이 오고 있어요."

건영이의 대답은 뻔했다. 건영이는 풍곡림에 앉아 있는 중 심정 공간을 통하여 괴인의 출현을 느낀 것뿐이다. 건영이로서는 지난번 나타났던 그 괴인의 느낌을 정확히 확인한 다음 강가에 나가 있는 박씨를 구하고자 했다.

그런데 괴인이 나타났다면 이 일을 어찌하면 좋단 말인가? 박씨가 그냥 정마을로 돌아와 숨는다고 해서 끝나는 일이 아니었다. 빗자루 괴인이 스스로 강을 건너 정마을로 들어온다면 정마을 전체가 참사를 당하게 된다.

"큰일 났어요! 괴인이 이곳으로 오면 어쩌지요?"

건영이는 걸음을 늦추면서 남씨에게 물었다.

"음? 글쎄, 큰일인데……."

남씨도 당장에 방법이 떠오르지 않았다. 그러나 문제는 이제 분명해져서 남씨는 얼굴을 찡그리며 궁리를 시작했다. 당장에 무슨 대책을 세워야 한다. 다행히 건영이의 육감이 틀려서 강가에 아무도 나타나지 않는다면 그만인데 만일 괴인이 강을 건너온다면 엄청난 위기가 도래하는 것이다. 남씨는 그 출중한 두뇌로 대책을 연구하면서 걷고 있었다.

"……."

두 사람은 말없이 걷는 속도를 늦추었다. 걸음 빠른 사람이 뛰어갔으니 남씨마저 급히 갈 필요는 없었다. 그보다는 박씨가 피신해 오는 동안 대책이나 세워놓아야 하는 것이다.

건영이도 생각에 잠기며 걸었다. 지금 두 사람은 저마다의 방식대로 대책 마련에 고심하고 있는 것이다. 두 사람의 걸음걸이는 점점 느려지고 마음속에서는 수많은 활동이 이루어지고 있었다.

앞으로 달려간 두 청년은 좌측으로 길을 접어들었다. 이제부터는 기복이 심한 숲길이어서 속도가 좀 떨어졌다.

이 시각 강가에 있는 박씨는 정섭이와 함께 상류 쪽에서 내려오고 있었다.

"아버지! 저기 보세요. 손님이에요."

정섭이는 강 건너편에 있는 사람을 먼저 발견하고 반가운 목소리로 말했다.

"음? 그래! 누가 왔구나!"

박씨도 급히 강 건너를 바라보고 얼굴빛이 밝아졌다. 박씨는 예전이나 지금이나 강가에 사람이 나타나면 무조건 좋아했다. 정섭이도 기뻐하면서 손님이라고 표현하였다. 두 사람은 걸음을 빨리해서 배 있는 곳으로 걸었다.

강 건너편에 있는 손님은 이쪽 편에서 움직이는 것을 알고 편안히 기다리고 있었다. 강물은 힘차게 흐르고 밝은 햇빛이 모래 위에 뿌려지고 있었다.

박씨는 나루터에 바삐 도착하여 닻줄을 챙겼다. 정섭이는 당연하다는 듯이 배 위에 먼저 올랐다. 박씨도 닻줄을 감아 배 위에 던지고 배를 조금 밀었다. 이 순간 정섭이가 갑자기 소리를 질렀다.

"아버지! 잠깐, ……저길 보세요!"

"음?"

박씨는 배에 오르다 말고 강 건너편을 바라봤다. 그러나 건너편에는 배를 기다리는 사람 외에는 특별한 것을 느끼지 못했다.

"뭔데? 저 사람 얘기냐?"

"아버지! 잘 보세요. 옆에 들고 있는 것을 봐요!"

강 건너편에 있는 사람은 왼손에 긴 장대 같은 것을 집고 서 있었는데, 옷차림이 특이했고, 나이가 많이 든 노인이었다. 박씨는 아직 정섭이의 말을 못 알아듣고 있었다. 정섭이는 다시 소리쳤다.

"저 장대 아래를 보세요. 뭐가 달려 있지요?"

"음? 글쎄…… 뭐가 있긴 한데……."

박씨의 시력은 정섭이에 비해 좀 떨어지는가 보았다.

"아버지, 저건 빗자루예요!"

"그래? ……음, 빗자루구나! 가만 있자. ……빗자루라? 아니! 저 사람은……."

박씨는 깜짝 놀라면서 정섭이를 빤히 바라봤다.

"괴인이에요! 건영이 아저씨가 말한 괴인이라고요. 건영이 아저씨는 저 사람을 조심하라고 했어요."

"……."

건영이는 어제 정섭이에게 남씨 일행을 마중 내보낼 때 빗자루 괴인의 인상착의를 설명해 주고 주의할 것을 당부한 바 있었다. 그런데 지금 바로 그 괴인이 나타난 것이다. 박씨는 눈을 약간 찡그리며 상세히 살펴보고 있었다.

괴인의 옷은 검은색의 도포였고, 작은 키에 얼굴은 냉정한 느낌을 주었다. 서 있는 자세 또한 점잖은 노인의 자세가 아니라 당돌하고 도전적인 자세로 약간 꾸부정한 상태였다.

정섭이의 눈에는 더욱 선명하게 괴인의 모습이 보였다.

"바로 그 괴인이에요! 웃고 있는데요…… 잔인한 미소예요!"

정섭이는 자기가 본 것을 느낌까지 섞어서 말해 주었다.

"음…… 어떡하지?"

"뭘 어떡해요! 건네주면 안 돼요!"

정섭이는 단호히 말하고는 배에서 닻줄을 들고 내렸다. 그러자 강 건너편에서는 손짓을 하기 시작했다. 어서 오라는 신호인데 끈질기게도 부르고 있었다.

박씨는 망설이며 정섭이의 얼굴을 슬쩍 바라봤다. 속으로는 생각이 많은가 보았다. 박씨로서는 저토록 간절히 부르는 것을 외면하기가 쉽지 않은가 보았다.

"아버지! 가요. 건영이 아저씨한테 얘기해야 돼요."

"음? …… 글쎄, 저 사람이 과연 그 괴인일까?"

"그럼요! 어서요."

정섭이는 박씨의 팔을 잡아끌었다. 그런데 이때였다. 박씨는 이상한 소리를 들었다. 그 소리는 바로 옆에서 하는 말처럼 똑똑히 들렸다.

"여보게! 그냥 가면 어떡해? 나를 건네주어야지!"

"음? 이상한데, 누가 한 말이지?"

박씨는 강 건너편을 유심히 바라봤다. 말소리가 다시 들려왔다.

"어서 빨리 건너와! 어서. 사공이라면 사람을 건네줘야 하지 않나!"

목소리는 친근을 가장한 음성이었다. 어리석은 박씨라 해도 이 정도는 알 수 있었다. 왠지 듣기 싫고, 성급하고, 비열한 말투! 그런데 문제는 이 말소리가 어떻게 들리는가였다. 박씨는 고개를 갸우뚱하며 물었다.

"정섭아! 너도 들리니?"

"예? 뭐가요?"

"저 사람 말소리! ……넌 안 들려?"

"아니요! 뭐가 들려요? 빨리 가기나 해요."

정섭이는 겁먹은 눈으로 박씨를 재촉했다. 이 순간에도 말소리는 계속 들려왔다. 물론 박씨의 귀에만 들리는 것이었다.

"이 사람아! 어이 건너와! 젊은 사람이 왜 그리 인정이 없는가?"

박씨는 환청일지도 모른다는 생각이 들어서 귀를 만져봤다. 그리고 막아도 봤다. 그러나 말소리는 여전했다.

"어허! 내가 하는 말이야. 귀를 막아도 소용없어. 빨리 건너오기나 하게!"

박씨는 고개를 저으며 상상했다.

'과연 괴인이로구나! 이 말소리는 내게만 전달되는 거야! 무슨 도술이겠지…… 그래! 무서운 괴인이군. 건영이에게 빨리 알려야겠어.'

박씨는 입을 꼭 다물고 뒤돌아섰다.

"정섭아, 가자! 무서운 괴인이야!"

"예. 어서 가요."

정섭이는 박씨 곁에 바싹 붙어서 뒤따르는데 이번에는 두 사람 귀에 말소리가 동시에 들려왔다.

"무서워할 필요 없어! 건너오라니까!"

정섭이는 깜짝 놀라 뒤돌아봤다. 그 순간이었다. 강 건너편 괴인은 욕을 하며 손을 휘저었다.

"에이! 몹쓸 사람, 어른이 말하면 들어야지!"

그러자 이상한 일이 발생했다. 노인이 손을 휘저은 것과 거의 동시에 박씨는 엄청난 힘이 자신의 등을 가격하는 것을 느꼈다.

"억!"

박씨는 비명을 지르며 쓰러졌고, 정섭이는 앞으로 내동댕이쳐졌다.

"악——"

박씨는 울컥 피를 토하고 전신에 기운이 빠졌다. 정섭이는 죽었는지 기절했는지 의식을 잃었다. 박씨만은 겨우 무릎을 꿇고 강 건너편을 바라봤는데, 구역질이 나고 앞이 캄캄해졌다. 결국 박씨도 뒤로 나가자빠져 버렸다.

강 건너 괴인은 이 모습을 살피면서 지그시 웃었다. 이 노인은 사악함과 함께 악마적인 장난기마저 갖고 있는 것이다. 그렇다면 더욱 큰 일이 아닐 수 없었다. 악을 저지르는 것이 맹목적이고, 단지 재밋거리라 한다면 그 해독은 이르지 못할 곳이 없을 것이다.

지금 일만 해도 그렇다. 괴인의 마음이 도대체 어떻게 생겨 먹었기에 어린 정섭이에게까지 이토록 심한 공격을 퍼붓는 것일까? 저 웃고 있는 모습! 추호도 거리낌이 없고 매우 흐뭇해하고 있었다.

그런데 이 괴인의 정체는 무엇일까? 그리고 그 막강한 힘은 대체 어디서 나오는 것일까? 손짓 한 번 휘젓는 것으로 강 건너에 있는 사람에게까지 치명적인 가격을 할 수 있다는 것을 어떻게 이해해야 하는가?

그건 그렇고 괴인의 표정이 변하고 있었다. 어느새 장난기 어린 웃음은 사라지고, 냉정하고 진지한 모습으로 변하였다. 괴인은 눈을 잠깐 감았다 뜨고, 멀리 강 건너편에 잇는 배를 응시했다. 순간 정적이 감돌고 괴인의 눈은 차갑게 빛나기 시작했다.

괴인의 두 손은 가만히 펼쳐졌고, 자세는 약간 더 낮아졌다. 그러나 움직임은 전혀 없었다. 마치 숨을 쉬는 것 같지가 않았다. 이로 인해 강변의 모든 것이 정지된 것 같고, 흐르는 강물도 소리를 내지 못하는 것 같았다.

시간은 한동안 흐른 것 같은데 실은 잠깐 사이였다. 강 건너편 나루터에서 기적이 발생했다. 사공이 없는 배가 서서히 움직이기 시작한 것이다.

배는 저 혼자 방향을 바꿨다. 그리고 땅에 고정시켜 놓은 닻줄이 팽팽해지더니, 배 있는 쪽으로 끌려가기 시작했다. 배는 강의 중앙을 향해 출발한 것이다. 닻은 물속으로 빨려 들어가고 배의 속도가 점점 빨라지고 있었다.

건너편의 괴인은 이 광경을 보고 있는지 어떤지 여전히 미동도 하지 않고 태산처럼 서 있었다. 배는 괴인이 서 있는 쪽을 향해 일직선으로 달려가고 있는데, 속도는 더욱 빨라졌다.

강물 위에는 배가 움직이는 대로 두 줄의 골이 만들어졌다. 배는 흡사 괴물의 머리 같고, 강물 위에 나타난 골과 파장은 몸과 꼬리처럼 느껴졌다. 쏜살같이 움직이던 배가 이윽고 괴인이 있는 맞은편에 닿아 뭍으로 올라섰다.

그러고도 아직 정지하지 않고 괴인의 몸으로 다가섰다. 닻은 끌리면서 모래와 돌을 파헤쳤다. 자갈 위를 달리는 배는 요란하게 소리를 냈다.

'타닥— 쩌억— 쿵!'

배는 정확히 괴인의 발 앞에서 멈추었다. 괴인은 막 배에 오르려고 했다. 그런데 그때 어떤 기척을 느꼈는지 갑자기 날카롭게 돌아섰다. 그러고는 숲을 뚫어보듯이 샅샅이 살피면서 시선을 우측으로 이동시키고 있었다. 괴인의 눈은 화가 난 표정이었다.

얼굴은 일그러졌다. 자세는 높아지면서 먼 곳을 노려보는 것 같았다. 누군가 나타난 것일까? 괴인의 모습으로 미루어 귀찮고 화가 난 모양이었다.

어쩌면 강가에서 재미있게 놀고 있는 것을 방해받아서 화가 났는지 모를 일이었다. 만일 그런 자가 있다면 괴인의 성격으로 봐서 살아남지 못할 것이다. 과연 누가 나타난 것일까?

혹시 정마을로 오는 손님이라도 있는 것일까? 괴인이 바라보는 각도는 상당히 먼 곳이었다. 무엇인가 나타나고 있다면 아직 멀리 있는 것이 분명했다. 괴인은 오른손에 있는 빗자루를 왼손으로 옮겨 쥐고는 천천히 걸음을 옮겼다.

바로 앞에 있는 강가의 일보다 흥미 있는 일을 발견한 것일까? 아니면 일을 방해한 괘씸한 놈이 저 숲 속에 있는 것일까? 아무튼 괴인은 예의 그 꾸부정한 자세로 걸음의 속도를 높였다.

괴인은 필경 무엇인가를 감지하고 그쪽을 먼저 선택한 것 같았다. 강 쪽에서는 이미 두 사람, 즉 박씨와 정섭이를 처치했으니 일을 마쳤다고 생각할 수도 있었다. 괴인은 숲 속으로 사라졌다.

이 직후 강의 이쪽 편에서는 조합장의 부하들이 당도했다. 이 두 청년은 우선 사방을 두리번거리고는 이내 나루터 쪽으로 걸어갔다.

"어! 저기 봐, 박선생님 아니야?"

"음? ……그래, 쓰러져 있는데?"

두 청년은 급히 내려와 박씨부터 살펴봤다. 박씨는 마침 의식을 회복했다.

"정섭이는 어떻게 됐어?"

박씨는 겨우 몸을 수습하면서 정섭이부터 걱정했다.

"예, 여기 있는데요."

청년은 급히 정섭이를 끌어안고 박씨에게 보여줬다.

"아니! 정섭아! 이거 큰일 났군!"

박씨는 이렇게 말하면서 일어났는데 몹시 괴로운지 얼굴을 찡그렸다.

"빨리! 집으로 가야 돼!"

"예, 걸을 수 있겠어요?"

"응, 나는 걱정 마. 어서 가야 돼…… 약 있는 곳 모르지? 빨리 가자!"

박씨는 자신의 몸을 돌보지 않고 정섭이를 보며 안절부절 못 하고 있었다. 정섭이는 청년의 등에 업혔다. 한 청년은 박씨를 부축하고 빠른 걸음으로 움직였다. 박씨의 얼굴은 땀으로 뒤덮여 있고, 고통을 참느라고 가끔씩 얼굴을 찡그렸다.

일 갑자(一甲子)의 공력(功力)을 가진 박씨가 이 정도로 상처를 입었다면 정섭이는 가망이 없는 것 같았다.

"빨리! 어서 가!"

박씨는 몇 걸음씩 옮길 때마다 소리를 질렀다. 일행은 숲으로 들어섰다. 정마을까지는 상당한 거리였다. 박씨의 마음은 냉정한 상태였다. 잠깐 상황을 생각해 본 박씨는 이 와중에도 몇 가지 사항을 생각해냈다.

'괴인은 강을 건너오지 못한 모양이다.'

하기야 배가 없을 테니 어쩔 수 있으랴! 박씨는 자신이 혼수상태에 있을 때 일어났던 일을 까맣게 모르고 있었다. 조합장 부하도 경황 중이라 배가 강 건너편에 가 있는 것을 보지 못했다.

그것은 아무래도 좋았다. 지금 가장 급한 것은 정섭이를 살리는 문제였고, 다음 문제로는 괴인이 강을 건너왔을 때의 대책을 세우는 일이었다. 정섭이는 집에만 도착한다면 방법은 있다. 촌장이 남겨준 약이 있는 것이다.

촌장의 약이 이럴 때 효과가 있는 것인지는 모르지만, 위급할 때 먹으라고 한 것이니 어쩌면 효험이 있을지도 몰랐다. 박씨는 이렇게 믿고 힘껏 달렸다.

　괴인의 문제는 남씨와 건영이가 대책을 세울 수밖에 없다. 박씨 자신으로서는 도무지 방향이 서지 않는다.

　'욱―'

　박씨는 또 피를 토했다. 부축하던 청년이 걸음을 멈추자 박씨는 손을 휘저으며 말했다.

　"빨리 가! 난 괜찮아."

　박씨는 부축 받은 상태에서 거의 뛰다시피 하였다. 몸속에서는 상처가 악화되고 있었다. 마침내 저쪽에 통로가 보였다. 숲길을 벗어나고 있는 것이다. 이때 두 사람이 나타났다. 건영이와 남씨였다.

　"아니! 박씨!"

　남씨는 다가와서 박씨를 부축했다.

　"이거 어찌된 일이야? 괴인이 나타났나?"

　남씨는 설마 하며 물었지만 상황은 분명했다.

　"예, 형님…… 빨리 가야 돼요. 정섭이가 위험해요. 괴인은 강을 못 건넜어요!"

　박씨는 있는 힘을 다해서 말했다. 입가에는 피와 침이 범벅이 돼 있었다.

　"그래, 빨리 가지!"

　남씨는 박씨에게 동정의 눈길을 보내고는 한쪽에서 부축했다. 이 모습을 보면서 건영이는 잠시 무엇인가를 생각하고 있었다. 그리고 남씨가 걷기 시작하자 몇 걸음 따라가며 말했다.

　"아저씨! 저는 강가에 가봐야겠어요."

　"음? 그래! 강가에 가봐야지."

남씨는 건영이의 뜻을 알고 고개를 끄덕였다. 당장 급한 문제는 정섭이와 박씨의 치료겠지만, 괴인이 뒤따라온다면 이 일도 아무런 의미가 없게 되는 것이다. 마을은 순식간에 참사를 당해 전멸할 것이다.

남씨는 걸음을 재촉했다. 뒷일은 건영이가 가서 살펴보고 대책을 세워야 할 것이다. 남씨로서는 오래 전부터 괴인에 대해 생각해 봤지만 답을 찾아낼 수 없었다. 그러나 건영이라해도 무슨 방법이 있으랴!

말로 해서 들을 괴인은 결코 아닌 것이다. 건영이도 이 사실을 잘 알고 있었다. 지금 건영이가 강가에 나가서 괴인을 만나면 제일 먼저 죽임을 당할 뿐이다. 대책이 있을 턱이 없었다. 단지 건영이로서는 괴인이 뒤따라오지 않았으면 하는 바람뿐이었다. 건영이는 박씨를 뒤로 하고 빠른 걸음으로 강가로 향했다. 가는 도중 괴인을 만나면 죽을 각오는 이미 돼 있었다.

그러나 괴인은 조금 전 숲으로 사라졌으니 당장 위험한 것은 아니었다. 시간은 좀 있었다. 숲으로 간 괴인이 언제 다시 나타날지는 아무도 알 수가 없었다.

건영이는 강변에 도착하자 좌우를 살피고, 이쪽 편에는 괴인이 보이지 않는다는 것을 확인했다. 이어 나루터 쪽으로 걸어가며 강 건너편을 바라봤다.

'아니! 배가 왜 저쪽에 있지?'

건영이는 의아스럽게 생각하며 나루터로 내려갔다. 일단 안도감을 느꼈다. 배가 건너편에 가 있다면, 괴인이 저쪽 편에 있는 것으로 생각되었기 때문이었다.

하지만 사공인 박씨는 상처를 입어 정마을에 가 있고, 배는 건너편에 있으니 두 가지 사실을 연결하는 하나의 모양이 만들어지지 않았다. 참으로 이상한 일이었다. 그러나 건영이는 생각을 잠시 덮어두고 물가로 내려와 근방을 살펴봤다.

우선 눈에 띄는 것은 박씨가 흘린 핏자국과 쓰러졌던 자국 등이었는데, 조금 살펴보니 또 다른 흔적이 발견되었다. 그것은 닻이 고정되어 있던 자리로부터 땅이 파여 물속으로 일직선이 그어져 있었다.

'이상한데! 이게 뭐지? 끌린 자국이야! 괴인이 끌어갔을까?'

건영이는 고개를 갸우뚱하고 잠깐 궁리했다. 아무래도 이해할 수가 없었다. 다시 강 건너편을 바라봤는데, 희미하게 무엇인가 보였다. 뭍에 나타난 흔적!

이쪽 편보다 길게 땅이 파여서 일직선이 만들어져 있었다. 배는 물가로부터 한참 올라가 있었는데 멀지만 배가 끌려간 흔적이 어렴풋이 보였다.

'괴인이 배를 끌어갔군! 그런데 이쪽에는 어떻게 건너왔을까? 가만 있자…… 박씨는 괴인이 강을 못 건넜다고 하지 않았나! 그렇다면……? 박씨는 어떻게 다친 거야?'

건영이는 간단히 생각할 문제가 아니라고 느끼며 안색을 바꿨다. 평정한 모습! 이것은 건영이가 어려운 문제를 생각하기 전에 힘을 가다듬는 모습이었다.

건영이의 마음속에는 이미 다음 단계가 진행되고 있었다. 우선 모든 결론을 유보한 채 수많은 가정을 자유롭게 만들어 본다. 이는 남씨가 생각하는 방법과도 같은데, 다른 점이 하나 있다면 그것은 생각을 만들어가는 것이 아니라 답을 기다리는 것이다.

이는 직감이라고 해야겠지만, 이번 경우에는 마땅한 형상이 잡히지 않았다. 그래서 생각을 하기 시작했다. 생각하는 방법은 남씨의 방법과 동일한 것이다.

우선 가장 확실한 사항을 점검했다. 첫째, 괴인이 박씨와 정섭이를 해쳤다. 둘째, 이쪽에 있던 배를 괴인이 끌어갔다. 셋째, 박씨의 말에 의하면 괴인은 강을 못 건넜다.

만일 박씨의 말이 사실이라면, 괴인은 건너오지 않고도 두 가지 일을 한 것이다.

첫째는 박씨를 해쳤다. 어떻게? 그것은 박씨에게 물어보면 되고, 둘째는 배를 끌어간 것이다. 어떻게? 이것은 첫 번째 사항이 입증되면 자연스럽게 풀릴 것이다.

강을 건너지 않고 해칠 수 있다면, 강을 건너지 않고서도 배를 끌어갈 수 있을 것이다. 세상에는 괴상한 일도 많으니, 불가능하다고 생각할 필요는 없다.

단지 괴인이 그런 힘을 구사했다면, 괴인은 생각했던 것보다 더욱 위험한 인물임에 틀림없다. 건영이는 생각을 마치고 괴인이 다시 나타났는가를 살펴봤다.

그러나 강 건너 쪽에는 아무런 기척이 없었다. 건영이의 얼굴빛은 더욱 맑게 변하고, 호흡은 고요해졌다. 마음은 이미 자신의 내면의 신호에 집중되어 있었다. 건영이의 눈길은 숲을 찬찬히 훑어보며 강 하류 쪽으로 움직이고 있었다.

'……음! 조용하구나! 아무것도 없어! 괴인은 떠나갔을까?'

건영이의 마음은 한결 가벼워졌다. 괴인의 징후는 어느 곳에서도 느껴지지 않기 때문이었다. 괴인이 나타나면 우선 살기가 온 사방에 뻗친다. 오늘도 건영이는 풍곡림에 머물다가 갑작스런 살기를 느꼈던 것이다.

지금 살기는 일단 떠나간 것 같았다. 그러나 언제 다시 올지 모른다. 잠시 후에라도 불쑥 괴인이 나타날 수도 있다. 아무튼 크게 다행이 아닐 수 없었다. 괴인이 박씨를 해치고, 곧바로 정마을에 도달했다면 어떻게 되었겠는가?

마을은 부지할 수 없었을 것이다. 지금은 한시름 놓았지만, 앞으로가 문제였다. 특별한 대책이 없는 한 정마을은 위험 속에 노출되어 있는 것이다.

건영이는 암담함을 느꼈다. 그러나 어떻게 하든 대책을 강구해야 한다. 괴인은 이미 마을에 잔뜩 눈독을 들이고 있다. 건영이의 얼굴은 근심이 가득 찼다.

'정섭이는 어찌 되었을까? 박씨는?'

건영이는 괴인에 대한 생각을 멈추고 잠시 당면한 문제로 의식을 돌렸다.

'다친 사람부터 살펴보고 차분히 대책을 연구해야겠어!'

건영이는 발걸음을 돌렸다. 마음속에는 정섭이와 박씨, 그리고 괴인이 어른거렸지만 일부러 지우고, 평정을 유지하려고 애썼다.

건영이가 걷고 있는 강가는 햇빛이 더욱 환하게 내리쏟아졌지만, 밝음은 느껴지지 않았다. 바람도 시원하게 스쳐 지나갔지만 가슴에 와 닿는 것은 아니었다.

건영이는 발걸음을 더욱 빨리해서 숲길로 들어섰다. 사고를 당한 사람들은 정마을에 이미 도착해 있었다. 박씨는 촌장의 방에 들어가 급히 약봉지를 찾아서 환약 하나를 정섭이의 입에 물과 함께 흘려 넣었다.

이것이 박씨가 할 수 있는 일의 전부였다. 만일 이로써 정섭이가 깨어나지 않으면 다른 방법이 없었다. 정섭이는 조심스럽게 뉘어졌다.

아직은 창백한 얼굴에 몸이 차가워져 있었다. 박씨 자신은 약을 먹지 않고, 벽에 기대어 숨을 가라앉히고 있었다. 박씨는 워낙 강인한 몸이고, 인체의 비기(秘機)가 작용하고 있으므로 회복이 어려울 것 같지는 않았다.

그러나 보통 사람인 데다가 아직 어린 정섭이는 상처가 대단하였다. 남씨와 서울 청년 둘은 잠시 환자의 기색을 살피며 기다렸다. 남씨는 가끔씩 정섭이의 손발을 만지면서 온도에 변화가 있는지 살폈다.

그런데 시간이 오래 되지 않아서 손발이 따뜻해지고 혈색이 돌아오고 있었다.

촌장의 약이 효험을 발휘한 것일까?

"조금 나아진 것 같은데! 박씨는 괜찮나?"

남씨는 다행스런 표정을 지으며 박씨를 바라봤다.

"예, 저도 좋아진 것 같아요."

박씨는 웃음을 지어보였다. 어처구니없다는 뜻인지 다행이란 뜻인지 알 수 없는 미소였다. 얼마 후 건영이가 도착했다.

그동안 박씨는 많이 회복되어 있었다. 박씨의 회복력은 실로 놀랄 만한 것이었다. 인체가 어떻게 돌아가는지는 모르지만 급격히 정상을 찾아가는 것만은 틀림없었다.

"괴인은?"

남씨는 급한 것부터 물었다.

"일단은 떠나간 것 같아요. 그보다는 정섭이는 어떤가요?"

건영이는 정섭이를 바라보고는 남씨에게 물었다.

"음, 괜찮을 것 같기도 하지만……."

남씨는 다소 안심하는 듯했으나, 인체를 잘 모르는 사람으로서 자신 있게 말할 수는 없었다.

"약을 먹였나요?"

"응, 촌장님이 남겨준 약을 먹였어!"

촌장이 만들어 놓은 약을 먹였다 하니 건영이도 마음이 좀 놓였다. 지금 상황에서는 그렇게 믿을 수밖에 없었다. 정섭이 일은 운명에 맡기고, 이제는 괴인의 문제를 생각해야 했다.

남씨는 건영이의 다음 말을 기다렸다. 그러자 건영이는 곧 말하기 시작했다.

"큰 문제가 생겼군요! 아저씨, 지금 말할 수 있나요?"

건영이는 박씨의 상처를 걱정하며 물었다.

"음? 나? 나는 괜찮아!"

박씨는 일부러 목소리를 좀 크게 말했는데, 사실 상처는 이미 회복되는 중이었다. 박씨의 몸은 보통 사람과 다르기 때문에 위태로워 보여도 실상은 그렇지 않은 듯했다.

"다행이군요! 그런데 어떻게 다치게 됐나요?"

건영이는 당시 상황을 물었다. 순간 박씨의 얼굴은 약간 흐려졌다. 공포가 깃들여 있다고나 할까……

"음, 엄청난 일이었어! 정섭이가 먼저 그 괴인을 알아봤어! 나는 무심코 배를 띄우려 했지!"

"그럼 배는 띄우지 않았군요!"

"그래, 한참 동안 살펴보고 그냥 돌아섰지! 그런데 이상한 일이 있었어!"

"……"

"그 괴인 말이야, 강 건너편에서 얘기를 했는데, 내 귀에 똑똑히 들리더군! 마치 바로 옆에서 귀에다 대고 속삭이는 것 같았어!"

"뭐? 강 건너편에서 하는 말이 그렇단 말이야? 소리도 안 질렀는데도?"

남씨가 놀라서 물었다.

"예, 옆에 있는 정섭이도 들리지 않게 말하더군요! 나 혼자 들었어요."

"그래? 그것 참 대단하군! 무슨 도술인 것 같구먼!"

"그런 것 같습니다. 나중에는 정섭이도 들리게 말했는데, 더 무서운 일이 있었어요!"

"……."

"그 괴인은 배를 안 보내주니까 질책을 했어요. 몹쓸 사람이라고 …… 그러더니 그 직후 무엇인가 강한 힘이 등에 부딪히는 것을 느꼈어요. 정섭이는 땅바닥에 내동댕이쳐졌고, 나도 그만 쓰러졌어요!"

"아니! 그럼 그 괴인이 그렇게 먼 거리에서 공격을 가했단 말이지?"

"예, 그랬다고 봐야겠지요. 내가 기절하기 전에 얼핏 봤는데, 괴인은 강 건너편에 여전히 서 있었어요!"

"허 참! 무서운 일이군. 그런 사람이 세상에 있다니!"

남씨는 아예 질린 듯 어처구니없는 표정으로 건영이를 쳐다봤다.

"일은 그 후 또 있었나 봐요!"

건영이는 박씨를 향해 말했다.

"응? 무슨 일?"

"더 엄청난 일이에요! 배가 강 반대편으로 끌려갔어요!"

"배가 끌려가다니!"

"예, 안 봐서 모르겠지만 배는 괴인에 의해 강 건너편에 끌려가 있어요. 그러나 노를 저은 것 같지가 않더군요. 닻이 끌린 자국이 나 있어요."

"아니! 강을 건너오지도 않고 배를 끌어갔단 말이야?"

"그렇다고 봐야지요. 배는 물가에서 한참 벗어나 있는데, 닻과 배가 뭍 위로 끌린 자국이 나 있었어요!"

"허, 이해할 수가 없군! 그게 가능할까?"

남씨는 일어난 사건이 합리적이지 않다고 생각하는 듯, 눈에는 놀라움과 불신이 함께 서려 있었다. 그러자 건영이가 다시 말했다.

"이상한 일은 아니에요. 괴인은 먼 곳에 있는 사람에게 속삭이듯 말하기도 하고, 중상을 입힐 정도로 공격도 했어요! 배를 끌어갔다고 해서 별다를 것이 없겠지요!"

"……."

남씨는 얼굴을 찡그리며 고개를 끄덕였다. 건영이 말대로 강 건너에서 공격을 할 수 있을 정도라면 배를 끌어갈 수도 있을 것이리라! 세상은 참으로 신비하다…….

그러나 그 중에서도 가장 신비한 것은 인간의 능력이 아닐 수 없다!

"그런데 말이야……."

남씨는 건영이를 쳐다보며 물었다.

"그 괴인은 어째서 강을 건너오지 않았을까?"

"글쎄요! 그 이유를 알아봐야겠지요. 괴인이 강을 건너오지 않은 것은 다행이지만…… 그보다도…….."

건영이는 박씨를 돌아보며 물었다.

"괴인이 무슨 말을 하던가요?"

"건너오라고 하더군! 사공이라면 사람을 건네줘야 하지 않냐고 말하며…….."

"손짓도 하던가요?"

"그럼, 처음엔 계속해서 손짓을 하더구먼……."

"옷차림은요?"

"검은 도포인 것 같았어. 빗자루에 기대고 서 있더구먼!"

"예, 그렇군요! 빗자루는 왜 들고 있을까요?"

건영이는 이 말을 하면서 남씨를 돌아봤다.

"음? 빗자루? 글쎄…… 생각해 봐야겠지!"

남씨는 고개를 갸우뚱하면서 당혹스런 표정을 지었다.

"도무지 뭐가 뭔지 모르겠어! 괴인은 누굴까?"

남씨는 건영이와 박씨를 번갈아보며 물었는데, 특별한 뜻을 담은 질문은 아니었다.

"누구라니요? 그걸 알 수 있겠어요? 그보다는 괴인이 무엇이고, 우리는 어떻게 해야 되는가가 문제겠지요!"

박씨는 제법 날카롭게 요점을 찔러 말했다.

"그렇구먼! 어떻게 하지?"

남씨는 이렇게 말하면서 건영이를 쳐다봤는데, 그 표정이 엉뚱했다.

어린애 같은 표정이라고 해야 할까? 막연히 건영이에게 매달리는 표정이었다.

"예? 하하하, 제가 그것을 어떻게 알아요?"

건영이는 어처구니없이 웃었다. 남씨도 따라 웃었는데, 오래 웃고 있을 수는 없었다. 두 사람의 표정은 금세 굳어지고 말았다.

"아무튼……."

남씨는 정신을 수습했는지 침착한 표정으로 말했다.

"차분히 생각해 봐야겠어! 먼저 괴인이 왔을 때의 대책을 강구하고…… 괴인이 무엇을 원하는 것인지를 연구해 봐야겠지!"

남씨의 말은 지당했다. 그러나 그 방법이 문제였다. 무엇을 어떻게 시작해야 할지 난감한 것이었다.

"예, 하는 데까지 해 봐야지요."

건영이는 남씨의 말에 수긍을 표시하며 말했다.

"우선 강가에 나가서 좀 더 살펴봐야겠어요. 배의 상태도 조사하고……."

"지금 나가봐야 할까?"

남씨는 건영이의 의견을 물었다. 남씨는 무슨 일이든 한번 시작하면 그 흐름을 놓치지 않는다.

"예, 그래야 할 것 같군요. 강가로 가면서 얘기하지요."

"그래! 나가보자…… 다른 사람들은 어떻게 하지?"

"이분들하고 함께 가는 게 좋겠군요. 무슨 일 있으면 급히 연락을 해야 하니까!"

건영이는 서울 손님들을 지칭하며 말했다. 이 사람들은 빨리 달릴 수 있으니까 강변에서 무슨 일이 있으면 급히 정마을에 알릴 수가 있을 것이다. 건영이는 바로 이를 염두에 두고 말한 것이리라!

"그게 좋겠구먼…… 자네들도 함께 가지! 그럼 박씨는 쉬고 있어!"

남씨는 일어나면서 박씨에게 말했는데 뜻밖에도 박씨는 따라 일어났다.

"아닙니다! 저도 가봐야겠습니다! 정섭이는 숙영이 집에 데려다 놔야겠어요!"

"걸을 수 있겠나? 쉬는 게 좋을 텐데!"

"괜찮습니다! 잠시 충격을 받았던 것 같아요!"

박씨가 태연한 표정으로 말하자 모두 함께 집을 나섰다. 일행은 일단 숙영이 집으로 향했다. 정섭이는 혈색이 좋아지긴 했지만 아직 의식을 회복하지 못했다.

정섭이가 서울 청년의 등에 업혀 숙영이 집에 도착하자 마침 숙영이가 나오는 중이었다.

"어머! 웬일이세요!"

숙영이는 정섭이가 업혀서 오는 것을 보고 깜짝 놀라며 물었다.

"음, 사고가 났어! 촌장님의 약을 먹였으니까 괜찮을 거야! 잘 돌보고 있거라. 우린 강가에 다시 가봐야겠다."

숙영이는 정섭이의 상태를 살필 뿐 사고의 내용은 묻지 않았다. 그러나 속으로는 심상치 않은 사고가 일어났음을 직감했다. 다시 강가에 가본다고 하는 것을 보면, 강가에서 무슨 일이 발생했다는 것을 쉽게 알 수 있었다.

지금 숙영이 어머니는 임씨 부인 집에 가 있었다. 남씨는 숙영이에게 정섭이를 맡겨놓고, 즉시 발길을 강가로 돌렸다. 숙영이는 떠나가는 사람들의 뒷모습을 지켜보며 커다란 불안에 휩싸였다.

정섭이가 단순한 사고를 당했다면 강가에 다시 나가볼 필요가 없을 것이다. 더구나 저렇게 여러 사람들이 부산히 움직이는 것을 보면, 사고는 자연을 상대로 일어나지 않았다는 것이 분명했다.

그렇다면 사람이 개입돼 있는 사고란 말인가? 혹시 지난번처럼 호랑이라도 나타난 것은 아닐까? 그러나 호랑이라면 당장에 숨어야지 저렇게 사고 현장으로 갈 일이 아니었다.

사건은 분명 인적 사건일 텐데 서울에서 누가 찾아오지나 않았을까?

'큰아버지는 서울에서 불량배를 상대했다고 했는데……'

숙영이는 막연한 두려움을 느끼고 얼굴빛이 흐려졌다.

어쩌면 이번 사건으로 정마을에 또다시 위기가 닥친 것인지도 모른다. 숙영이는 좀 전에 새 옷을 입어보며 기뻐했던 마음에 크게 상처를 입고 침착한 기분을 유지하려고 애썼다.

강가로 떠난 일행은 걸음을 빨리해서 강가에 도착했다. 강변은 여전히 평화스러운 정경이었지만, 내재하는 기분은 침울과 공포의 정적이 감돌았다.

나루터에는 당연히 있어야 할 배가 보이지 않았다. 배는 저쪽 편에 건너가 쓸쓸히 버려져 있는 것이다. 이를 살펴본 박씨의 얼굴은 심하게 흐려졌다.

사공인 박씨로서는 자신이 가장 아끼는 물건이 저토록 훼손당한 것이 괴로웠다. 이런 일은 정마을이 생긴 이래 처음이었다. 언젠가 먼 과거에 홍수로 배가 한 번 떠내려갔다고 들은 적이 있지만, 이번처럼 배가 강제로 끌려간 적은 없었다.

강 건너편을 바라보는 박씨의 눈에 슬픔이 서려 있는 것이 보였다. 박씨의 마음에는 배가 마치 생명 있는 존재로서, 지금 공포에 떨고 있는 것처럼 느껴졌다.

"무서운 일이군! 괴인이 끌어간 거야! 가서 배를 가져와야 될 텐데……"

박씨는 배가 저렇게 놓인 것이 못내 괴로운가 보았다. 남씨는 박씨의 이러한 모습을 바라보며 동정을 느꼈다.

"음, 가져와야겠지! 수영을 해서 건너갈까?"

남씨가 박씨에게 말하자 박씨는 고개를 끄덕였다. 이들은 괴인에 대해 논의하기에 앞서 배에 대해 얘기하고 있는 것이다. 어리석은 것일까? 아니면 착한 마음씨일까?

건영이는 이에 개의치 않고 강 건너편 숲 속에 주의를 기울이고 있었다. 건영이는 괴인이 다시 출현할까 봐 몹시 신경 쓰였다.

"내가 가봐야겠군!"

남씨가 강을 건너갈 태세를 취했다. 그러자 박씨가 급히 말렸다.

"안 됩니다…… 내가 가봐야지요."

"음, 자넨 그 몸으로 괜찮겠나?"

"몸은 괜찮습니다…… 더구나 형님은 노를 저으실 줄 모르잖아요!"

박씨로서는 남씨가 노를 저을 줄 모르는 것 외에도 강을 건너보내는 것이 꺼려졌다. 강을 건넜을 때 만약 괴인이라도 나타나면 어쩌겠는가?

하기야 박씨가 건너갔을 때라도 괴인이 나타난다면 똑같은 상황일 것이다. 남씨가 다시 말했다.

"자넨 안 돼! 상처 입은 몸에 수영은 안 좋을 거야. 나도 조금은 노를 저을 수 있어!"

남씨는 박씨의 제의를 한사코 말렸다. 이때 서울 청년 하나가 나섰다.

"제가 가겠습니다."

"음? 자네가?"

"예, 저는 수영도 잘하고 노도 저어봤습니다."

"글쎄……."

남씨는 잠시 망설였다. 강을 건너가는 것은 아무래도 젊은 사람이 낫긴 하겠지만, 손님을 시키는 것이 안쓰러웠다. 박씨도 자신이 굳이 나서겠다는 얘기를 안 하는 것으로 봐서 몸 상태는 아직 안 좋은 것 같았다.

그런데 지금은 수영이나 노를 젓는 문제보다는 괴인의 출현이 더욱 염려되는 상황이다. 서울 청년은 단순히 강을 건너가서 재빨리 배를 저어 오면 되는 것으로 생각하고 있었다. 물론 위험하다는 것은 잘 알고 있었지만 용감한 서울 청년은 자신 있게 말했다.

"금방 다녀올게요. 괴인이 나타나면 재빨리 도망 오면 되지 않겠습니까?"

서울 청년은 남씨를 쳐다보며 허락을 구했다. 그러나 남씨는 선뜻 대답을 못 했다. 행여 사고라도 당한다면 남씨의 책임이 아닐 수 없었기 때문이었다.

사고는 어느 누가 당해도 큰일이지만, 남씨로서는 정마을과 아무런 관계도 없는 서울 손님을 그냥 무작정 당하게 내버려 둘 수는 없는 일이었다. 한참 망설이는데 건영이의 말소리가 들렸다.

"잠깐만요!"

"……."

건영이가 말을 꺼내자 모두들 바라보았다. 서울 손님들에게조차 건영이는 이제 특별한 존재였다.

"위험해요, 누구도 건너면 안 돼요."

건영이는 모두의 행동을 제지하고 나섰다.

"음? 위험하다고? ……괴인이 있니?"

박씨는 작은 소리로 조심스레 물었다. 어쩌면 괴인이 숲 속에 숨어서 기다리고 있는지도 몰랐다. 장난기가 있는 괴인이 재미 삼아 숲 속에 숨어서 덫을 놓고 있다고 해도 이상할 것이 없었다. 남씨는 순간적으로 이런 생각을 하며 긴장했는데 건영이가 다시 말했다.

"괴인은 없어요! ……하지만 배를 건드리면 위험할 것 같은 생각이 들어요!"

건영이의 말은 이해가 되지 않았다. 배에 무슨 장치라도 해 놓았단 말인가!

"위험하다니? ……괴인이 없다며?"

남씨는 의아스럽게 생각하며 물었다.

"예. 지금 괴인은 없어요. ……멀리 사라진 것 같아요."

"그래? 그럼 위험할 게 없잖아?"

"아니에요. 저 배를 건드리면 혹시 괴인이 다시 올지도 모르지요!"

"음? 무슨 말이야?"

남씨는 건영이 말에 납득이 잘 가지 않았다. 다른 사람들도 건영이의 말뜻을 잘 알 수가 없었다. 괴인이 멀리 사라졌다면 지금이야말로 배를 운반해 놓을 시기가 아니겠는가?

그러나 건영이는 고개를 저었다.

"아저씨! 저도 잘은 모르겠어요. 하지만 왠지 배를 건드리고 싶지 않아요. 어쩌면 저 배를 건드리면 괴인의 육감이 발동해서 다시 올 수도 있을 거예요."

"그래? 괴인은 지금 어디 갔는데?"

"그건 모르겠어요. 단지 괴인이 끌어간 물건을 건드리면 괴인이 어디 있든 자극을 줄 수가 있을 거예요!"

"그런가? 그럼 할 수 없지!"

남씨는 건영이 말에 수긍하며 박씨를 돌아봤다. 박씨도 이견이 있을 수 없었다. 건영이가 기분이 안 좋다면 그것으로 그만이다. 건영이의 말은 괴인이 끌어간 물건을 건드리면 그것이 신비한 작용을 나타내어 괴인의 마음을 움직일지도 모른다는 것인데, 충분히 납득할 수 있는 것이었다.

정마을의 대책

인간의 정신은 멀고 가까움을 초월하여 자연 현상을 즉시 감지할 수 있는 능력이 있는 것이 틀림없다. 건영이만 하더라도 이곳에 서서 저 멀리 숲 속에 괴인이 없다는 것을 알고 있지 않은가! 남씨가 생각하기에도 건영이의 생각은 틀림없는 것 같았다.

건영이는 이곳 강변에 나오기도 전에 괴인의 출현을 이미 알고 있었다. 이 모든 일이 심정 공간 내에서 일어나는 일로 남씨도 자연계에 그런 작용이 존재하리라는 것을 이해하고 있었다.

건영이 말대로 지금 당장 배를 건드리는 것은 기분을 상하게 할 수 있다. 어차피 배를 사용할 것이 아니니 저쪽 편에 놓아둔들 상관은 없었다. 단지 저 배를 건드리지 않음으로써 괴인도 나타나지 않는다면 참으로 좋은 일일 것이다.

그러나 언제까지 이러고 있어야 할 것인가? 더구나 서울에서 온 손님은 조만간 보내야 할 것이다. 남씨는 이 점이 부담스러웠다. 서울에서 온 청년들은 조합장의 사절로서 평화스럽다고 여기는 정마을에 마음 놓고 찾아온 것이었다.

그런데 사고를 당한다거나 길이 막혀 본의 아니게 오래 지체한다면 서울에서 온 손님에게 미안한 일이다. 남씨로서는 지금 괴인이 출현한 일은 오직 정마을 사람만이 감당해야 할 문제라고 생각했다.

"어떻게 하면 좋지?"

남씨는 난감한 문제에 대해 자신의 생각을 중단한 채 건영이의 의견을 물었다.

"대책을 세워야겠지요. ……아, 잠깐만요! 인규가 저기 오는가 보군요."

"음? 인규가 온다고?"

참으로 신통한 일이다. 지금 이들이 있는 곳은 물가 쪽으로, 저 위쪽 들판은 보이지 않는다. 그런데 건영이는 어떻게 인규가 오는 것을 감지한 것일까?

박씨는 강둑 쪽으로 급히 올라가 봤다. 과연 인규가 오고 있었다. 인규는 저쪽 숲길에서 뛰어오고 있는 중이었다. 박씨는 몇 걸음 앞으로 나가 잠시 기다렸다. 물가에 내려가 있는 사람들도 뒤따라 올라왔다.

이제 물가에 서 있을 필요가 없었다. 의논을 하려면 전망이 넓은 강둑이 편안했다.

"아저씨! 무슨 일인가요?"

인규는 숨을 헐떡이며 물었다. 어떤 사건이 일어났다는 것은 숙영이를 만나서 짐작을 하고 있었다.

"괴인이 나타났어!"

남씨는 불행을 선언하듯 말했다.

"예? 괴인이요? 큰일 났군요! 어떻게 됐어요?"

인규는 남씨와 박씨를 번갈아보며 놀란 표정을 지었다.

"일단 사라졌나 봐! 다시 나타날 테지만! 저쪽으로 가지!"

남씨는 건영이를 쳐다보며 강둑의 편안한 곳을 가리켰다. 건영이는 말없이 그 방향으로 걸었다. 늦게 강가에 당도한 인규는 천천히 걸으면서 강 건너편을 바라봤다. 인규로서는 숲속을 살펴봐야 아무것도 알지 못했지만 강 건너편에 배가 있는 것을 보고는 사건을 종잡을 수 없었다.

인규가 숙영이로부터 들은 것은 정섭이가 다쳤다는 것과 누군가 나타났다는 것이었다. 인규는 그 말을 듣는 순간 괴인이 나타났을지도 모른다고 생각했으나, 숙영이에게는 말하지 않았다.

숙영이는 단순히 서울에서 불량배들이 내려온 정도로 생각하고 있을 것이다. 그렇다 하더라도 심각하기는 마찬가지였다. 박씨와 동행했던 정섭이가 다쳤다면 이는 위험한 인물이 나타난 것임에 틀림없었다.

건영이 일행이 강가로 다시 나간 것은 이를 퇴치하러 갔다고 볼 수도 있을 것이다. 아무튼 지금 강변에서는 위험한 인물에 대한 대책회의가 벌어졌다. 말을 먼저 꺼낸 사람은 건영이었다.

"몇 가지 방침을 정해 놔야겠어요!"

"……."

"괴인과 대처할 방법은 없겠지요?"

건영이는 박씨를 보며 물었다. 박씨는 침울한 표정으로 고개를 끄덕였다. 건영이가 이렇게 물어본 것은 주어진 조건을 분명히 하려는 것이었다. 건영이는 적과 부딪치는 것이 불가능함을 알리고 다음 방법을 제시했다.

"괴인이 나타나면 일단은 피하고 봐야겠지요?"

이번에는 남씨를 보고 물었는데, 남씨는 이미 생각하고 있었다는 듯 즉시 대답했다.

"그래야겠지! 일단 피하기로 정해 놓고 달리 대책이 있나 생각해 봐야겠어!"

"예. 그래야 할 것 같습니다. 괴인이 나타나면 제가 미리 알아낼 수 있습니다. 괴인이 강을 건너기 전에 알 수 있지요!"

건영이는 육감으로 이를 알아낼 수 있는 것이다. 그나마 큰 힘이 아닐 수 없었다. 괴인이 마을에 나타날 때까지 모르고 있다면 마을 사람들은 꼼짝없이 당할 수밖에 없게 된다. 모두들 건영이를 바라보며 숙연한 표정을 지었다.

"그것 참 다행이군! 미리 알 수 있다면 피할 시간이 생기겠지…… 괴인이 얼마나 빨리 올까?"

남씨는 인규를 보고 물었다. 괴인이 움직이는 것을 본 사람은 인규밖에 없으니 인규의 말을 들어봐야 했다.

"빠르지요! 느린 듯하면서도 빨랐어요! 하지만 목표를 정해놓고 달리는 것과 찾아나서는 것은 좀 다르겠지요. 어쩌면 정마을을 못 찾을 수도 있고……."

인규는 걱정을 하면서도 요행을 기대했다. 그러자 건영이가 막아서며 말했다.

"아니야! 그 괴인은 쉽게 찾아올 거야! 그 괴인에게는 나 못지않은, 아니 나를 능가하는 정신력이 있어. 필경 강을 건너 곧장 마을로 찾아올 거야! 전에도 이곳에 왔다간 적이 있어. 그 당시 나는 괴인의 감지 능력이 뛰어나다는 것을 이미 간파했었지."

건영이가 말하는 것은 전에 소지선을 잡으러 온 선인 부대가 뒷산에 진을 치고 있을 때를 말한다. 그 당시 괴인은 강을 건너려다 말고 도망친 바 있었다. 이는 분명한 일이었다. 그러나 건영이는 선인 부대에 대한 얘기를 꺼내지 않았다.

"전에도 왔었다고? ……그것 참."

박씨는 더욱 난감한 표정을 지었다. 전에 이미 괴인이 다녀갔다고 하니 모두들 허탈한 마음이 들었다. 정마을은 벌써 오래 전부터 위험에 노출되어 있었던 것이다.

"아무튼……."

건영이의 말이 이어졌다.

"괴인은 우선 강은 건너오겠지요! 그리고는 곧장 정마을로 들어올 겁니다. 빠른 시일 내에 오지 않을 수도 있겠지만 결국 마을에 당도하겠지요. 그 전에 도피를 하자면 우선은 방향을 정해 둬야지요?"

건영이는 남씨를 향해 물었다. 남씨는 고개를 끄덕이며 분명하게 대답했다.

"그럼! ……방향은 한 곳뿐이야!"

"어딘데요?"

박씨가 모르겠다는 표정을 지으며 남씨에게 묻자 건영이가 그 말을 받았다.

"강노인 집 쪽입니다! 다른 곳은 다 막혀 있으니 멀리 도망할 수가 없어요. 강노인 집 쪽으로 해서 큰산 쪽으로 무작정 피하고 봐야겠지요!"

건영이가 이렇게 말하며 남씨를 바라보자, 남씨가 말을 이었다.

"그리고 오랫동안 피난해 있어야 될지도 모르니까 미리 식량이나 장비 등을 옮겨놓는 것도 좋겠지! 산 쪽으로 가급적 먼 곳에다 피신처도 미리 정해 두면 좋을 거야."

"예. 마을 사람들은 항상 연락할 수 있는 위치에 있도록 하고, 밭에나 산에 일하러 나갈 때는 꼭 장소를 알려놓아야겠습니다."

대화는 오직 남씨와 건영이만 하고 다른 사람들은 듣기만 하였다.

그러나 괴인에 대한 대책이란 아무것도 없고 오직 피신하자는 얘기뿐이었다.

"저는 가급적 방에 있겠습니다. 정섭이와 인규가 가까이에 있으면서 수시로 저와 연락합니다. 괴인이 나타나면 강노인 집으로 모입니다. 피신할 각오는 항상 되어 있어야 합니다. 그리고 서울 손님들은 보내야겠습니다."

"음? 보낸다고? 글쎄, 그랬으면 좋겠는데……."

남씨는 건영이가 서울 손님들을 보내자고 하니 원칙적으로는 찬성하면서도 그 방법이 난감한 모양이었다. 그러자 건영이가 서울 청년들을 얼핏 보며 말했다.

"가는 시간은 제가 정하지요. 서울 손님들은 안전하게 돌아갈 것입니다."

건영이의 말은 장담하듯 단호하게 보였다. 하기야 건영이가 장담한다면 반드시 그렇게 할 수 있을 것이다. 남씨 일행이 정마을로 돌아올 때도 건영이의 배려에 의해 안전하게 돌아왔지 않은가! 갈 때도 그와 같이 하면 될 것이다. 남씨는 고개를 끄덕이고는 물었다.

"언제 가는 게 좋을까?"

"글쎄요, 지금도 괴인은 없습니다. 하지만 오늘은 기분이 안 좋군요! 내일 아침 일찍 결정을 하지요!"

건영이는 필경 점을 칠 것이다. 남씨 일행이 돌아올 때도 그렇게 했었다. 건영이에게는 한없이 맑은 마음의 거울이 있다. 이 거울에는 괴인이 나타나면 그림자가 깃들이는 것이다.

그리고 점을 쳐서 미래를 아는 힘도 있다. 이것으로 서울 손님들을 안전하게 보내는 것은 가능할 것이다. 그러나 정마을의 항구적인 안전은 어떻게 도모할 것인가?

박씨는 이 점이 암담했는데 건영이의 말이 크게 위안이 되었다.

"원병을 청해야겠습니다. 능인 할아버지를 불러야겠지요?"

건영이는 현재의 위기 상황에 적합한 군사 용어를 쓰면서 능인 할아버지를 거론했다. 이 말에 모두들 귀가 번쩍 뜨였다.

"능인 할아버지라고? ……어떻게 불러오지?"

남씨는 얼굴빛을 펴며 놀란 듯이 물었다. 지금 같은 상황에 능인 할아버지가 등장한다면 그 얼마나 반가운 일인가? 당장에 문제가 해결될 가능성이 많다. 괴인의 행적으로 보아 도를 닦은 인물로 생각되는데, 능인 할아버지가 있으면 그 정체를 알 수도 있을 것이고, 어쩌면 퇴치할 수도 있을 것이다.

아무튼 도인을 판단하는 데는 또 다른 도인이 적합할 것이다. 악과 선의 차이는 있을지언정 도를 수행한 사람들끼리는 무엇인가 통하는 것이 있기 때문이다. 어쩌면 괴인의 약점을 능인 할아버지가 알아낼 수 있을지도 몰랐다.

그러나 능인 할아버지라고 해서 반드시 괴인을 퇴치할 수 있다고 볼 수는 없다. 하지만 지금 같은 위기에 능인 할아버지가 와주는 것보다 더 좋은 일이 어디 있겠는가?

그런데 문제는 능인 할아버지를 무슨 방법으로 불러온단 말인가. 마을의 통로가 막혀 자유롭게 움직일 수도 없는 판국에. 모두들 이런 생각을 했는지 잠깐 보였던 희망적인 얼굴 표정도 사라지고 있었다.

건영이는 얼굴을 약간 찡그리며 자신 없는 투로 말했다.

"글쎄요, 확실하지는 않지만…… 제가 능인 할아버지를 불러보지요!"

건영이의 말은 능인 할아버지를 데려온다는 것이 아니라 불러본다는 것이었다. 이는 무슨 뜻일까? 이 산중에 어디 가서 어떻게 불러본단 말인가? 박씨가 걱정을 하듯 물었다.

"어떻게 불러본다는 거니?"

"예. 그저…… 마음속으로 불러보는 거예요!"

"뭐? 마음속으로 불러?"

모두들 실망을 했지만 다시 생각해 보니 전혀 허망한 방법은 아닌 것 같았다. 건영이라면 혹시 마음속으로 먼 곳에 있는 사람을 부르는 방법이 있을지도 모른다. 원래 괴인의 출현을 아는 것도 바로 마음속의 일이 아닌가!

건영이가 마음속으로 부르고 능인 할아버지가 이를 듣는다는 것은 그리 이상한 일이 아니다. 박씨는 고개를 끄덕이며 다시 물었다.

"부르면 오실까?"

박씨의 질문은 다소 엉뚱했지만 포괄적인 뜻이 있는 것 같았다.

"들으실 수 있다면 오시겠지요!"

"들으신다면? 허 참, 모를 말이군! 아무튼 좋아! 언제쯤 오실까?"

박씨는 어처구니없다는 표정으로 요점을 물었다.

"글쎄요, 가까이 계시다면 빨리 오시겠지요! 어쩌면 못 오실 수도 있고……."

건영이는 스스로도 자신할 수 없는 듯했다. 그러나 건영이 외의 사람들은 오히려 크게 기대를 걸고 있었다.

"더 할 얘기가 있니?"

남씨가 웃으며 물었다. 지금 당장 해야 할 일이 많아 바쁘다는 듯이었다.

"아니요. 들어가지요. 피신 준비를 해 놔야겠어요. 그러고 나서 다시 연구를 해 봐야지요."

강변의 대책 회의에서는 피신을 준비하는 한편 능인 할아버지를 부르자는 것이 결정되었다.

"자, 일어날까?"

남씨가 말하자 모두들 일어났다. 강물은 쉬지 않고 흐르고 있었다. 모두들 일어나면서 건너편의 숲을 바라봤는데 지나치게 고요한 느낌을 주었다.

건영이는 앞장서서 남씨와 나란히 걸었다. 박씨는 뒤에 처져 걷다가 뒤를 한 번 돌아보고는 뒤따라 숲길로 들어섰다.

얼마 후 이들이 정마을에 도착했을 때 정섭이는 의식을 회복하고 있었다.

곁에는 여전히 숙영이 혼자 있었는데, 숙영이 어머니는 들어왔다가 다시 나갔다고 했다.

정섭이는 박씨를 보자 반갑게 불렀다.

"아버지!"

"정섭아! 괜찮니?"

박씨는 걱정스레 물었다.

"예, 괜찮아요! 저는 아버지가 더 걱정이에요."

"음? 나, 하하하…… 나는 벌써 다 나았어!"

박씨는 정섭이가 자신을 이토록 생각해 주는 것에 가슴이 뭉클했다. 정섭이의 목소리는 여느 때처럼 쩌렁거리지 않고 힘이 없어 보였다. 얼굴도 약간 찡그린 것으로 보아 속으로는 상당히 아픈 것 같았다.

"정섭아! 쉬고 있거라…… 걱정할 일은 없단다."

박씨는 정섭이를 뉘어둔 채 밖으로 나왔다. 정섭이는 과연 몸이 아픈지 그대로 누워 있고, 숙영이가 따라 나왔다. 그러자 남씨가 물었다.

"어머니는 어디 가셨니?"

"예, 윗집에 가셨어요!"

윗집은 바로 임씨 부인의 집이었다. 숙영이 어머니는 근심이 되어 임씨 부인을 다시 만나러 간 것이리라! 남씨는 우울한 기분으로 고개를 끄덕였다.

정마을의 위기 상황은 이제 모든 사람들이 어차피 알아야 할 내용이었다. 그 사실을 깨닫기라도 했는지 현재 정마을은 서울 갔던 사람들을 맞이하고, 즐거워했던 분위기가 급격히 침체되어 가고 있었다.

"……."

모두들 낙심하며 아무 말도 못 하고 있는데 건영이가 말을 꺼냈다.

"올라가 보지요."

건영이는 미소를 띠며 말했다. 뜻밖이었다. 지금 상황은 결코 웃을 수 있는 때가 아닌데, 건영이는 무슨 생각을 하고 있는 것일까? 어쩌면 단순히 우울한 기분을 달래주기 위해 일부러 명랑한 표정을 짓는지 모른다.

"……그리고 아저씨."

건영이의 말이 다시 이어졌다.

"서울서 가지고 온 옷감 있지요?"

"음? 그래…… 가져가려고?"

박씨는 남씨와 건영이를 번갈아보며 의아스러운 표정을 지었다. 그러자 더욱 명랑한 건영이의 목소리가 들렸다.

"예, 옷감은 임씨 부인한테 가져가야 옷을 만들지요! 그 외에 따로 준비한 선물도 있으면 가져가요!"

"그럴까? 그래!"

박씨도 안색을 바꾸면서 시원스레 말했다. 건영이의 뜻을 알았기 때문이었다. 건영이는 이 침체된 분위기를 바꾸자는 것이었다. 괴인이 나타날 땐 나타나더라도, 지금 당장은 마음을 편히 갖자는 것이었다.

하늘은 스스로 돕는 자를 돕는다고 하지 않았나! 마을 사람들이 모두들 밝은 마음을 갖는다면, 그로 인해 정말로 좋은 일이 생길지 누가 알겠는가!

박씨는 옷감과 선물을 가지러 내려가고, 건영이와 인규는 임씨 부인의 집으로 먼저 올라갔다. 남씨는 그 자리에서 그냥 기다리기로 했다. 건영이는 필경 임씨 부인을 위로하러 올라갔을 것이다.

임씨 부인은 서울 간 사람들이 돌아와 이제는 남편을 찾는 일에 힘을 쓸 것으로 기대를 잔뜩 걸고 있었는데, 또다시 나쁜 일이 발생했다고 하면 얼마나 낙심하겠는가! 건영이는 이를 달래고는 다시 내려올 것이다.

남씨는 마루에 걸터앉아 생각에 잠겼다. 남씨로서는 어떻게 하든 이 난관을 타개해 나갈 대책을 강구하기 위해 있는 힘을 다하려 했다.

서울 손님인 두 청년은 한쪽 편에 하릴없이 앉아 있었다. 이들의 심정은 답답하기만 했다. 그러나 두려움이나 걱정은 없었다. 곁에는 자신들을 지휘하는 신통한 남씨가 있고, 그보다 더 신통한 건영이라는 도사가 있으니 신경 쓸 일이 별로 없었다.

자신들은 시키는 대로 하기만 하면 되는 것처럼 생각했다. 괴인이 어떤 존재인지는 모르지만 도망가면 되고, 혹은 그 신통한 건영이라는 도사가 서울로 가도록 허락한다면 그만 아닌가!

더구나 자신들의 안전한 귀가는 도사가 장담했으니 크게 염려할 일이 없을 것 같았다. 잠시 후 박씨는 물건 꾸러미를 가지고 와서 그들과 함께 임씨 집으로 올라갔다. 건영이는 열심히 임씨 부인을 위로

하고 있었다.

"달라진 건 없어요. 걱정이 하나 추가된 것뿐이에요."

건영이는 괴인이 나타난 것과 임씨를 찾는 문제는 별개라고 말했다. 즉 괴인이 나타났다고 해서 임씨를 찾는 일이 불가능해졌다는 것은 아니란 말이었다. 오히려 건영이는 괴인이 출현한 것과 임씨를 찾는 문제를 엉뚱하게 연관시키고 있었다.

"징조는 나쁘지 않아요. 서울 간 사람들이 돌아오고, 서울 손님들도 왔어요. 괴인도 왔지요. 사람이 많이 오고 있는 운수인가 봐요…… 아저씨도 곧 돌아오겠지요."

도대체 건영이의 말은 의미가 있는 것일까? 현재 사람이 많이 오고 있으니 오는 김에 임씨도 오지 않겠느냐?

글쎄, 말은 되지만 필연성은 없는 것 같다. 임씨 부인은 건영이 말에 반신반의(半信半疑)하면서 고개를 끄덕일 뿐이었다. 그러나 건영이의 마음속에서는 실로 중대한 생각이 진행되고 있었다.

'임씨가 갑자기 읍내에 나가던 날, 나의 느낌은 어떠한 것이었던가? 살기를 느꼈던 것일까? 그리고 그 살기는 괴인의 살기였을까? 임씨가 떠나던 날 나는 괴인의 느낌을 받았는가?'

건영이는 스스로에게 질문을 하고 그 답을 잠시 보류했다. 임씨 부인이 보는 앞에서, 깊은 생각에 잠겨 있을 수는 없기 때문이었다.

"아주머니! 세상의 이치란 말이에요……."

건영이는 상냥한 미소를 지으며 말했다.

"다 절도가 있어요. 나쁜 일 뒤에는 좋은 일도 있게 마련이고, 또한 숨 쉴 새 없이 바쁜 일 뒤에는 묵었던 일이 풀리는 법이지요."

건영이의 말이 주역의 이치인지 아닌지는 임씨 부인으로서는 알 길이 없으나, 건영이가 단순히 경험담을 얘기하거나 일반적인 내용을 말하는 것은 아니라고 느꼈다.

"먼 곳에서 오는 사람을 맞이하는 일은 바쁜 것이지요. 게다가 뜻밖의 손님도 함께 왔고, 괴인도 연이어 나타났기 때문에 차분히 쉴 수가 없이 바쁜 상황이지요. 이럴 때 오히려 묵은 사건이 풀리기 쉬운 법입니다. 그리고 흘러가던 일이 일시적으로 정지되면 대개 소식이 오는 법이지요. 괴인이 나타난 것은 엉뚱한 일이에요. 그래서 좋은 일이 있을 거란 말입니다. 전에는 호랑이가 나타나고 나서 능인 할아버지께서 출현하셨지요. 지금은 괴인으로 인해 자연스런 생활의 흐름이 돌연 바뀌고 말았어요. 이럴 때 소식이 오는 거예요. 바로 임씨 아저씨의 소식이 오겠지요. 능인 할아버지께서 오실 수도 있고, 아시겠어요?"

건영이가 임씨 부인을 이해시키려는 것은 내용이 어렵기 때문인지, 아니면 스스로가 자신할 수 없는 얘기를 하기 때문인지 임씨 부인으로서는 건영이가 이토록 진지하게 말하는 데는 충분한 이유가 있다고 믿고 아주 편안해졌다.

"고마워요, 나는 건영 학생만 믿고 있겠어요!"

임씨 부인은 웃으며 말했다. 강가에 누가 나타났든지 간에 별로 걱정이 되지 않았다. 어차피 그런 일은 남자들이 처리할 일이고, 지금 강가에 나갔던 건영이가 돌아온 것을 보면 별일 아닌 것 같았기 때문이었다. 임씨 부인은 건영이가 괴인 얘기를 했는데도 대수롭게 생각하지 않았다.

"괴인이요? 피한다고요? 좋아요! 알겠어요!"

임씨 부인은 이런 식으로 가볍게 대답했다. 건영이는 이제 임씨 부인의 정신 자세가 충분히 갖추어졌다고 생각했다. 이 정도라면 괴인이 나타났을 때 급히 도피할 각오가 돼 있는 것이 틀림없다. 가엾은 임씨 부인이 용기를 잃지 않고 있으니 얼마나 다행한 일인가!

건영이는 임씨가 갑자기 강을 건너 읍내로 나간 것을 말리지 못해 못내 아쉬워하고 있었기 때문에, 임씨 부인을 각별히 생각하고 있었다.

그런데 지금 임씨 부인을 건영이가 크게 걱정할 바가 아니었다. 오히려 임씨 부인이야말로 험난에 대항하는 굳건한 자세를 갖추고 있었다. 그렇다면 이제 마을 사람들은 피난할 준비가 거의 된 셈이었다. 다른 사람들은 주어진 운명에 그런대로 순응할 것이다.

"아주머니! 이만 갈게요!"

건영이는 임씨 부인을 위로하고 집을 나서려 했다. 이때 박씨가 들어섰다.

"아주머니! 선물 가지고 왔습니다!"

박씨는 일부러 목소리를 높여 편안한 모습을 보이려고 했는데, 임씨 부인은 이미 즐거운 표정을 짓고 있었다.

"예? 선물이라 했어요? 서울서 가져온 것인가요?"

"자, 이것은 선물이고, 이것은 일감입니다."

박씨는 자랑스럽게 일감을 풀어보았다. 서울에서 가져온 물건은 상당히 많았는데, 대부분은 옷감이고 그 외에 임씨 부인의 옷과 아기 옷이 들어 있었다.

옷감을 모두 옷으로 만들려면 일 년 내내 일을 해야 할지도 몰랐다. 임씨 부인은 자신의 처지도 잊고 너무나 좋아했다.

"어머! 너무 예뻐요! 어쩜, 이렇게 많이 가져왔어요! 내가 다 만들게요. 아니 숙영이 엄마도 거들어 주어야 해요."

임씨 부인은 옷감을 고르면서 옆에 있는 숙영이 어머니를 흘끗 바라봤다. 숙영이 어머니의 눈길은 이미 옷감 속에 빨려 들어가 있었다. 여자들은 아름다운 옷을 보면 위기도 안중에 없단 말인가!

박씨는 임씨 부인이 이토록 좋아하는 것을 보고 잠시 할 말을 잊었다. 그러나 박씨의 마음도 어느덧 우울한 상태를 벗어났다. 기분이란 전염되는 것이 틀림없었다. 그런데 이번 경우는 즐거운 마음이 우울한 마음을 이긴 것이다.

아니 여자의 기분이 남자의 기분을 이긴 것일까? 박씨는 웃으며 옆에 있는 인규를 쳐다봤는데, 인규도 웃고 있었다.

"아저씨! 가지요!"

인규는 박씨를 잡아끌었다. 이제 여자들끼리 놔두어도 근심을 잊어버리리라!

"아주머니! 우리들은 갑니다, 옷 잘 만드세요."

박씨는 인사를 건네고 밖으로 나왔다. 여자들은 문밖까지 나오지 않았다. 평소 같으면, 쳐다라도 봤을 텐데 이번에는 잠깐 돌아보는 둥 마는 둥하고는 옷감을 다시 만지기 시작했다.

괴인에 대한 문제는 남자들의 몫이었다. 박씨는 밖으로 나와 몇 걸음 걸으면서 건영이에게 물었다.

"지금 당장 피난 준비를 해야 할까?"

"글쎄요, 남씨 아저씨에게 물어보지요!"

건영이는 박씨의 물음에 긍정도 부정도 하지 않았다. 현재의 상황은 괴인이 언제 나타날 것이라고 예정된 바가 없었다. 만일 괴인이 나타날 시간이 정해져 있다거나 약속이 되어 있다면 얼마나 좋겠는가?

만일 그렇게 된다면 그 전에 미리 도망 가 있으면 되는 것이니 크게 신경 쓸 일이 없을 것이다. 그러나 지금 건영이 대답은 비록 '글쎄요.'라고 한 것이지만, 괴인이 안 나타난다는 확신을 하지 못한 것이므로, 피난 준비를 해야 마땅할 것이다. 물론 당장 피난을 가자는 것이 아니고, 단지 피난 준비를 하자는 것이니 손해 볼 일은 아니었다.

단지 건영이는 마을의 분위기를 고려해서 망설이는지도 몰랐다. 그러면서도 몇 가지 방침을 마련하기 위해 남씨의 의견을 듣자고 했다.

박씨는 이러한 건영이의 마음을 세심히 살필 능력은 없었으므로, 오히려 편안한 기분으로 전환되어 길을 내려왔다. 그런데 잠시 후 남씨를 만나자 그 기분은 그만 완전히 뒤바뀌고 말았다.

"피난 준비! 그럼! 당장 해야지……. 조금 후에라도 괴인이 나타나면 피난해야 할 것 아니야! 오늘은 안 나타난대?"

남씨는 이렇게 말하면서 건영이를 바라봤는데, 건영이는 아무 말도 하지 않았다. 건영이의 침묵은 남씨의 생각을 긍정하는 것이었다. 남씨는 과연 용의주도했다.

"박씨, 우선 취사도구나 담요 등을 준비하세. 일차로 강노인 집에 날라다 놓고 피난처를 물색하러 가야지!"

"예, 우리 집에 있는 것부터 나르기로 하지요!"

이제 본격적인 피난 준비가 시작되었다. 계절은 아직 늦여름에 머물러 있었으므로 크게 불편한 점은 없었다. 야영에 필요한 장비를 멀리 강노인 집에 옮기고, 식량이나 술 등은 그곳에 있는 것으로 충당하면 된다.

남씨는 서울 청년들에게도 일을 시켰다. 이들에게는 오히려 잘된 일이었다. 아무 일 없이 심심하게 기다리는 일이야말로 이들이 가장 힘들어 하는 일이 아니겠는가?

건영이는 따로 할 일이 있는지 피난 준비에 관여치 않고 자기 숙소로 돌아가 버렸다. 인규는 건영이가 자신을 부르지 않고 혼자 돌아가자 박씨를 뒤따라갔다.

답을 기다리는 하나의 그림자

평화롭던 정마을은 갑자기 부산스러워졌다. 어째서 이런 사건이 생기는 것일까? 단순히 우연한 일상사라고 해야 할까, 아니면 필연적인 운명이라고 해야 하는 것인가!

인생의 흐름은 강물처럼 쉼 없이 지나가고, 어느 순간 바쁜 일을 겪게 된다. 누구도 앞일을 미리 생각할 겨를이 없는 것이다. 누구라도 현실에 적응하다 보면 또 다른 현실을 끊임없이 만나게 된다.

일 없이 한가한 때가 와도 마음은 미처 바쁜 때를 대비하지 못하는 것이 인생이다. 사람은 어느 때든 마음이 무기력하거나 눈앞의 일에만 열심히 몰두하게 마련이다.

정마을 사람들도 그날그날을 열심히 살다보니, 오늘 같은 일을 겪게 된 것이다. 결코 특별한 일일 수가 없다. 원래 인생의 거의 모든 일은 갑작스럽게 일어난다고 봐야 한다.

사람의 마음이 현재의 사물에만 고착되어 있으니, 미래 일은 무엇이든 갑작스러운 것이 아니고 무엇이겠는가! 약하디 약한 인간은 자주 놀랄 수밖에 없다. 그리고 언제나 문제에 고심하게 된다.

이는 죽음이 올 때까지 계속된다. 그러나 죽음마저도 갑자기 닥치고 마는 것이다. 죽음 후에는 과연 놀랄 일은 없는 것일까? 아니면 죽음도 생(生)의 연장이라고 봐야 하는 것일까?

흔히 도를 닦는 사람들에게는 생사(生死)가 일여(一如)라고 일컬어지고 있다. 그렇다면 도를 닦는다는 것은 대체 무엇일까? 도인에게도 모든 것이 갑작스러운 일일까?

일찍이 박씨는 촌장으로부터 마음을 가라앉히는 법을 배운바 있었다. 박씨는 생각해 보았다.

'이것은 무슨 뜻일까? 마음이 가라앉는다는 것은 혹시 한가해진다는 뜻은 아닐까? 그리고 도인의 한가한 마음에는 앞일을 미리 생각하는 여유라도 있단 말인가?'

그렇다면 도인이 사는 곳에는 평화가 깃들이는 곳일까? 현재 정마을은 평화롭지가 않았다. 정마을의 평화는 촌장이 떠나간 이후 사라졌다는 느낌을 지울 수가 없었다.

그 신통하게 보이는 건영이도 여전히 바쁜 일에 직면하고 있었다. 오히려 정마을의 운명은 건영이가 불러들였다 해도 과언이 아니었다. 평화롭고 적적하기까지 했던 정마을에 건영이가 등장함으로써 실로 수많은 사건이 발생한 것이다.

그 일은 아직도 끝나지 않았다. 인생의 문제나 대자연의 문제 등이 하나로 독립해서 일어나는 법은 거의 없다. 어떤 문제든지 꼬리에 꼬리를 물고 일어나는 법이고, 또한 사건의 종말은 작아질 뿐 사라지지 않고, 다른 어떤 것과 다시 연결되게 마련이다.

이러한 일들에 대한 건영이의 견해는 어떠한 것일까? 건영이는 지금 괴인의 문제에 매달리고 있을 뿐, 총체적인 의미를 음미할 경황이 없었다.

건영이의 방은 적막에 쌓여 있었다. 방의 한쪽 벽에는 창을 뚫고 들어온 햇빛이 반사되고 있으나 건영이는 등을 돌리고 앉아 있었다.

건영이가 지금 바라보는 곳은 방의 어두운 쪽이다. 그러나 시선은 이미 공간의 어느 지점에도 머물러 있지 않았다. 건영이의 마음속에는 하나의 그림이 그려진 채 답이 기다려지고 있었다.

'임씨가 떠나던 날의 느낌! 그것이 과연 무엇이었던가? 살기가 있었던가?'

건영이는 지난날의 느낌을 회상해 내려는 중이었다. 그런데 기억 속에는 사건 외에 어떤 느낌이라는 것도 유지될 수 있을까? 건영이는 미간을 찌푸렸다.

임씨는 서울에서 서예가인 이일재 씨가 왔던 다음날 사라졌다. 그 당시 인규가 이일재 씨와 함께 서울로 가는 길에 임씨도 따라붙은 것이다.

물론 임씨는 춘천 읍내까지만 동행할 생각이었지만 끝내 돌아오지 않았다. 임씨가 읍내에 나간 것은 부인에게 줄 물건을 사기 위해서라고 했다. 그 물건이 무엇이었는지는 아무도 모른다.

'그날…… 임씨가 떠나자 나는 무엇인가 꺼림칙한 느낌이 들었지! 그래, 나의 느낌은 그것이었어! 나는 그 불안한 이유를 달리 해석한 거야. 단순히 임씨가 읍내로 나간다는 것을 미리 알지 못했기 때문에 꺼림칙한 기분인 줄 알았어! 그런데 실은 그게 아니야! 나는 그날 그 순간 무엇인가 불안한 신호를 감지한 거야. 바로 그 괴인이었던 것 같아! 가만 있자!'

건영이는 고개를 갸우뚱하고는 자기의 생각을 좀 더 확대시켜 봤다.

'그리고 후에…… 인규가 정마을에 왔다가 나의 편지를 가지고 서울로 다시 떠날 때, 나의 느낌은…… 그렇지! 그날도 꺼림칙했었어! 왜일까? 불안 때문이었어! 그것은 임씨가 사라지던 날의 느낌과도 같았어! 맞어, 나는 심정 공간 속에서 동일한 신호를 받았던 거야! 그것은……?'

건영이의 얼굴빛은 다소 밝아졌다. 생각이 잘 풀려 나가기 때문이었다. 건영이는 입을 꼭 다물고 차분히 생각을 간추리기 시작했다.

'인규는 편지를 가지고 떠나던 날 괴인을 만났어! 그래서 나는 무엇인가 꺼림칙한 느낌을 받았던 거야. 당시 나는 인규에게 곧장 서울로 가라고 했지! 왜였지? 불안 때문이었어! 살기를 느낀 것이지! 틀림없어! 나는 괴인을 감지한 거야! 단지 감지했다는 사실을 나 스스로 몰랐을 뿐이지!'

건영이는 잠시 생각을 멈추고 자세를 바로 했다. 결론은 마음속에서 자연스럽게 그려지고 있었다. 그것은 임씨도 괴인을 만났으리라는 것이었다.

임씨는 춘천에 나갔다가 돌아오는 길에 괴인을 만난 것이다. 춘천에 나갔던 당일이었는지 아니면 그 다음날인지는 알 수가 없었다. 건영이는 그날과 그 다음날의 느낌을 회상해 내려고 해 봤으나 아무것도 찾아낼 수 없었다.

느낌이란 것은 원래 기억 속에 선명히 남아 있는 것이 아니었다. 건영이는 다시 생각에 잠겼다.

'그런데 임씨는 살아 있어! 이것은 점괘가 그렇고 나의 느낌 또한 분명하기 때문이야! 임씨는 어디서 무엇을 하고 있을까? 그것을 모르겠어!'

건영이는 생각을 통해서 한 가지 결론을 분명히 했다. 그것은 임씨가 괴인을 만났다는 것이다. 그 외에 당시의 주변 정황도 몇 가지 드러났다.

'임씨가 사라진 날, 이일재 씨는 남씨를 만나러 서울로 떠난 거야. 그리고 인규가 괴인을 만나던 당시도 인규는 남씨에게로 가는 길이었어! 이것은 어떤 징조라고 봐야 할까?'

건영이는 두 사건의 배경에서 공통점을 감지하고 이것을 징조로 해석해 보고자 했다.

'……지금은 남씨가 돌아왔지! 남씨를 만나러 가던 날 주변에 괴인이 출현했어. 이것은…… 어쩌면 임씨도 나타날 징조가 아닐까?'

건영이는 고개를 가로저었다. 자신의 생각은 막연할 뿐 아니라 이렇다 할 이론적 근거도 갖고 있지 않기 때문이었다. 하지만 건영이의 얼굴빛은 더욱 밝아졌다. 이제부터의 생각은 다소 쉽게 넘어갈 것 같았다.

'임씨는 괴인을 만났으나 죽지는 않았다! 이것에서 무엇을 알 수 있을까?'

건영이는 문제를 제기한 채 또다시 생각을 중단했다. 마음 한구석에 강하게 스치는 무엇이 있었기 때문이다. 그것은 괴인의 성향, 또는 특징을 알 수 있는 어떤 사항이었다.

그러나 건영이는 이러한 마음속의 섬광을 일부러 잠재워 놓고, 그 의미가 성숙해지기를 기다리기로 했다. 사람의 생각은 반드시 의식적으로만 이루어지는 것은 아니다. 때로는 무의식 자체가 의식보다 더욱 훌륭하게 생각을 진행시킬 수가 있다.

건영이는 이것을 잘 알고 있기 때문에 일부러 생각을 일으키지 않앉다. 이것이 건영이의 방식이고, 남씨와 다른 점이었다. 남씨는 모든 생각을 의식적으로 진행시키려 한다. 하지만 건영이는 무의식을 즐겨 사용한다.

그렇다면 건영이에게는 생각을 할 수 있는 장치가 남씨에 비해 하나가 더 있는 셈이다. 그런데 지금 건영이는 의식하의 생각을 진행시키기 위해 남씨와 의논할 마음이 생겼다.

표면 의식하의 생각에는 아무래도 남씨의 도움이 필요하다. 남씨의 치밀함은 건영이의 수고를 덜어주거나 실수를 보강해줄 수도 있을 것이다.

건영이는 재빨리 일어나 문을 나섰다.

남씨는 지금 피난을 위해 끊임없이 생각에 몰두하고 있을 것이다. 남씨와 건영이가 서로의 생각을 합친다면 결론의 유도가 보다 더 신속할 수도 있다. 생각이란 깊이가 있어야 하지만 그 폭 또한 넓어야 한다. 그렇기 때문에 총명한 사람의 생각에도 맹점은 있기 마련이다.

건영이는 길 주위를 무심히 바라보며 걷고 있었다. 우측으로 완만히 비탈져 있는 길에는 아직 꽃이 피지 않은 코스모스의 가냘픈 잎들이 자주 눈에 띄었다.

앞에 개울이 나타나자, 건영이는 좌측으로 고개를 돌려 물이 흘러오는 쪽을 잠깐 바라봤다. 그러나 특별한 감정은 일어나지 않았다. 건영이는 개울을 건너 계속 걸었다. 잠시 후 우물가에 당도했다.

이때 건영이의 마음속에는 불현듯 처량한 생각이 떠올랐다.

'붕괴된 우물! 저것은 정마을의 위기를 반영하는가? 마을의 이름이 바로 정마을인데 우물이 파괴되다니!'

이러한 생각은 건영이의 미간을 찡그리게 만들었다.

'저것을 보수해야겠어! ……저게 언제 무너졌었지?'

건영이는 우물을 향해 날카로운 시선을 보내고 다시 걷기 시작했다. 당면한 문제는 우물의 붕괴보다 더욱 다급한 것이다. 어쩌면 정마을 자체가 붕괴되고 있는지 몰랐다. 촌장이 떠나가고, 임씨가 사라지고, 또 정섭이가 다치고, 우물이 붕괴되고…….

이러한 일련의 사건들은 하나의 결말을 향해 나아가고 있는가? 그리고 그 결말은 곧 마을 전체가 소멸한다는 것인가? 건영이는 걸음을 빨리했다. 그리고 마음속으로는 정마을을 구해야겠다는 결연한 의지를 한껏 불러일으켰다.

멀리 강노인의 집이 보였다. 이제 건영이마저 강노인 집으로 가면 정마을의 중심 지역에는 연약한 여자 세 사람과 상처 입은 정섭이만 남게 된다. 만약 이럴 때 괴인이라도 나타난다면 난감한 일이 아닐 수 없었다.

건영이는 이 점이 꺼려졌는지 잠시 걸음을 멈추고 마을과 강 쪽을 번갈아 바라봤다. 물론 마을도 강도 보이는 것은 아니었다. 그러나 마음속으로는 어떠한 징후를 살피고 있었다.

마을은 여전히 평화로운 기색이 감돌고 있었다. 그리고 건영이의 마음과 통해 있는 심정 공간에서도 괴인의 출현을 알리는 신호가 포착되지 않았다. 마음이 다소 놓인 건영이는 강노인의 집을 바라보며 부지런히 걸었다.

하늘에는 구름이 거의 없어 햇볕은 바로 내리쪼이고 있었다. 좌측으로 훤히 트여 있는 밭에는 푸른 결실이 가득 채워지고 있었다. 강노인의 집이 바로 눈앞에 들어왔다. 강노인의 집은 정마을에서 가장 멀리 떨어져 있는데, 집이 만들어진 지는 이십 년 가까이 되었다고 한다.

강노인의 집과 마을 사이에는 집이 하나도 없지만 이는 우연인지 운명인지 알 수 없었다. 단지 외딴집을 선택한 사람은 강씨 할머니였는데, 그 집이 마음에 들어서 이 마을에 이주해 온 것이라 했다.

여기에는 약간의 사연이 있었다. 할머니는 강릉 주변에 있는 한적한 마을에서 살다가 더욱 외진 곳을 찾아 정마을에 온 것이었다. 그런데 이 할머니는 정마을에 처음 이주해 왔을 때 마을에 사람이 너무 많다고 투덜댔다고 하니 참으로 희한한 사람이다.

그나마 정마을의 많은 집 중에서 가장 멀리 떨어져 있는 곳에 집이 하나 있어서 이주하기로 정한 것이다. 그리고 할머니는 한 가지 신통한 얘기를 했는데, 그것은 정마을의 주민은 날로 줄어들 것이라는 것이었다.

사실, 그 말은 적중했고 할머니는 무척 좋아했다. 할머니 외에 정마을 사람들은 누구나 주민이 한 사람이라도 줄어드는 것을 좋아하지 않았다. 물론 요즘에 와서는 이 괴팍한 할머니의 성격도 바뀌고 있었다.

건영이는 싸리문을 열고 강노인 집 안으로 들어섰다.

"어서 오게, 별일 없나?"

강노인이 먼저 안부를 물었다. 강노인은 여러 사람들과 함께 마루에 나와 있었다. 마루에는 할머니도 나와 있었고, 남씨와 인규, 그리고 서울 청년들이 있었다. 그런데 박씨는 보이지 않았다.

강노인의 표정은 다소 어두운 상태였는데, 건영이가 나타나자 가볍게 놀란 듯했다. 혹시 나쁜 소식을 가져오지 않았나 하는 걱정에서였다.

"예, 괜찮아요! 안녕하셨어요?"

건영이는 밝은 표정으로 인사했다. 건영이가 이렇게 인사를 하자 분위기는 조금 편안해지는 것 같았다.

"어서 와요, 여기 앉지!"

할머니는 특히 반가워했다. 건영이는 할머니 옆에 앉았다. 그리고 남씨를 바라봤는데, 남씨는 즉시 보고하는 형식으로 말했다.

"박씨는 피난처를 물색하러 나갔어! 혼자 가는 게 편하다고 하는구먼."

건영이는 고개를 끄덕여 수긍을 표시했다. 그럴 것이리라! 박씨의 움직임은 범인의 그것과는 많은 차이가 났다. 박씨의 달리는 속도는 실로 엄청나다. 필경 짧은 시간에 먼 곳까지 탐색이 가능할 것이다.

게다가 박씨는 큰산 주변에 약초를 캐러 자주 다녀봤기 때문에 적당한 피난처를 쉽게 발견할 수 있을 것이다. 먼저 피난처가 발견되면 그때 가서 대대적인 준비를 해 두면 될 것이리라.

현재 이곳 분위기는 할머니까지 합세하여 심각하게 의논을 하고 있었다. 할머니가 어떤 견해를 피력했는지는 잠시 후면 다시 밝혀질 것이다. 건영이는 먼저 남씨와 의논할 일이 있었다. 그래서 잠시 자리를 피하고자 했다.

"아저씨! 잠깐 나갔다 올까요?"

"음? 그래!"

남씨는 건영이의 말에 즉각 반응했다. 남씨도 답답하여 산책이라도 하고 싶던 참이었다. 두 사람은 강노인에게 고개를 숙여 보이고 밖으로 나섰다.

인규는 두 사람이 중요한 의논을 하려는 것으로 생각하고 일부러 끼어들지 않았다. 할머니만은 건영이가 나가는 것이 아쉬운지 한 마디를 덧붙였다.

"건영 학생! 다시 오는 거지?"

"예, 할머니."

건영이는 되돌아서 밝게 대답을 하고는 나갔다. 밖으로 나오자 좌측으로 넓은 들판이 전개되어 있었다.

"저쪽으로 갈까?"

남씨는 채소밭이 있는 한가운데를 가리켰다. 두 사람은 그쪽을 향해 말없이 걸어서 햇빛이 가려지는 나무 밑을 찾아 앉았다.

"뭣 좀 생각해 봤니?"

남씨는 자리에 앉자마자 먼저 화제를 꺼냈다. 남씨는 건영이가 괴인에 대한 어떤 문제를 연구하고 있는 중임을 이미 짐작하고 있는 것 같았다. 건영이는 천천히 고개를 끄덕이며 대답했다.

"예, 그런데 모를 것이 많아요!"

"그럴 테지, 아무래도 문제가 커지겠어! 밝혀진 게 있니?"

"글쎄요, 먼저 괴인에 대해 좀 들어봐야겠어요."

"그래! 건영이는 괴인이 나타난 상황을 잘 모르지? 내가 알아본 바를 얘기해 주지!"

남씨는 잠깐 생각하는 듯하더니 괴인에 대해 들은 대로 얘기를 시작했다.

"내가 처음 괴인에 대해 들은 것은 춘천으로 돌아오는 기차 안에서야. 인규는 며칠 동안이나 그 얘기를 안 해 줬더군! 당시 서울 일이 미묘한 상황이었는데, 그 일에 지장을 줄까 봐 얘기를 안 해 줬던 모양이야. 아무튼……."

남씨는 잠깐 웃는 표정을 짓고는 다시 심각한 표정으로 돌아갔다.

"인규는 운이 좋았어. 숲 속에 숨어서 참상을 목격한 것이지, 바로 눈앞에서 말이야.”

남씨는 인규에게 들은 당시 상황을 자세히 묘사하며 설명해 나갔다. 이런 일을 설명하는 경우 본인에게 직접 듣는 것과, 남이 전해 주는 것은 각각 그 장단점이 있다고 할 수 있다.

본인이 설명하는 것은 사실 그대로 나열식으로 보여주는 것으로, 듣는 사람이 임의적으로 상황을 해석할 수가 있어 시야가 넓고, 이번처럼 타인이 전하는 식의 설명은 남씨가 의미를 부여해 주는 것이어서 시간을 단축하거나 짧은 시간 내에 요점에 접근할 수가 있다.

“괴인의 행동에는 특징이 있더군! 일격에 처리하는 것이야. 한 사람에게 두 번 공격을 가하는 법은 없었어! 이런 것도 무슨 의미가 있을까? 어쩌면 별 뜻이 없을지 모르지. 괴인이 워낙 강하기 때문에 두 번씩이나 공격을 가할 필요가 없는 것인지…….”

남씨는 자신이 부여한 의미, 즉 일격에 처리하는 괴인의 방식에 대해 건영이의 견해를 살폈다. 그러자 건영이는 즉시 자신의 의사를 밝혔다.

“저는 뜻이 있다고 봅니다. 일격! 이것은 분명 괴인의 특징이에요. 주역의 의미에서 보면 일(一)이라는 숫자는 나아간다, 끊는다, 잊는다, 버린다는 뜻이 있습니다. 괴인이 사람을 멀리 집어던지는 것도 같은 뜻이 있어요. 말하자면 한 번만 공격을 가한다는 것과 집어던진다는 것은 같은 뜻이에요. 괴인의 행동이 그와 같이 일정하다면 이는 분명히 괴인의 특징이라고 봐야겠지요!”

건영이는 남씨가 말한 괴인의 특징에 확실한 의미를 부여해 주었다. 남씨는 다시 말을 시작했다.

“괴인은 사람을 많이 죽였더군! 미군도 죽인 모양이야! 그런데 살아난 사람이 있어! 이것은 의미가 없을까?"

"있습니다. 중요한 의미가 있지요!"

건영이는 강조하듯 말하고 남씨를 빤히 바라봤다.

"음…… 무슨 의미지?"

남씨는 자신이 간추려 놓았던 괴인의 행동 분석이 적중하고 있다는 것에 마음이 놓였다. 현재 상황에서 가장 중요한 것은 괴인의 행적을 분석하고 거기에 감추어져 있는 의미를 발견하는 일이다.

물론 의미라는 것도 분류 방식에 따라 다양한 것이지만, 일단 주역의 관점에서 의미를 부여하면, 그 사물의 가장 완전한 뜻을 이해한 것이 된다.

이는 범죄 수사에서 단서가 갖는 뜻이라든가 군사 행동의 의미, 심리적 의미, 문화의 뜻, 심지어는 술 취한 사람과 미친 사람의 무질서한 행동에서도 뜻을 찾아낼 수 있는 신묘한 방법인 것이다.

주역이란 한 마디로 사물의 뜻을 규명하는 학문이라 할 수 있다. 남씨는 주역을 깊게 공부한 바는 없지만, 주역이란 학문이 만물의 뜻을 규명하고, 그 변화를 추적하는 원리라는 것을 잘 알고 있었다.

남씨도 사물의 의미를 분석하는 데는 탁월한 능력이 있었다. 그러나 그 능력이 주역의 괘상으로 연결되지 않는다면 완벽을 이룰 수는 없다. 단지 남씨는 어떤 사물에 의미가 있는 것을 본능적으로 잘 찾아낼 수가 있다.

이는 남씨가 태어날 때부터 이미 천재였다는 것을 의미한다. 아무튼 지금 남씨가 분석한 괴인의 행적이 분명한 뜻으로 부여되고 있는 것이다. 건영이는 대답했다.

"산 사람이 있다는 것은 괴인이 한 번 공격한 사람은 두 번 다시 살펴보지 않는다는 뜻입니다. 이 점은 아주 중요하지요. 괴인은 살인을 거리낌 없이 저지르지만 그 자체가 목표는 아닌 것 같아요!"

"음? 그게 무슨 뜻이지?"

남씨는 건영이의 말을 중단시켰다.

"예, 괴인은 공격 그 자체가 목표라는 말입니다…… 죽든 말든 상관 안 하지요…… 그동안 많은 사람이 죽었다면 그것은 괴인의 힘이 막 강하기 때문이었지, 괴인이 죽이려 해서 죽인 것은 아니지요! 단지 괴인은 위험한 공격을 서슴없이 해버리지요!"

"그렇구먼! 그럼 누가 살아 있을까?"

남씨는 이렇게 말하면서 임씨를 마음에 그리고 있었다. 그런데 건영이는 당장에 그것을 말하고 있었다.

"임씨가 살아 있지요! 그리고 박씨도, 정섭이도 살아 있어요! 또 누가 있을까요?"

건영이가 지금 나열한 사람은 모두 정마을 사람이지만 괴인의 공격을 받고도 살아난 사람이다. 다만 임씨에 대해서만은 건영이 스스로의 판단이고, 남씨로서는 무엇이라 말할 수 없었다.

그러나 남씨는 한결 기분이 좋아져서 한 마디를 덧붙였다.

"미군 한 사람도 살아 있어! 결국 괴인의 공격은 태풍처럼 휩쓸고 지나가는 것이구먼!"

"그렇습니다. 사정없이 몰아치는 태풍이지요. 자, 그럼 다음 문제로 넘어갈까요?"

건영이는 결연한 표정으로 말했고, 남씨는 다소 편안해진 기분으로 얘기를 진행했다.

"그리고 말이야, 괴인은 숲에서 나오지 않는 모양이야! 버스 종점에서 알아봤는데 별 소문이 없더군! 아마 근처의 마을에도 출현하지 않았을 거야. 괴인이 살인, 아니 공격을 취미로 삼고 있다면 사람이 많이 사는 마을을 공격할 텐데."

남씨는 모르겠다는 듯이 고개를 갸우뚱했다. 그러자 건영이가 즉시 말을 받았다.

"그런가요? 숲에서 나오지 않는다는 것이 특이하군요! 그럼 정마을 쪽으로는 왜 왔을까요?"

"글쎄…… 정마을까지 왔다고 볼 수는 없겠지! 어쩌면 정마을이 마을답지 않다고나 할까?"

"예? ……숲 속 같다는 뜻이군요?"

"글쎄…… 내 생각은 그렇지만…… 과연 괴인은 숲에만 있을까?"

"저도 모르겠어요. 꼭 숲 속이라고 말할 수는 없어도 괴인은 한적한 곳에 출현한다는 뜻이 있군요!"

"그렇군!"

남씨는 알았다는 듯이 고개를 끄덕였다.

숲을 단순히 숲이라고 하지 않고, 숲의 성질이 갖는 의미를 생각해 보면 괴인은 아마 숲처럼 한적한 곳을 선호한다고 할 수 있다.

이 말은 번잡한 마을이나 드러난 곳을 피한다는 뜻도 될 것이다. 이제 괴인의 특징이 조금씩 밝혀지고 있었다.

"그런데 말이야, 괴인은 왜 그 숲에서 서성이는 것일까?"

"글쎄요…… 어쩌면 다른 곳에도 출현할지 모르지요. 물론 깊은 산 중 같은 곳이겠지만…… 괴인의 능력으로 봐서 행동반경은 넓다고 봐야 할 거예요."

"그렇다면 그 괴인은 같은 장소에 자주 출현한다고 봐야 하는가?"

"예, 저는 그렇게 생각해요. 어쩌면 출현 지역을 점점 확대하고 있다고 봐도 되고요."

"그건 왜일까?"

남씨는 나름대로 깊은 생각을 진행하는 한편 건영이의 견해를 십분 수용했다. 건영이도 남씨의 물음에 자신의 생각을 거리낌 없이 피력하고 있었다.

"그것을 정말 모르겠어요! 괴인은 어쩌면 무엇인가를 찾아다니면서 닥치는 대로 사람을 공격하는 것일 수도 있어요."

"음, 그럴 수도 있겠어! 그런데 괴인은 한 장소에서 여러 번 살인하는 것을 위험하다고 생각하지 않는 것일까?"

남씨는 자신이 분석한 괴인의 어리석음에 대해 건영이의 견해를 물었다.

"괴인은 무슨 일이든 신중히 생각하지 않는 것 같아요. 닥치는 대로 행동할 뿐이지요. 뒷일은 생각하지 않아요. 사람을 한 번 공격하고 재차 공격하지 않은 것, 집어던지는 것, 뒷일을 생각하지 않는 것 등은 모두 같은 뜻이 있어요. 괴인의 성향은 단 한 번으로 모든 행동을 끝낼 뿐, 그것의 결과는 생각 안 하지요."

건영이는 이번에도 괴인의 행동에서 특별한 의미를 추려내고 있었다. 남씨는 자신이 간파하지 못한 부분을 건영이가 밝혀내고 있음을 느꼈다. 건영이의 말은 다시 이어졌다.

"그런데 모를 것이 있어요. 정마을에는 왜 두 번씩이나 왔을까요? 그리고 왔다가 두 번 다 급히 사라졌어요. 저번에 사라진 이유는 알겠는데……."

건영이는 이렇게 말하면서 얼마 전 정마을 전체가 엄청난 살기에 휩싸였던 때를 기억해 내고 있었다. 당시는 소지선을 체포하러 왔던 선인 부대(仙人部隊)가 온통 산을 에워싸고 살기를 뿜어댔지만, 괴인은 이를 감지하고 떠나간 것이다.

두 번째 왔을 때는 어떤 이유 때문에 물러갔는지 알 길이 없었다. 남씨는 건영이가 한 말 중에, 지난번에 왔을 때 사라진 이유를 안다고 한 것이 궁금해졌다.

"음? ……지난번에? 왜 사라졌는데?"

"그거요, 저…… 그건 나중에 얘기하지요. 그보다는 이번에 사라진 이유가 더 중요해요."

건영이는 신선들의 출현에 대해서는 가급적 말하고 싶지 않은가 보았다. 그리고 지금 급한 것은 무엇보다도 괴인이 강을 건너려다 말고 사라진 이유였다. 만일 그 이유 속에 괴인이 두 번 다시 나타나지 않을 이유까지 포함되어 있다면 얼마나 좋으랴!

그러나 요행을 바랄 수만은 없었다. 남씨는 잠깐 생각하는 듯하더니 자신의 견해를 말했다.

"숲에 누가 나타난 것이 아닐까?"

"글쎄요, 저도 그렇게 생각해 봤는데…… 누굴까요?"

"그것은 알 수 없겠지. 정마을을 찾아오는 사람일 수도 있고…… 그냥 숲 속의 행인이든가, 혹시 어쩌면 미군들일지도 몰라…… 범인을 수색하는……."

"그렇다면 또 누군가가 숲에서 죽었다는 얘기가 되겠군요!"

"그렇지! 박씨와 정섭이 대신 죽은 것이지. 그렇지 않았다면 정마을 사람들 전부가 죽었을지도 몰라!"

남씨는 기가 차다는 듯이 건영이를 빤히 쳐다봤다. 그럴 수도 있으리라! 괴인은 강을 건너기 위해 박씨와 정섭이를 공격했고 배를 끌어 갔다. 그리고 막 배에 오르려는 순간 숲으로 돌아간 것이다. 그야말로 일촉즉발의 위기로 소름 끼치는 일이었다. 건영이도 이 점을 생각했는지 미간을 잠깐 찡그리고는 천천히 말했다.

"위험했어요. 숲에서 누가 당했는지도 모르겠군요. 정마을을 찾아오던 사람이 아니었으면 좋겠는데⋯⋯."

"뭐, 누가 올 사람이 있나? 어쩌면 괴인이 다른 이유 때문에 사라졌는지도 모르지."

"예, 그랬기를 바라야지요. 그런데 괴인과 만났을 때는 쓰러져 죽은 척하는 것도 한 가지 방법이 되겠어요."

"음? 그렇군. 괴인이 쓰러져 있는 사람을 공격할지 어쩔지는 모르겠지만 공격하지 않을 가능성이 많구먼."

"예, 가만히 서 있다가 당하는 것보다 쓰러져 있는 편이 나을 수도 있어요."

건영이는 이 말을 하면서 맥없이 웃었지만 남씨는 무척 심각했다.

"그럼! 우선 한 가지 방법은 생겼어! 마을 사람들에게 알려줘야지. 그건 그렇고 괴인에 대해 좀 더 알 수 있는 방법은 없을까?"

"글쎄요, 생각해 보면 더 알 수 있겠지요! 우선 그 괴인의 차림새를 생각해 보세요!"

"⋯⋯."

"그 옷은 평범한 옷이 아닙니다. 그렇다고 거지 옷도 아니고⋯⋯ 도포인 것 같은데, 그렇다면 그 괴인은 도를 닦는 사람이거나 은자(隱子)일 겁니다."

"그렇겠군! 그럼 빗자루는 무엇을 의미하는 것일까? 도인이라면 왜 그런 것을 가지고 다니지?"

남씨는 건영이의 말에 수긍하면서도 괴인이 갖고 다니는 빗자루에 대해서는 이해가 잘 안 되는 모양이었다. 이에 건영이는 좀 더 손쉽게 설명하였다.

"그것 또한 뜻이 있습니다. 빗자루는 무엇인가를 쓸어 없애는 데 쓰이는 물건입니다. 이것은 풍수환(風水渙:☴☵)으로 표현될 수 있는데, 괴인의 다른 행동과도 맞아떨어집니다. 따라서 괴인은 무엇이든 쳐 없애고, 돌파하고, 흩어버리고, 집어던집니다. 이 모든 것이 빗자루로 쓸어버린다는 것과 의미가 같습니다."

건영이는 괴인의 행동에 담겨 있는 상징이나 원시적인 의미를 말하였다. 남씨는 건영이가 주역의 괘상으로 괴인의 행동을 설명하자 귀가 번쩍 뜨였다.

풍수환 괘는 절제력을 상실하고 흩어지는 모습이다. 이는 괴인의 여러 가지 행동에 부합된다. 남씨는 처음에는 괴인이 매우 화가 나서 그런 일을 저지르리라 생각한 바 있으나, 지금 건영이가 밝힌 괘상으로 살펴보면 괴인의 태도는 일정한 뜻을 담고 있다.

이것으로 괴인의 행동이 뚜렷한 한 가지 양상을 띠고 있음이 밝혀진 셈이다. 남씨는 괴인의 난해한 행동이 주역의 관점에서 보면 일정한 뜻이 있다는 것에 크게 감명을 받았다.

괴인의 행동에 하나의 뜻이 존재한다는 것이 밝혀졌으므로 이제 그렇게 행동하는 이유 또한 궁금하지 않을 수 없었다. 만일 그 이유까지 밝혀진다면, 괴인의 성향은 완전히 드러나고 마는 것이다.

남씨는 매우 흥미를 느끼며 물었다.

"괴인의 행동에 그런 뜻이 있다면 왜 그런 일을 하는지도 알겠군?"

"예? 그걸 제가 어떻게 알아요? 이제부터 그 이유를 생각해 봐야지요!"

건영이의 대답은 결국 미지의 것으로 끝이 났다. 건영이도 더 이상 괴인에 대해 상세히 알 수는 없었던 모양이었다. 건영이는 아쉬운 듯 여운을 남겼다.

"자세히는 모르겠지만 괴인은 무엇인가를 열심히 찾아다니는 반면 또한 끊임없이 그것을 물리치고 있어요. 물리치는 것은 마음속의 일 때문이겠지만 그것이 행동으로 드러나고 있어요! 괴인에게 뭔가 문제가 있는 듯해요. 그것이 무엇인지는 모르겠지만……."

건영이의 말은 괴인에 대해 중요한 것을 지적하고 있는 듯 했지만, 남씨로서는 종잡을 수가 없었다. 남씨는 다시 물었다.

"괴인에게 문제가 있다고?"

"예!"

"그래? 그렇다면 그 문제 때문에 일을 저지르고 돌아다니는 걸까?"

"그런 것 같아요!"

"그 문제가 무엇이지?"

"모르겠어요."

남씨의 질문과 건영이의 대답은 계속 겉돌고 있었다. 그러나 두 사람은 대화를 통하여 괴인에 대해 상당히 중요한 것을 알 수 있었다.

물론 이것만으로 괴인을 퇴치할 수 있는 길이 당장 열리는 것은 아니다. 하지만 이만큼이라도 괴인에 대해 알아낸 것은 상당한 진전이 아닐 수 없었다. 어쩌면 이런 식으로 계속 모색해 나가다 보면 괴인에 대한 대책이 수립될지도 몰랐다.

건영이의 기대도 역력히 드러냈다.

"좀 더 연구를 해 봐야겠어요. 그 전에 큰 사건이 일어나지 않아야 될 텐데……."

남씨는 건영이가 괴인의 행동에 대해 생각하는 한편, 괴인의 내면 문제를 연구함으로써 위기를 타개하려는 것임을 느낄 수 있었다. 이는 지극히 타당한 방법이 아닐 수 없었다. 적을 알아야 대책을 세울 수 있지 않겠는가!

그리고 적을 안다 함에 있어서도 그 외형이나 동작보다는 그 마음을 아는 것이야말로 정확히 적을 꿰뚫어 본다고 말할 수 있을 것이다. 건영이가 추구하는 것이 바로 괴인의 마음을 알고자 하는 것이니 올바로 문제의 핵심으로 들어가고 있는 것이리라!

남씨는 고개를 천천히 끄덕이고는 다시 물었다.

"임씨 문제는 어떻게 되는 거야?"

"예? 아, 예…… 아직은 모르겠어요. 지금은 괴인의 문제가 더 급해요!"

건영이는 당황하듯 대답했다. 남씨는 건영이의 당황하는 모습을 보고 미안함을 느끼며 급히 화제를 돌렸다.

"그렇겠군! 그보다 능인 할아버지는 찾을 수 있을까?"

남씨는 이 말을 해 놓고 건영이가 부담을 느끼지나 않을까 걱정했다. 그러나 건영이는 아주 밝게 대답했다.

"예, 해 볼 거예요. 저도 능인 할아버지가 보고 싶어요!"

"나도 그래, 그분은 어디 계실까?"

"……"

건영이는 잠시 먼 곳을 바라보다가 갑자기 말을 꺼냈다.

"이만 들어가 보지요. 박씨 아저씨가 돌아오나 봐요!"

"음? 그래? 일어날까?"

두 사람은 밭을 나와 강노인 집 쪽으로 걸었다. 남씨는 앞장서 걷다가 멀리 큰산 쪽을 바라보았지만 박씨의 모습은 보이지 않았다. 그러나 별생각 없이 싸리문 안으로 들어섰다.

강노인과 할머니는 아직도 마루에 앉아 있었다. 인규도 마루에 걸터앉아 있다가 남씨를 보고 일어났다.

"아저씨, 좋은 일 있으세요?"

인규는 남씨가 건영이와 한동안 의논을 하다 왔으므로 무슨 대책이 있으려니 생각하고 물은 것이었다. 그러나 남씨는 고개를 가로저었다. 단지 남씨의 표정은 그리 어둡지 않았고 뒤따라 들어서는 건영이의 표정 또한 괜찮은 편이었다.

건영이를 보자 할머니가 불렀다.

"촌장, 이리 와서 앉게."

촌장은 건영이의 애칭이었다. 이것은 물론 할머니가 주로 부르는 호칭이었고, 인규는 박씨를 촌장이라 불렀다. 그렇다면 과연 누구를 촌장이라 해야 하는가?

원래 촌장이 떠나가면서 박씨에게 모든 것을 물려줬으니 박씨를 촌장이라 해야 했다. 그러나 촌장이 무슨 벼슬이 아니고 보면, 마을에서 가장 연장자인 강노인을 촌장이라 해야 마땅하다. 아무튼 이는 공식적으로 의논된 바 없으니 각자 좋을 대로 불러도 될 것이다.

할머니는 다정한 표정으로 건영이에게 물었다.

"촌장! 마을이 어떻게 될 것 같은가?"

"예? 글쎄요, 잘 모르겠는데요."

"모르다니! 피난을 해야 된다며?"

"예, 괴인이 나타나면 그때 가서 피해도 되겠지요!"

"그래? 나타나긴 할까?"

"그럴 것 같습니다. 아저씨가 오시는군요!"

박씨가 들어서자 대화는 중단되었다. 박씨는 남씨와 건영이 쪽을 둘러보며 잠시 망설였다. 그러자 남씨가 물었다.

"피할 곳은 있던가?"

"예, 그럼요!"

박씨는 당연하다는 듯 대답했다. 하기야 피할 곳이 없을 리는 없다. 길이 뚫려 있으니 무작정 어느 곳이든 나오지 않겠는가? 물론 괴인의 추적이 아주 빠르다면 도망가는 일도 쉽지 않을 것이다.

그래서 괴인의 출현은 빨리 알수록 좋았다. 만일 내일쯤 괴인이 나타나리라는 것을 지금 알 수만 있다면 위험은 상당히 줄어들고 피난이 성공할지 모른다. 그러나 당장 괴인이 강가에 나타났다 하고 지금부터 도망한다면 과연 얼마나 멀리 피할 수 있을까? 마을의 여자들이 천천히 움직이는 동안 괴인은 질풍처럼 들이닥칠 것이다.

이 점에 관해서는 마을 사람 누구도 어쩔 수 없다. 단지 건영이가 신통력을 발휘하여 괴인의 출현을 한시라도 빨리 알려주기를 바랄 뿐이었다. 남씨는 박씨의 말에 잠깐 말문이 막혔다가 다시 물었다.

"그곳은 어떻던가? 멀리까지 가봤겠지?"

"예, 한참 가봤습니다. 마침 비를 피할 만한 곳이 있더군요! 짐은 그곳에 두고 왔습니다. 더 날라야겠지요!"

박씨는 피난처를 탐색하러 가는 길에 몇 가지 야영 장비를 챙겨 갔었다. 이제 대대적으로 운반할 일만 남은 것이다.

"음, 그래야겠지. 비를 피할 만한 곳이 있다니 다행이군!"

남씨는 별로 달갑잖은 투로 말하고 건영이를 바라봤다. 그러자 할머니가 말했다.

"모두들 앉아보게! 의논을 더 하자구!"

할머니의 말에 모두들 마루에 올라서서 넓게 마주보고 둘러앉았다. 할머니는 즉시 회의를 주재했다. 할머니가 이렇게 하는 것을 누구도 싫어하지 않는다. 지금 상황에서는 특별한 대책이 없으니 누구의 말이라도 들어둘 필요가 있었다. 그런데 할머니는 지난번 호랑이가 나타났을 때도 특별한 견해를 내놓은 바 있고, 또한 남씨가 거처 문제를 제기했을 때도 그럴 듯한 의견을 내놓았었다.

강노인은 평소 할머니가 비범한 의견을 잘 내놓는 것을 알기 때문에, 할머니가 무슨 말을 하고자 하면 대단한 기대를 갖곤 했다. 남씨도 할머니의 엉뚱한 의견을 흥미롭게 생각하고 있으며, 건영이도 할머니가 말을 꺼내기를 기다렸다.

할머니는 우선 박씨를 향해 물었다.

"피난처가 여기서 얼마나 먼가?"

"예, 좀 멀지만 쉬면서 가면 갈 수 있을 거예요."

"알고 있어! 하지만 그게 문제는 아니야. 도망가고 나서는 어떻게 하느냐 그게 문제지."

할머니의 말은 백 번 지당했다. 괴인을 피해 일시적으로 달아났다고 하더라도 그 다음은 방법이 없다. 피난처에서 단 며칠은 견딜 수 있겠지만 영구적으로 살 수는 없다. 그리고 괴인이 끝까지 추적해 오지 않는다고 볼 수도 없고, 정마을에 아예 눌러앉아 안 나간다면 어쩔 것인가? 이러한 상황은 지난번 호랑이가 나타났을 때와도 닮아 있었다.

그 당시 호랑이가 자발적으로 떠나거나 퇴치되지 않았다면 마을 사람들이 떠날 수밖에 없었다. 할머니는 그때 호랑이가 떠날 것이라는 의견을 제시한 바 있고, 그것이 틀렸지만 결국 호랑이는 퇴치되었다.

그렇다면 이번 경우는 어떠한가? 괴인이 호랑이보다 더 위험한 것은 두말할 나위가 없다. 이번에도 괴인이 떠나기만을 바랄 것인가? 아니 퇴치시켜야 마땅한데 도저히 엄두를 낼 일이 아니었다. 지난번처럼 능인 할아버지가 나타나서 해결해주면 좋을 텐데 그리될 것 같지도 않았다.

할머니는 조용히 고개를 돌려 건영이를 바라봤다. 피난처를 물색하는 일은 박씨가 이미 해 놓았지만, 그곳에서 어떻게 해야 되는지는 역시 건영이가 대답해야 할 문제였다.

"할머니! 그건 말이에요."

건영이는 할머니를 타이르듯 부드럽게 말을 시작했다.

"임시 조치예요, 특별한 방법이 없으니 우선은 도망 갈 길을 마련해 두자는 것이지요. 그래 놓고 신중히 생각해서 완전한 해결 방법을 찾자는 거예요. 아무런 방침 없이 생각만 하다가 괴인이 오면 어떻게 해요. 그래서 피난할 일을 먼저 계획해 두고 이제부터 연구하자는 것이지요."

"그런가? 그래 연구는 하고 있나?"

"그럼요, 우선은 피난 준비부터 철저히 해야겠어요!"

건영이는 할머니에게 열심히 설명하였다. 그 모습은 천진한 어린아이의 그것으로 건영이는 자신도 어리면서 더 어린아이를 달래는 듯 보였다.

남씨는 이 광경을 보고 미소를 지었다. 할머니도 건영이가 너무나 진지하게 설명하는 모습을 보고는 웃고 말았다.

"좋아, 이제부터 어떻게 해야 하는 거지?"

"예, 할머니는 이곳에 있다가 피신하자고 할 때 따라가면 그만이지요. 저희가 모든 것을 미리 준비해 놓을 거예요."

"그래, 그런데 비가 오면 어떡하지?"

"예? 비요? 글쎄요, 비가 오면 괴인이 안 올 것 같은데요. 잘 모르겠어요."

건영이는 할머니의 물음에 엉뚱한 대답을 하고 있었다. 할머니는 비가 오면 피난이 어려울 것이란 점을 지적한 것인데, 건영이는 비가 오면 괴인이 오지 않는다고 얘기했다. 그리고 또한 모르겠다고 덧붙이고 있었다. 이러한 건영이의 묘한 대답에 남씨가 관심을 나타냈다.

"비가 오면 괴인이 안 올 것이라고? 그건 왜 그렇지?"

남씨는 건영이가 괴인의 성격 중 또 하나를 밝혀낸 것으로 알고 진지하게 물었다.

"예, 제가 판단하기에는……."

건영이는 남씨를 향해 말했다.

"괴인의 성격 내지 태도 등은 풍수환입니다. 이것은 바람이 불어와서 구름을 걷어내는 모양이지요. 괴인은 번거로운 것을 싫어합니다. 풍수환이 바로 그런 거예요. 격식·규격·절제 등 갇혀 있는 것을 싫어하고 훤히 트인 것을 좋아합니다. 비라는 것은 사람을 번거롭게 하는 것이지요. 괴인은 비를 귀찮아할 것입니다. 멀리 하늘에 보이는 구름조차 싫어할 것입니다. 괴인의 심정은 무엇이든 다 쓸어버리고 싶을 것입니다. 그래서 빗자루를 들고 다니는지도 모르지요. 아무튼 비가 오면 숨거나 하늘을 보고 화를 낼 것입니다."

"뭐? 하늘을 보고 화를 낸다고? 미쳤구먼!"

이렇게 말하며 끼어든 사람은 할머니였다. 그런데 이 말에 남씨가 또 관심을 나타냈다.

"미쳤다고요? ……그럴 수도 있겠군요! 인규야, 네가 보긴 어떠니?"

남씨는 인규에게 물었다. 정마을 사람들 중에서 괴인의 행동을 가장 가까이에서 본 사람은 인규밖에 없기 때문이었다. 인규는 숲 속에 숨어서 괴인의 행동을 자세히 관찰할 수 있었던 것이다. 인규는 고개를 갸우뚱하며 당시를 회상하기 시작했다.

'괴인이 어땠지? 미쳤을까? 글쎄 공연히 숲 속을 쓸고 있는 것으로 본다면 미친 것도 같은데……. 아니야! 불량배들을 교묘하게 끌어들였어! 그리고 철두철미하게 처치해 버렸지! 마구잡이가 아니야! 정교한 무공이었어! 그것도 낭비가 전혀 없는 정밀한 동작! 미친 사람일 수가 없지!'

인규는 이렇게 생각하고는 고개를 가로저었다.

"저는 그런 느낌을 못 받았어요!"

인규는 자기의 생각을 느낌이라고 표현했다. 결국 마찬가지이다. 인규의 생각이 얼마나 철저하겠는가? 고작해야 나름대로 떠올린 생각일 뿐인 것이다.

물론 남씨는 인규가 느낌이라고 한 것을 흡족한 답으로 받아들였다. 미친 사람은 누가 보기에도 미친 느낌을 주는 법이다. 그렇지 않게 느꼈다면 미쳤다고 볼 수는 없을 것이다.

남씨가 고개를 끄덕이며 할머니를 쳐다보자 할머니는 건영이를 향해 물었다.

"그래, 좋아. 괴인이 미치지 않은 사람이라면 대화가 통할 것 아닌가? 누가 말을 걸어본 사람이 있는가?"

할머니의 질문은 상당히 중요한 뜻을 담고 있었다. 정상적인 사람이라면 말이 통해야 할 것 아닌가! 여기에 대해서는 남씨 또한 수긍했다. 그리고 건영이가 어떻게 대답하는가를 주목했다. 건영이는 고개를 저으며 즉시 대답했다.

"안 됩니다! 괴인은 시비를 가리지 않아요. 위험합니다. 괴인은 움직이는 것은 무엇이든 가리지 않고 없애려는 성질이 있어요. 말하는 사람은 더 빨리 죽일 것입니다."

"그래? 그것도 풍수환으로 판단해 본 거니?"

박씨가 물었다. 박씨는 건영이가 괴인의 성격을 자세히 알고 있는 것이 무척 신기했다.

"그렇다고 할 수 있지요! 괴인의 태도에는 일정한 의미가 있어요. 그것은 정확히 풍수환에 해당하지만, 그럴 경우 말을 거는 것은 위험합니다."

건영이는 박씨를 흘끗 보며 말했다.

"음, 알겠어. 참 위험한 사람이로구먼. 도대체 그 이유를 어떻게 설명해야 할지 모르겠어!"

박씨는 아예 질렸다는 듯이 입을 다물어 버렸다. 그러자 할머니가 또 끼어들었다. 그런데 표정이 엉뚱했다.

"저 말이야. 방금 생각난 건데 그 괴인한테 물을 뿌리면 어떻게 될까?"

할머니의 생각은 참으로 기발했다. 괴인이 비를 싫어하고 귀찮아한다고 했으니 물을 뿌려보자는 것이었다. 그러나 건영이가 이를 부정했다.

"안 됩니다. 우선은 물이 싫어서 피하겠지만 물을 뿌린 사람을 가

만둘 리 없어요. 차라리 죽은 척하는 게 좋아요. 아니 어쩌면 그게
제일 좋은 방법일 수도 있어요."

"죽은 척? 그게 좋을까?"

박씨가 물었다.

"모르겠어요. 지금으로서는 확실하지 않아요. 그렇지만 도망하다
걸려들게 되면 쓰러져 버리는 것이 유용할 수도 있어요. 괴인은 쓰러
지는 것, 떨어지는 것 등을 아주 좋아합니다."

건영이의 설명은 거침이 없었다. 남씨는 고개를 끄덕이고는 모인
사람들을 향해 말했다.

"그래야 할 것입니다. 최악의 경우 쓰러져 죽은 척하는 것을 하나
의 방침으로 정해 둡시다. 잡히면 어차피 끝장이니 죽은 척이라도 해
봐야지요!"

"그렇구먼. 그게 좋을 거야!"

강노인이 찬성하며 나섰다. 이렇게 해서 괴인에 대한 대책 회의는
끝나고 있었다.

"오늘은 이 정도로 해 두지요! 피난 준비는 계속해야 될 거예요."

건영이가 폐회를 선언했다. 모두들 자리에서 일어났다. 이제부터는
피난 준비를 시작해야 했다. 건영이는 혼자 자기 집으로 돌아갔다.
건영이에게는 따로 할 일이 있었다. 정신을 집중하여 괴인의 출현을
미리 감지하는 일과 능인 할아버지를 부르고, 또한 괴인에 대해 연구
하는 일 등이 건영이의 몫인 것이다. 정마을은 지금 미증유의 재난
을 맞이하고 있다.

정마을은 세속과는 아주 동떨어져 있기 때문에 마땅히 도움을 청
할 만한 곳이 없었다. 서울 같은 도시에서 만일 이런 일이 일어난다

면 경찰이나 군인들이라도 동원하여 도움을 줄 것이다.

도시의 편리함은 곳곳에서 나타난다. 사람이 많아서 시끄러운 일도 많고 타인과 어울려 살다보면 타락하는 일도 많겠지만, 정마을의 경우처럼 호랑이나 괴인 같은 위험물이 출현하는 경우는 거의 없다. 그러나 도둑이나 강도의 활동 무대 또한 이 도시지만 이들의 활동은 즉시 규제되고 퇴치된다. 하기야 사람 그 자체를 잘못 다스려 더 큰 위험인물로 만들기도 하지만 도시란 곳은 대체로 안전하다.

그리고 보면 사람이 적은 낙원에 사는 일도 그리 수월한 것만은 아니다. 평화로운 것만 따지면 물론 산골 깊은 곳이 얼마든지 좋을 수 있다. 하지만 재난에 대해 공동 대처할 힘이 적은 외딴 마을은 그야말로 운을 잘 타고나야 할 것이다.

사람이 많이 모여 살면 운에만 의존하지 않고도 상황에 대처하는 힘이 강해질 수 있는 법이다. 물론 이럴 경우 전체를 구성하고 있는 개개인의 결속력은 약해질 수도 있다. 그래서 도를 닦는 사람은 일부러 험난한 밀처(密處)를 찾아 헤매는 것이라 할 수 있다. 수도란 그 자체로 한 개인의 강점을 최대한 키워 나가는 것이 아닌가?

아무튼 지금 정마을의 위기는 마을 사람들이 있는 힘을 다해 봐도 풀릴 문제가 아니었다. 건영이는 이를 극복하기 위해 혼신의 힘을 다하고 있지만 가장 바람직한 일은 능인 할아버지가 나타나주는 일이었다.

인자하고 극도로 강한 능인 할아버지! 그분은 지금 어디에 계신 것일까?

능인 할아버지는 혼마 강리를 처치하기 위해 서울의 한강변에 출현한 바 있고 그 뒤로는 어디론가 사라져버렸다. 건영이는 어두운 방에 홀로 앉아 서서히 내면의 세계로 진입했다.

내면의 세계, 즉 심정 공간은 몸 밖의 세계보다 한없이 더 넓으며 방향도 무수히 많았다. 이곳은 시간과 공간이 한데 어우러져 자연의 모든 것을 잉태하고 있으며, 멀고 가까움, 과거와 미래는 이미 평등하게 존재하고 있었다.

건영이는 텅 비어 아무것에게도 의지할 곳 없는 이 드넓은 허원(虛原)을 향해 하나의 의지를 발출했다. 이는 마치 바닷물을 휘젓는 막대기처럼 파문을 일으키고, 하나의 뜻이 되어 어디론가 퍼져나갔다.

이 파문은 능인이라는 목표에 도달할 수 있을 것인지? 건영이는 시간과 공간을 잊어버리고 세계 이전(以前)과 하나를 이루고 있었다.

정마을에는 어느새 어둠이 내리고 있었다. 마을 사람들은 지금 어느 곳에서 무엇을 하고 있을까? 마을을 감싸고 있는 가까운 산들은 묵묵히 이들의 운명을 지켜보고 있었다.

마을 밖을 가로지르는 강물은 쉬지 않고 유유히 흐르고 있을 뿐이다. 어둠에 둘러싸인 한 줄기 밝은 기운은 강의 흐름을 거슬러 올라가며 급히 사라지고 있었다.

선인들의 추리

남쪽 멀리 덕유산에는 지금 능인의 스승인 한곡선이 어둠을 맞이하고 있었다. 숲은 이미 섬세한 모습을 감추고 계곡의 물은 쓸쓸히 흐르고 있었다.

한곡선은 인연의 늪에서 돌아온 이래 줄곧 면벽을 하다가 이제야 명상을 풀었다. 한곡선이 거주하는 이곳 동굴은 깎아지른 듯 높은 절벽 한가운데 있는 자그마한 공간이었다.

이곳은 새가 드나들기 적합할 뿐 사람은 좀처럼 오르기 어려운 곳이다. 절벽 아래는 어두운 가운데 구름이 서려 있었다. 그런데 지금 한곡선의 마음은 저 어두운 구름 속만큼이나 어두워져 있었다. 이는 다름 아닌 천계의 무질서한 분쟁 때문이기도 했지만 이제 자신도 그일에 관계하여 상서롭지 못한 행동을 했기 때문이었다. 물론 자신의 행동은 도형인 소지선의 도피를 돕기 위해 부득이한 일이었지만 허전한 마음만은 지울 수가 없었다.

'한심한 일이야! 천상이 저토록 어지럽다니! 장차 일이 더 커지겠지. 세상은 어찌되는 것일까?'

한곡선은 자신도 모르게 탄식을 하고는 동굴 밖으로 걸어 나왔다. 하늘에는 아직 밝음이 남아 있어 별이 나타나 있지 않았다. 한곡선은 자신이 방금 빠져나온 동굴을 되돌아보고는 고개를 천천히 가로저었다.

'이곳도 떠나게 되겠구나! 때가 가까워오고 있음이야!'

한곡선의 마음은 천계의 사건으로 자신에게 닥쳐올 파란을 예측하면서 더욱더 어두워졌다. 한곡선은 잠시 눈을 감았다 뜨고는 현실적인 문제를 생각해 봤다.

'이 동굴은 공부하기에 적합한 곳인데…… 한적한 생활은 이제 끝났어! 나는 이대로 떠나면 그만이지만 혼자 남은 능인이 안됐군!'

한곡선은 자신의 문제를 생각하면서 하나밖에 없는 제자인 능인을 걱정하고 있었다.

'능인은 이제 공부가 조금씩 되어가고 있는데, 내가 없어도 잘 할 수 있을까?'

한곡선은 생각을 하며 멀리 절벽 아래를 망연히 바라봤다. 산 아래는 어둠이 짙게 깔려 내면을 측량할 수 없었다. 주변은 어둠의 바다가 되었고 한곡선이 서 있는 바위틈은 외로운 섬처럼 느껴졌다.

'능인은 지금 어디 있을까? 서울 일이 난관에 부딪친 모양이야!'

한곡선은 장차 자신이 겪어야 할 험난을 잊은 채 제자인 능인만을 걱정하고 있었다.

'불길해! 위험이 느껴지는군. 가엾은 능인! 그러나 운명이겠지. 큰일을 당하지나 말아야 할 텐데!'

한곡선의 표정은 잠시 굳어지고는 고개를 가로저었다. 이때 어디선가 새소리가 들려왔다. 한곡선은 절벽 위쪽을 둘러보며 허탈한 표정을 지었다.

'가엾은 것! 능인도 나와 같은 처지구나!'

한곡선의 마음에는 지금 아름다운 새소리가 애처롭게만 느껴졌다. 한곡선은 천천히 절벽을 따라 걸으며 자신이 긴긴 세월 지켜온 도량을 정답게 바라봤다. 그러나 어둠이 점점 더 절벽을 감싸고 들어 그 모습은 흐려만 갔다.

하늘의 저쪽 편에는 별이 하나 둘 나타나고 있었다. 한곡선은 갑자기 무엇이 생각난 듯 급히 발걸음을 돌려 동굴 속으로 돌아왔다. 동굴 속은 더욱 어두웠다.

한곡선은 이 어두움 속에서 지필묵을 꺼내 무엇인가를 한참동안 써 내려갔다. 얼마 후 한곡선은 다시 동굴 밖으로 나왔다. 그러고는 절벽의 위쪽으로 비상하기 시작했다.

이로부터 한 시간이 좀 지난 후 한곡선은 지리산 정상에 불쑥 몸을 나타냈다. 밤은 이미 깊어 하늘에는 별이 가득 차 있었다.

한곡선은 덕유산에서보다는 다소 편안한 듯한 모습으로 주변을 살펴봤다. 이곳 지리산 정상 쪽에는 하늘이 크게 열려 있어 덕유산보다 넓은 느낌을 주었다.

한곡선은 전면에서 불어오는 바람을 마주하고 조금 떨어진 숲 속을 응시하고 있었다. 주변은 적막하고 인적은 느껴지지 않았다. 숲은 동쪽으로 장엄하게 펼쳐지다가 한쪽은 절벽으로 급격히 사라지고, 또 한쪽은 정상으로 높게 전개되어 있었다.

한곡선이 서 있는 곳은 절벽 쪽에 이어져 있는 숲의 맞은편이었다. 한곡선은 한동안 밤하늘에 펼쳐진 은하수를 바라보고 있었다. 그러자 얼마 후 먼 곳에서 미세한 기척이 발생했다. 한곡선은 이를 외면한 채 묵묵히 서 있었다.

기척은 한 줄기의 바람처럼 서서히 접근해 왔다. 이윽고 바람은 숲의 어두운 쪽에 멈추어 섰고 일순 적막이 감돌았다. 바람처럼 조용히 나타나 나무처럼 서 있는 존재는 사람이 분명했다. 그러나 그 존재는 숨도 멈춘 듯 소리도 없고 움직임도 없었다.

그는 누구이며 왜 저렇게 있는 것일까? 시간은 짧지만 지루하게 흘러갔다. 그러나 한곡선은 아무것에도 개의치 않고 밤하늘의 장관을 바라볼 뿐이었다.

이윽고 숲 속의 존재가 한 마디 내뱉었다.

"어지간하군! 한곡, 그렇게 서 있기만 할 생각인가?"

"고휴, 어서 나오게. 답답한 곳에서 무얼 하나?"

"허허허. 자네가 오다니!"

고휴선은 나무 뒤에서 슬쩍 비켜섬과 동시에 건너뛰듯 단숨에 다가왔다. 두 선인은 어둠 속에 서 있었지만 서로의 모습을 상세히 확인할 수 있었다. 고휴선은 미소를 지으며 말을 이었다.

"별일은 없겠지?"

고휴선이 이렇게 묻는 뜻은 한곡선이 한가하게 놀러온 것인지, 아니면 급한 용무라도 있는지 묻는 것이었다. 선인들의 세계에서는 아무 일 없이 한가하게 방문하는 것을 최상으로 여기고 있다. 용무가 있어서 온 것은 엄밀히 말해서 방문이라고 볼 수가 없다. 부득이 운명적으로 찾아온 것이니 남이 보내서 온 것과 의미가 비슷한 것이다. 인간 세계에서도 마찬가지이지만 친지를 방문함에 있어 뜻 없이 단순하게 찾아오는 것이 제일 반가운 법이다. 이럴 경우를 자발적이라 하거니와 방문 자체가 즐거운 소식이 된다.

한곡선은 고휴의 물음에 잠시 말이 없었다.

"……."

한곡선이 지리산을 찾은 지는 수십 년이나 된다. 선인들의 관점에서 본다면 지리산과 덕유산은 지척간이다. 사람을 피해 은밀히 이동하는 것이 아니라면 한순간에 당도할 수 있는 거리였다.

이렇게 가까운 이웃에 살면서 수십 년이나 찾아보지 않았다면 참으로 어지간한 일이 아닐 수 없다. 고휴선은 한곡선이 말없이 있자 다시 한 번 다그쳐 물었다.

"한곡! 묻고 있지 않는가? 바쁜 모양이지?"

"아니! 바쁘지는 않네. 일이 있는지 없는지도 모르겠고."

"무슨 말인지 모르겠군. 아무튼 안으로 들어가지."

고휴선은 미소를 머금고 앞장을 섰다. 고휴선이 안내하는 곳은 자신의 처소로서 이곳에서는 조금 떨어져 있었다. 두 선인은 절벽 쪽으로 비스듬히 뻗어 있는 숲 속으로 조용히 사라졌다.

잠시 후 이들은 낭떠러지의 갈라진 바위틈을 통과하여 고휴선의 도량에 도착했다. 이곳은 천소(天所)라는 곳으로, 천소는 선인들의 도량 중에서도 천상과 교류하는 성스러운 장소이다.

대개 천소는 상계에서 지정한 곳으로 주변에 있는 선인들의 도량을 찾기 전에 이곳을 먼저 경유하게 된다. 말하자면 하늘로 통하는 관문이지만 이 지리산 천소는 해동(海東)에 하나밖에 없는 장소이다.

이곳은 이미 연진인도 다녀간 바 있어서 현재는 상계에서도 유명했다. 고휴선은 한곡선을 청실로 안내하고 자리에 앉혔다. 지리산 천소의 청실은 덕유산 동굴에 비하면 엄청나게 넓은 편이었다.

"오랜만이군! 태극수(太極水)로 할까?"

고휴선은 몹시 반가운 듯 자리에 앉자마자 한곡선의 취향을 물었다. 태극수는 술을 일컫는 말인데, 술의 성품 자체가 혼돈스러운 것이라 선인들은 이렇게 칭하고 있었다. 한곡선은 고휴선의 친절을 점잖게 사양했다.

"아닐세! 오래 있지 않겠네."

한곡선의 대답은 뜻밖이었다. 여간해서는 술을 마다하지 않을 한곡선이 이렇게 말하자 고휴선은 가볍게 놀랐다.

"금방 가겠다고? 마음이 편치 않은가 보군!"

"미안하네! 나는 지금 죄를 지은 몸이야!"

"음? 무슨 말인가?"

"천계의 일에 관여했다네. 자네도 알지 않나? 소지선의 일 말일세."

"음."

고휴선은 심각한 표정을 지으며 고개를 끄덕였다. 한곡선이 소지선을 도와 천계의 선인들에게 대항했다는 것을 짐작했기 때문이었다.

"문제가 되겠군! 하지만 자네는 옳은 일을 한 것이야! 옥황부에서도 자네를 힐책하지는 않을 것일세. 그리고……."

고휴선은 한곡선을 위로하며 말했다. 그러자 한곡선은 손을 들어 즉시 그 말을 막았다.

"이미 옳고 그름의 문제가 아니네. 징조가 나빠! 큰일이 생기겠어!"

"음? 징조?"

"그렇다네! 천지가 요동하고 있어. 억만 년이나 잠잠하던 천계가 흔들리는 것이야!"

"뭐라고? 아무렴 그럴 리가."

고휴선은 한곡선의 엄청난 말에 선뜻 믿음을 보이지 않았다. 그러나 한곡선은 어두운 표정으로 다시 한 번 강조했다.

"아니야! 심상치가 않아. 평허선공이 나타나고, 소지 대선관이 쫓기고, 염라대왕이 도주하고, 모든 것이 엉망이야. 일이 점점 더 커지고 있는 것 같아!"

"그렇군! 사실 나도 어지럽다네. 그래 자넨 앞으로 어떡할 텐가?"

고휴선은 고개를 끄덕여 수긍을 표시하고 한곡선의 장래를 걱정하듯 물었다.

"풍곡을 만나려 하네!"

풍곡이라면 바로 정마을의 촌장을 말한다. 풍곡선은 일찍이 상계의 소환을 받아 속계를 떠난 바 있고, 그 이후 묵정선과 교우하고 또한 묵정선을 도와 평허선공을 옥황부에 끌어들이는 등 천상의 일에 관계하고 있었다.

고휴선으로서는 이런 일까지는 모르지만 풍곡선이 상계에 가 있다는 것만은 알고 있었다.

"풍곡을? 지금 옥황천에 가 있을 텐데!"

"그렇다네. 상계에 가보려고 하네!"

"그래? 그런 일을 마음대로 할 수 있나?"

고휴선이 이렇게 묻는 것은 당연했다. 원래 하계에 사는 야선(野仙)은 상계에 오르내리는 것을 마음대로 할 수가 없다. 이런 일은 상계의 특별한 명령 없이는 불가능한 것이다. 한곡선은 고휴선의 질문에 허공을 응시하면서 대답했다.

"갈 수 있다네! 나는 큰 사건의 증인이야. 인연의 늪에서의 사건에는 객관적 증인이 필요해."

"객관적 증인이라니? 인연의 늪에서의 사건?"

고휴선으로서는 한곡선이 상계의 입구인 인연의 늪에서 겪은 사건을 전혀 아는 바 없었다. 한곡선은 간단히 대답했다.

"옥황부와 동화선궁의 충돌이지. 나는 현장에 있었어! 어차피 나는 소환당할 몸이야! 그리고 체포되겠지."

"음? 체포된다고?"

"그래! 하지만 나는 기다리지 않을 거야!"

"기다리지 않으면?"

"내 스스로 찾아가야겠지."

"글쎄, 그래도 되는 건가? 공연히 일을 크게 만드는 것이 아닐까?"

고휴선은 한곡선의 말이 충분히 이해되지 않았다. 야선이 상계의 명령도 없이 자청해서 벌을 받으러 간다면 이 또한 방자한 일이 아닐 수 없었다. 고휴선은 이 점을 염려하고 있는 것이다. 그러나 한곡선은 태연히 말하였다.

"걱정 말게! 나는 이번에 상계의 선인을 사귀고 왔네. 그분을 먼저 찾아가면 되네."

"상계의 선인을?"

"음, 바로 남선부의 대선관인 분일선일세."

"호, 그런가? 그렇다면 언제 떠나려나?"

"지금!"

"음, 그래서 내게 찾아왔군! 필경 부탁할 일이 있겠군. 그렇지 않나?"

고휴선은 한곡선의 마음을 꿰뚫어 보았다. 그러나 이런 일은 누구라도 쉽게 생각할 수 있는 것이다. 급히 떠날 사람이 이렇게 찾아와 길게 얘기하는 것은 부탁할 일이 있는 법이다. 한곡선은 허탈한 미소를 지으며 고개를 끄덕였다.

"대단한 일은 아닐세! 단지……."

"말해 보게!"

고휴선은 한곡선의 망설임을 일축했다.

"음, 내 제자를 돌봐주게!"

"능인 말인가?"

"그렇다네!"

"허허, 자네도 참, 잘 있는 사람을 내가 도와줄 일이 뭐가 있나?"

고휴선은 능인을 익히 알고 있을 뿐 아니라 크게 신임하고 있었다.

"음, 능인은 잘하고 있지! 하지만 요즘은 느낌이 안 좋아."

"무슨 말을 하고 있나? 공연한 생각이야! 제자를 너무 아끼는 마음에서겠지!"

고휴선은 미소를 지으며 한곡선을 바라봤다. 한곡선은 다시 말했다.

"나는 자네에게 부탁을 했네! 덕유산에 가끔 살피러 가봐주게."

"알겠네! 그건 그렇고 자넨 그리 급한가?"

고휴선으로서는 오랜만에 만난 도우(道友)를 그냥 보내고 싶지 않았다. 그러나 한곡선은 여전히 고개를 저어 사양했다.

"고맙네, 하지만 나는 죄인일세. 이만 가려네. 자네에겐 미안하군."

한곡선은 자리에서 일어났다. 고휴선은 할 수 없이 앞장서서 천소 밖까지 배웅을 나왔다. 밖으로 나오자 드넓은 하늘이 펼쳐져 있었지만 온 세상이 왠지 조용한 느낌을 주었다. 별빛도 흔들리지 않고 고요히 하늘을 지키고 있었다.

고휴선은 생각했다.

'너무 적막한 느낌이군! 이제 과연 혼돈이 오는 것일까?'

고휴선은 이런 생각을 하면서 산의 위쪽으로 조금 걸어 올라갔다.

뒤에서는 한곡선이 묵묵히 따라오고 있었다. 이윽고 천소의 영역에서 멀리 떨어진 곳에 이르렀고 작별의 순간이 왔다.

"한곡! 갈 길이 멀군. 언제 돌아오려나?"

고휴선은 이렇게 물었지만 한곡선이 다시는 돌아오지 못할지도 모른다고 느끼고 있었다. 한곡선은 숲을 한번 둘러보고는 대답했다.

"천지는 하나일세! 가지도 않고 오지도 않는다네, 하하하."

"그런가? 아무튼 돌아오길 빌겠네!"

"음, 그럼 이만."

한곡선은 미소를 보이고 뒤돌아 걸었다. 그러고는 몇 걸음 지나지 않아 홀연히 사라졌다. 고휴선은 한곡선이 사라진 곳을 보지 않고 하늘을 올려다보았다.

하늘의 별들은 여전히 반짝였고 스산한 바람이 불어왔다. 이때 고휴선의 마음속에서 하나의 섬광이 번뜩였다. 이는 고휴선이 끊임없이 생각하고 있는 필생의 문제로서 방금 무엇인가 떠오르는 것을 느낀 것이었다.

고휴선은 그 자리에 선 채 마음의 심연을 들여다보며 하나의 그림자를 포착했다.

'한곡선은 떠나갔어! 필경 하늘의 혼란스런 문제에 자신의 역할을 감당하기 위해서일 거야. 그런데 나는 왜 이렇게 있어야만 하는가?'

고휴선은 자신을 책망하는 동시에 당면한 문제를 음미하기 시작했다. 고휴선은 연진인이 천소에 내려와 자신에게 부여한 섭리를 깨다는 것이 절대 목표였다. 이 문제는 평허선공도 함께 매달리고 있는 것이지만 자신에게는 과분한 것이었다.

일찍이 연진인은 고휴선에게 평허선공을 압송해 오라고 명령한 바 있었지만, 고휴선은 그 임무를 성취하지 못했다. 그 직후 연진인은 세상에서 완전히 자취를 감추었다.

현재 온 우주의 선인들이 연진인을 찾고 있지만, 고휴선은 스스로의 죄책감 때문에 금동(禁洞)에서 대죄하고 있었다. 그러던 어느 날 갑자기 평허선공이 나타났다. 평허선공은 난진인의 영패를 휴대하고는 고휴선의 모든 죄를 용서한다고 했다. 즉 죄책감마저 갖지 못하도록 명령한 것이다.

이는 얼마나 괴로운 일인가? 죄를 짓고도 그 죄책감마저 갖지 못한다면 마음은 어떠해야 하는가? 이와 같은 곤란한 문제에 당면한 고휴선은 있는 힘을 다하여 그 명령에 따랐다. 그렇게 하는 것이 바로 난진인의 뜻을 받드는 것이라고 생각했기 때문이었다. 그러나 연진인의 뜻은 어디로 갔는가?

평허선공은 연진인으로부터 죄를 얻고, 난진인이 풀어주는 것에는 깊은 뜻이 있다고 했다. 그리고 그 뜻이 무엇인지 풀어보라고 고휴선에게 부탁했다. 이 문제는 또한 평허선공 자신의 문제이기도 했다.

고휴선은 그 날 이후 오로지 그 문제에만 매달렸다. 그런데 지금 뜻하지 않았던 한곡선의 방문으로 무엇인가 활로가 어른거렸던 것이다.

길은 어디에 있는 것일까?

고휴선은 바람을 맞으며 천천히 걸었다. 밤하늘의 별들은 서쪽 하늘로 서서히 움직여 가고 있었다. 고휴선은 시간이 더욱 더디게 흘러가는 것처럼 느껴졌다. 그러나 정신은 한 가지 문제에 필사적으로 매달리고 마음의 심연 속에는 끊임없이 기운이 공급되고 있었다.

'평허선공을 압송하라! 그러나 그것을 실패했으니 죄인이므로 금동으로 가라. 금동으로 가라!'

고휴선은 걸음을 늦추었다. 생각의 속도가 더욱 빨라졌기 때문이었다.

'금동으로 가라! 이는 내가 간 것일까? 그렇다, 내 스스로 간 것이야. 아니 연진인의 섭리에 의해 나도 모르게 간 것이겠지.'

고휴선의 생각은 이제 하나의 방향으로 집중되기 시작했다.

'그렇다! 연진인께서 나를 금동으로 가라고 한 것이야! 내게 평허선공을 압송하라고 한 것은 처음부터 불가능한 임무였어. 그 불가능한 임무 때문에 내가 죄를 지은 것이라면, 이는 분명히 나를 금동으로 보내기 위함이야!'

고휴선의 미간이 찡그려졌다가 다시 펴지면서 얼굴빛이 밝아졌다. 생각은 더욱 깊게 진행되었다.

'당초 연진인께서 지리산에 나타난 것 자체가 모순이야. 그 높으신 어른이 아주 작은 일로 나타난 것이지! 천명 재판…… 풍곡을 재판하러? 말도 안 되는 거야. 일개 야선을 재판하러 연진인이 나섰단 말인가? 이런 일은 세상이 생긴 이래 없었던 것이지.'

고휴선의 발걸음은 방향도 없이 무의식적으로 헤매었다. 그러나 마음이 가는 곳은 방향이 뚜렷했고, 그 흐름이 멈추지 않았다.

'더구나 연진인께서는 다른 선인이 해야 하는 재판권을 인수했다고 했어. 이 근처에 볼 일이 있다고, 당치 않은 일이지! 이런 천박한 장소에 연진인 같은 분이 무슨 볼 일이 있단 말인가?'

고휴선의 얼굴에는 조소 비슷한 미소가 서렸다. 그러나 이내 심각한 표정을 짓고 다시 생각을 진행했다.

'연진인께서는 나의 죄를 만들기 위해 내려오신 거야! 나? 내가 그렇게 귀중한 존재일까? 이 문제는 나중에 생각해 봐야지. 정신을 차려야 해! 잡념은 금물이야. 음, 분명한 것은 연진인께서 나를 금동에 보내기 위해 내려오셨다는 거야! 그렇다면 나에게 직접 금동에 가라고 명령해도 될 텐데? 아니야, 그럴 수는 없었을 거야! 자연스럽지가 않아! 무슨 은밀한 생각이 있었겠지.'

고휴선은 걸음을 멈추고 얼굴을 찡그렸다. 자신의 생각이 약간의 난조를 보이고 있기 때문이었다.

'아무튼 연진인께서는 나를 금동에 가게 했고, 난진인께서는 평허선공을 통해 다시 나오게 했어. 물론 평허선공에게 직접 명령한 것은 아니지만 이 문제는 평허선공이 이미 결론을 내린 거야. 그러니까 이렇게 생각해도 되지. 즉, 연진인께서는 금동에 가라? 그리고 난진인께서는 나와라? 두 어른께서는 한 마음을 가지셨을 테니까 문제는 이렇게 될 것이야. 가라 그리고 와라, 즉 갔다 와라. 그렇다! 두 진인께서는 금동에 갔다 오라고 명령하신 거야.'

고휴선은 여기서 잠시 생각을 중단했다. 이제 분명한 틀이 잡힌 것이니 급할 것이 없었다. 고휴선은 사방을 둘러보고 기척이 있나 살펴봤다. 인기척은 없었다. 하늘의 별들은 더욱 밝게 빛났다.

고휴선의 마음이 밝아졌기 때문에 이렇게 느끼는 것일까? 바람도 더욱 시원하게 불어왔다. 고휴선은 결론을 내렸다.

'금동에 갔다 와라! 왜? 갈 이유가 있으니까! 그렇다, 필시 금동에 무엇인가 있는 것이다!'

고휴선은 입을 꼭 다물고 고개를 끄덕였다. 그러고는 바람처럼 몸을 움직여 금동으로 향했다. 고휴선이 떠난 지리산 정상은 평화로운 기운이 감돌았다. 멀리 동쪽 하늘에는 조금씩 밝은 기운이 서리고 있었다.

미친년과 건달들

천지의 순환은 가고 오는 것에서 비롯된다. 가는 것은 주는 것이요, 오는 것은 받는 것이다. 주고받는 것, 이것이 바로 작용이다. 자연은 이 작용이 있으므로 생성 발전하고, 때맞추어 작용을 끝내고 다음을 대비한다.

그런 까닭에 살아 움직이는 것은 반드시 그 종말이 있게 마련이고, 죽어 있는 것에는 새로움이 찾아오게 된다. 천지의 작용은 대개 가까운 곳으로부터 파급돼 나가지만, 갑자기 먼 곳으로 뛰어오르기도 한다.

파급이 돌발적이고 빈번하고 또 먼 곳에 영향을 미치면, 이를 요동(搖動)이라 하는데, 현재 온 우주는 그러한 시기를 맞이하고 있다. 요동은 곧 혼란이다. 이는 수뢰준(水雷屯:☵☳)에 해당되는바, 지금 우주는 한 치 앞도 알 수 없이 혼탁해져 있다.

수뢰준이란 어둠 속을 움직이는 한 마리의 짐승이며, 물에 빠져 허덕이는 벌레와 같다. 그리고 구름 속에 내재되어 있는 우레와 같은 것으로서, 아직 그 모습이 정확하게 드러나 있지 않고 있다.

장차 이 우주는 무엇을 생성시키려 하는 것인가?

며칠이 흘러갔다. 계절은 아직 여름에 머물러 있으나 가끔 가을을 느끼게 했다. 어제는 서해 중부 지방에 약간의 비가 내렸다. 비는 대개의 인간에게 도움을 주지만 비로 인해 괴로워하는 사람도 있다.

한가하게 여행을 떠나는 사람도 그렇겠지만 집 없는 거지도 비를 좋아하지 않는다. 특히 밤이 찾아와도 잘 곳이 마땅치 않을 때 비가 오면 더욱 하늘을 원망하게 된다. 바로 이런 까닭으로 거지인 무덕은 어젯밤 하늘을 지독히 원망했다.

그녀는 가을에 무슨 비가 오느냐고 중얼거리곤 했다. 물론 비는 많이 오지 않았고, 아직 가을이라고 할 수도 없었다. 그리고 가을이라고 비가 오지 말라는 법도 없었다.

아무튼 무덕이라고 불리는 이 거지는 비를 맞으며 하룻밤을 지냈다. 많은 양의 비는 아니었지만 옷은 완전히 젖어버렸다. 따라서 비록 옷을 입은 채로였지만 충분히 목욕도 한 셈이 되었다.

이 거지가 주로 묵는 곳은 마을에서 좀 떨어진 산자락이었는데, 비를 피할 적당한 곳이 없었던 모양이었다. 아니 이 거지는 비를 싫어할 뿐 구태여 피하려 하지는 않았을 성싶었다. 그래서 비가 와도 평소의 습관대로 멍하니 하늘을 보다가 잠을 청하였던 것 같았다. 왜냐하면 이 거지의 옷자락과 아무렇게나 헝클어져 있는 머리에는 아직까지 검불이 그대로 여기저기 묻어 있었기 때문이었다.

비가 오면 하늘에 별이 보이지 않아서 싫어하는 것일까? 아니면 처량한 느낌을 주어서일까? 이것은 누구도 물어보지 않아서 알 길이 없었지만, 지금 그녀는 얼굴을 찡그린 채 눈을 감고 있었다. 그런데 그녀에게 한 가지 이상한 점이 발견되었다.

이 거지는 그렇게 비를 맞으며 자도 감기에 걸리지 않았다. 보통 사람이라면 아예 병에 걸렸을지도 모를 일이었다. 그러나 그녀는 오히려 말짱했다. 오랜 거지 생활에 단련되어서 그런 것일까? 꼭 그렇지는 않을 것이다. 아마 이 거지의 특이한 체질 때문일 것이다. 거지로서 이토록 강인한 몸을 가진 것은 그나마 다행이었다. 험한 세상을 살아가는 데 있어서 튼튼한 몸보다 더 좋은 재산은 없을 것이다.

이제 하루해는 떠오르고 또다시 한 끼 밥을 먹어야 할 때가 되었다. 어제는 꼬박 하루를 굶었기 때문에 이미 오래 전부터 뱃속에서는 진동을 하고 있었다. 비가 오면 동냥도 잘 되지 않는 법이지만 오늘은 맑게 개어 일이 잘되어 나갈 것 같았다.

거지 무덕은 천천히 산을 내려갔다. 가까이에 논밭이 보이고 그리 멀지 않은 곳에 인가도 보였다. 그러나 무덕은 일부러 방향을 바꾸었다. 그 마을이 싫었기 때문이었다. 인심이 사나운 마을이기 때문일까? 아니 오히려 인심 좋은 마을이었다. 단지 그 마을에는 싫은 것이 있었다. 그것은 마을의 청년들이 상당히 귀찮게 굴기 때문이었다. 보통 거지의 경우라면 동냥을 주기 싫으면 쫓아버리면 되었지만 무덕의 경우는 그런 것이 문제가 아니었다.

어느 곳에서나 거지가 사람을 귀찮게 하는 법이지, 사람이 거지를 귀찮게 하는 법은 없을 것이다. 하지만 무덕의 경우는 입장이 좀 달랐다. 그것은 단지 여자란 이유 때문이었다.

흔히 남자 거지를 그냥 거지라 하고, 여자 거지는 미친년이라고 부른다. 정신이 온전하고 안 하고는 상관이 없다. 여자 거지이면 바로 미친년이라 부를 뿐만 아니라, 심할 경우는 동네 아이들이 돌멩이를 던지기도 했다.

미친 사람은 매를 맞아야 한다는 것일까? 아니면 미친 여자를 보면 재수 없다는 뜻일까? 정말 미치기나 했다면 문제가 되겠지만, 단지 거지일 뿐인데 이렇게 대하다니!

무엇 때문에 사람들은 여자 거지를 미친년이라고 부르는 것일까? 거지가 된 것만도 서러운 일인데, 미친년이라고 부르며 돌멩이까지 던진다면 이 얼마나 통탄한 일인가?

그러나 무덕은 통탄해한 적은 없었다. 그리고 지금 저 마을을 피하는 것도 돌팔매질이 싫어서가 아니었다. 단지 그 마을의 청년들이 으슥한 곳으로 끌고가서 무턱대고 옷을 벗기려 하기 때문에, 그 마을로 발걸음을 옮기기가 두려웠던 것이다. 그래서 그 마을을 싫어하게 된 것이다.

거지인 무덕은 누가 자기 몸에 손을 대거나 치마를 벗기려 하는 것을 아주 싫어했다. 무턱대고 치마를 벗기려 하는 데 좋아할 여자가 어디 있겠는가? 아무리 거지 신분일지라도 여자는 여자만의 타고난 수치심과 성품이 있게 마련이다.

무덕은 오른쪽으로 방향을 바꾸어 걷기 시작했다. 좁은 산길에는 사람의 모습이 전혀 보이지 않았다. 산과 이어져 있는 길옆에 맑은 개울물이 흐르고 있었다. 무덕은 흘러오는 개울을 따라서 걸어갔다.

이 길은 오래 전에 한 번 가본 적이 있는 곳이었다. 한참 걸어가면 제법 큰 마을에 당도하게 된다. 그러나 그 마을에서 밥을 얻어먹지는 못했었다. 말하자면 인심이 사나운 곳인데, 그동안 세월이 좀 흘렀으니 지금은 어떻게 변해 있을지 모를 일이었다.

무덕은 우선 그 마을을 목표로 정하고 걸었다. 하지만 그 마을에서 대접을 받지 못하면 곧장 산 너머 먼 곳으로 가버릴 생각이었다.

산 하나만 넘으면 대전이라는 큰 도시가 나오는데 그곳에서 새로운 터전을 마련할 생각인 것이다.

산길은 한적했다. 무덕의 걸음걸이는 느렸지만 지쳐 보이지는 않았다. 그녀는 무엇에도 관심이 없는 듯 고개를 숙인 채 땅만 보고 걸었다. 옷차림은 어색하게 조화가 되지 않았다. 그도 그럴 것이 거지 형편에 어떻게 옷을 잘 맞춰 입을 수 있겠는가!

윗옷은 두툼하고 질긴 천의 점퍼 차림으로, 남자 옷이 분명했다. 지금 같은 늦여름에는 좀 더울 것 같았다. 치마는 그런대로 부드러운 천으로 된 여자 옷인데 유난히 길었다.

머리칼도 길게 늘어져 있었다. 햇빛은 오른쪽에서 비치고 있었는데 무덕은 그 햇빛을 피하기라도 하듯 왼쪽으로 외면하면서 걸었다. 세수는 했는지 얼굴과 손은 그런 대로 말끔했다.

이 거지 무덕은 제법 예쁜 얼굴이었다. 나이는 이십대 후반이나 되었을까? 그런데 이런 여자가 어떻게 거지 생활을 하고 있을까? 세상 사람들 말대로 여자 거지들이란 거지 생활 그 자체로써 이미 미친 것으로 보아야 하지 않을까? 하지만 여자 거지라고 다 미친 사람이라고는 할 수 없다. 틀림없이 그 어떤 사연이 있으리라.

그녀도 무엇인가 사연이 있을 것처럼 보였다. 혹은 운명일 수도 있다. 이 여자의 사주를 주역으로 풀어보면 건지건(乾之乾)으로, 이 괘상을 사주로 갖고 있으면 어려서 일찍 죽거나 승려, 혹은 거지가 된다. 그리고 높은 직위를 갖거나 정신병자·거친 여자가 되기도 한다.

만일 이런 사람이 세속을 등지고 도를 닦으면 크게 성취하여 선녀가 될 수도 있다. 그러나 무덕의 경우는 현재 거지이며 게다가 미쳐 있는지도 모른다. 그녀는 건지건의 괘상 중 가장 나쁜 길을 걷고 있는 것이다. 그러나 앞날은 두고 볼 일이다.

무덕은 계속 걸었다. 해는 점점 높이 떠오르고 날은 따스했다. 이제 치마는 거의 마른 듯했지만 속옷과 윗옷은 아직도 축축했다. 그러나 아무래도 좋았다. 무덕은 이런 일에는 무관심한 지 오래였다.

얼마 후 언덕이 사라지고 오른쪽으로 시야가 넓어졌다. 멀리 인가도 여러 채 보였다. 그곳이 바로 무덕이 목표로 정한 곳이었다. 무덕은 여전히 고개를 숙인 채 개울을 건넜다. 망설임도 없이 자연스럽게 오른쪽 좁은 길로 방향을 잡았다.

그 마을에서 밥을 얻지 못하면 대전까지 가기에는 너무 먼 거리였다. 그저 아무 탈 없이 구걸이 잘되어 주기를 바랄 뿐이었다. 길은 약간 가팔랐고, 햇빛은 그녀의 정면에서 비추기 시작했다.

저쪽에서 한 무리의 사람들이 오고 있었다. 무덕은 아직 그 기척을 느끼지 못한 양 열심히 제 갈 길로 가고 있었다. 그들 일행은 다섯 명이나 되었는데, 길이 좁아서 한 줄로 걸어오고 있었다. 이들이 먼저 무덕을 발견했다.

"어? 이상한 사람이 오고 있는데!"

"그래! 그런데 여자인가 봐!"

그들이 단숨에 무덕이 여자임을 알아본 것은 아마도 긴 머리 때문이었을 것이다. 거리가 점점 가까워지자 그녀의 색다른 모습이 눈에 띄었다. 긴 치마와 두툼한 점퍼 차림!

"아니! 저게 뭐야? 거지인 모양인데!"

무덕은 이 소리를 알아듣지 못했다. 아니 듣지 않은 것이다. 무덕이 항상 듣던 말은 거지 아니면 미친년이었다. 물론 두 가지 다 듣기 좋은 호칭은 아니다. 그런데 곧이어 거의 들어보지 못한 소리들이 들려왔다.

"여자야!"

"음? 그래, 괜찮아 보이는데……."

'괜찮아 보이다니! 이 또한 무슨 말인가?'

무덕으로서는 색다른 말을 들은 셈이었다. 그러나 그렇게 부른다고 무엇이 달라진단 말인가? 무덕은 몸을 왼쪽으로 돌리고 사람들이 지나가기를 기다렸다.

시간이 좀 흘렀다. 아무리 좁은 길이지만 무덕이 길 밖으로 내려가 피해 있었기 때문에 그들은 금방 지나갈 수가 있었다. 그런데도 사람들은 도대체 지나갈 생각을 안 했다. 다시 또 시간이 좀 흘렀다.

"……."

무덕은 그들이 빨리 지나가기를 기다렸다. 그런데 그녀는 왠지 갑자기 초조해졌다. 드디어 말소리가 들려왔다.

"야! 너, 누구냐?"

"……."

"어허, 대답 안 해? 누구냐니까?"

무덕은 할 말이 없었다. 사실 지금까지 자신이 누군지도 잘 몰랐다. 누구냐고 물었을 때 도대체 무엇이라고 대답해야 하는가? 또다시 말소리가 들려왔다. 이번에는 웃음소리도 곁들여 있었다.

"여긴 뭐 하러 왔어?"

무덕은 속으로 대답했다. 저기 보이는 마을에 가서 밥을 얻기 위해서라고…….

그러나 그 말을 입 밖으로 표현하기는 왠지 싫었다. 그것을 꼭 대답해야 할 필요도 없었다. 다시 말소리가 들려왔다.

"괜찮은데, 어떡할까요? 아까워……."

"허참. 글쎄, 하하하."

무덕은 더 이상 기다릴 수 없다고 생각하고 비탈 옆으로 가서 앉은 채 조금씩 앉은걸음으로 이동했다. 그러자 벼락같은 소리가 떨어졌다.

"야, 이쪽으로 올라오지 못해?"

무덕은 천천히 길 위로 올라섰다. 지금이라도 이들이 비켜주면 갈 길로 가면 그만이었다. 그러나 이들은 애당초 길을 비켜줄 생각을 하지 않고 있었다.

"어이, 너 이름이 뭐냐?"

그들은 금방 태도를 바꾸어 매우 친절하게 물었다. 그런데 이들의 나이를 살펴보면 무덕과 별 차이가 없는 젊은 청년들이었다. 그러나 옷만은 아주 말끔하게 입어 무덕과는 현저한 차이를 이루었다. 이것은 신분을 말해 주는 것일까?

무덕은 친절이 고마웠지만 대답은 하지 않았다. 지금은 오로지 빨리 마을로 가서 밥을 얻어먹고 싶은 생각뿐이었다.

"하하하, 그것 참 제법 예쁜데!"

말소리는 더욱 친절해지고 급기야는 자진해서 동냥을 주겠다고 했다.

"야, 돈 줄까?"

돈! 이것은 세상에서 제일 좋은 것이다. 그냥 달라면 주지 않던 밥도 이것만 주면 밥을 준다. 무덕은 돈의 필요성을 잘 알고 있었다. 그러나 청년들은 돈을 선뜻 내주지 않고 그 대신 어깨를 잡아끌었다.

"이리 와봐! 말 잘 들으면 돈 많이 줄게!"

무덕은 뿌리쳤다. 누가 자기 몸에 손대는 것이 제일 싫었다. 전에도 누군가 몸에 손을 대더니, 이윽고는 치마를 벗기려 하지 않았던가!

청년들은 달려들어 무덕의 양팔을 잡았다. 무덕은 몸을 비틀었다. 그러자 청년 하나가 더 가세하여 달려들면서 언덕 쪽으로 밀어붙였다. 이들은 순식간에 무덕을 끌고 숲 속으로 들어섰다. 무덕은 몸을 빼내려고 애썼으나 청년들은 완강했다. 기필코 뜻을 이루려 하였다.

청년들이 바라는 것은 무엇일까?

'나쁜 놈들은 때려서라도 버릇을 고쳐주어야만 해!'

무덕은 행동을 개시했다. 그동안 참을 만큼 참은 셈이다. 우선 발길을 내질렀다. 마침 한 청년이 사타구니를 얻어맞고 기겁을 하며 쓰러졌다. 이어 무덕은 양 어깨를 잡고 있는 두 사람을 동시에 당겨서 팔꿈치로 찔렀다.

무덕의 팔꿈치는 두 청년의 복부에 적중했다. 그 힘은 실로 막강하여 한 사람은 갈비뼈가 부러졌고, 나머지 한 사람은 비명을 내지르며 무릎을 꿇었다.

'훅!'

이를 구경하던 또 다른 사람들은 뜻밖의 사태에 잠시 얼이 빠졌다. 그러나 그도 잠시뿐 무덕의 손바닥이 차례대로 그들의 얼굴로 다가갔다.

'짝— 찰싹!!'

서 있던 두 사람은 정신이 번쩍 들었지만 동시에 멍해지기도 했다. 그들은 어금니가 부러지고 입으로는 피를 토하였다. 사태는 엄청났다. 한 여인이 이토록 신속하고 강력한 힘을 구사하다니!

그러나 청년들은 잠시 동안 몸과 마음의 혼돈을 겪고 나서 평정을 되찾았다. 갈비뼈가 부러진 사람만이 얼굴을 오만상으로 찡그리면서 무덕을 노려보았다. 이들은 싸움깨나 해 본 불량배임이 틀림없었다.

길 가는 여자의 치마를 들치려고 하는 짓거리나 얻어맞고도 금세 자세를 회복하는 것이 그것을 잘 말해 주었다.

한 청년이 서서히 그녀에게로 다가왔다. 그러고는 사정없이 주먹을 날렸다. 그러나 무덕은 주먹이 날아오든 말든 힘껏 맞받아쳤다. 그러자 무덕이 밀친 것인지 때린 것인지는 모르지만 청년은 머리통을 얻어맞고 한 바퀴 맴을 돌며 쓰러졌다. 기절을 한 것 같았다.

이어서 또 한 청년이 발길질을 날렸다. 여인의 복부 아래쪽을 겨냥한 것이었다. 그러나 이 공격도 실패했다. 무덕은 옆으로 살짝 비키면서 곧이어 청년의 사타구니를 걷어찼다.

'억!!'

순간 그 청년은 얼굴빛이 하얗게 질려 앞으로 고꾸라졌다. 갑자기 공포가 엄습해 왔다. 도대체 이 여인은 누구인가? 단순히 거지 여자이거나 미친년 같지가 않았다. 그렇다고 무술인 같지도 않고······.

두 청년은 필사적으로 달려들었다. 이번에는 여인을 끌어안으려 했는데, 무덕은 잡히지 않았다. 오히려 한 청년이 그녀에게 잡혀서 몇 걸음 끌려가다가 땅바닥에 패대기쳐졌다. 남은 한 사람은 따귀를 맞고 피를 토하며 쓰러졌다.

아직 한 청년이 자세를 가다듬고 있었으나 겁에 질려 슬슬 뒷걸음질을 치고 있었다. 결국 전의를 완전히 상실하여 처분만 기다리고 있을 뿐이었다. 그러나 무덕은 더 이상 공격을 하지 않고, 흐트러진 머리를 손으로 한 번 쓸어보고는 언덕을 내려갔다.

칠성들의 뜻밖의 수확

청년은 나무 뒤에 숨어서 여인이 떠나가는 것을 보았다. 여인은 마을 쪽으로 바삐 올라가고 있었다. 무덕은 더욱 배가 고파진 것이리라!

"얘들아, 일어나 봐! 괜찮아?"

청년은 쓰러진 동료를 일으켜 세웠다. 한 사람은 아직 깨어나지 못했다. 겨우 일어난 사람들은 모두 얼굴이 붓거나, 입술이 터지거나, 눈이 벌겋고 갈비뼈가 부러지는 등 처참한 모습들이었다.

그 중에서도 사타구니를 두 번씩이나 채인 친구는 여전히 아랫도리를 잡고 어찌할 바를 몰랐다.

"도대체 저 여자의 정체가 뭐야?"

한 청년이 어처구니없다는 듯이 물었다. 그러나 거지의 정체를 아는 사람은 있을 리 없었다.

"정체랄 게 뭐가 있겠어? 그저 단순히 힘만 센 미친년일 테지!"

"아이고, 이러고 있을 거야? 그년은 어디로 갔어?"

또 한 청년이 비명을 섞어가며 푸념했다.

"마을로 갔는데!"

"뭐? 마을로? 뭘 하러 갔을까?"

"동냥이나 하러 갔겠지! 아니면 사람이나 때려주러 갔거나! 나쁜년!"

"야, 저걸 그냥 둘 수 있어?"

"그럼 어쩔래? 무서운 년인데!"

"안 되겠어! 빨리 쫓아가 봐!"

"쫓아가면 뭐해? 저렇게 센데!"

"형님을 부르지 뭐! 그냥 둘 수는 없잖아!"

"야! 말도 안 되는 소리 말아! 계집한테 매 맞았다고 형님을 불러? 오히려 형님한테 혼나려고."

"아냐! 형님을 불러야 해. 이유가 있다고!"

"그게 뭔데?"

"나중에 얘기할게. 빨리 형님한테나 가보자. 야, 저 녀석을 업어라!"

청년들은 급히 서둘렀지만 몸이 제대로 움직이지 않았다. 괜히 거지를 업신여기다가 호되게 혼이 난 것이다. 청년들은 얼굴을 찡그리며 겨우 언덕을 내려왔다. 그러고는 있는 힘을 다해 여인이 사라진 쪽으로 걷기 시작했다.

여인은 벌써 보이지 않았다. 그러나 마을 어딘가에 있을 것 같으므로 걱정할 필요는 없었다. 동냥질을 끝내면 이 길로 다시 내려올 수밖에 없을 것이다. 이 마을은 산자락에 붙어 있어 길은 오직 들어가고 다시 나오는 길 하나밖에 없었다.

바삐 서둘면 여인이 떠나기 전에 잡을 수 있을 것이다. 그런데 이 청년들은 여인을 다시 잡아 어쩌겠다는 것일까? 매 맞은 복수를 하겠다는 것일까? 아니면 기필코 욕심들을 채우겠다는 것일까?

이들은 결사적으로 걸어 마을 어귀에 있는 어느 기와집에 도착했다.

그 중 하나가 조심스레 안을 향해 말했다.

"형님, 저희들 왔습니다."

"들어오게. 아니, 이게 웬일들인가?"

형님이라고 불리어진 사람은 청년들의 상처를 보고 놀라며 물었다.

"예, 저…… 매를 맞았습니다."

"뭐? 이 동네 사람한테서?"

형님이란 사람은 이 동네에서 매를 맞았다고 하니 더욱 놀랐다. 이들은 서울에서 내로라하는 폭력배들이었고, 또 이곳 시골 한적한 마을에는 싸움질을 할 만한 상대가 없을 것이라고 생각했기 때문이었다. 더구나 한 명은 업혀서 들어오고, 네 명 또한 단단히 혼이 난 모양이었다.

"……"

"왜, 대답이 없나?"

"이 동네 사람은 아닌 모양입니다."

"그럼?"

"지나가는 거지였습니다."

"뭐라고, 거지? 거지가 사람을 때려?"

"……"

"그 거지 지금 어디 있나?"

"마을에 동냥하러 간 모양입니다."

"음 나쁜 놈이군, 혼을 내줘야겠군."

형님이란 사람은 나이가 삼십대 정도에 한복을 입고 있었는데, 얼굴빛이 아주 창백하고 날카롭게 보였다. 이 사람은 아랫사람들을 생각하는 마음이 아주 깊은 듯했다.

"이유 없이 사람들을 때려? 나쁜 놈! 야, 가보자."

이렇게 말하면서 앞장을 섰다. 그런데 한쪽 다리를 약간씩 절고 있었다. 말하자면 불구자인데 그런 몸으로도 싸움엔 자신이 있는 모양이었다. 하지만 절룩거리며 앞서는 걸음걸이가 안쓰러웠다.

"형님, 그 거지가 보통이 아닙니다. 아주 세요!"

"음? 무슨 말인가? 내 실력으로 안 된다는 말인가?"

"그게 아닙니다. 저, 그 거지가 워낙 몸이 빨라서 도망이라도 치면
……."

청년들도 형님이라 불리는 윗사람을 생각하는 마음이 가상했다. 이들은 형님의 실력을 인정하고 있지만 혹시라도 실수를 할까 봐 철저히 대비하자는 뜻이었다. 그래서 싸움 잘하는 형님의 약점을 은근히 찌른 것이다.

"그 거지가 워낙 빨라서 도망이라도 치면……."

사실 거지가 빨리 달리는 것을 보지는 못했다. 오히려 걸음걸이가 느린 편이 아니었던가! 자신의 약점을 생각한 형님은 약간 망설이는 듯하더니 다시 물었다.

"그렇게 세던가?"

"예, 힘도 엄청나고 동작도 번개 같았어요!"

"그래? 무술을 한 사람 같더냐?"

"그런 것 같습니다. 다른 형님도 함께 가시지요!"

청년은 약간 거짓말을 하였다. 거지인 무덕은 힘은 세지만 동작은 마구잡이였다. 그러나 어떻게 하든 상대를 과장시켜 많이 동원해 가자는 속셈이었다.

"그런가? 알겠네. 형님은 뒷산에 올라갔으니 찾아오게!"

"예, 다녀오겠습니다."

청년은 대답하고는 집 안 쪽으로 급히 들어갔다. 뒷산은 집 안 쪽으로 들어가 뒷문을 나서면 오솔길이 나 있었다. 그때 일행과 함께 들어갔던 형님이란 사람의 얼굴에 어떤 회한 같은 것이 스쳐 지나갔다.

싸움이라면 아직도 누구 못잖게 자신 있었지만 다리 때문에 아무래도 지장이 많은 성싶었다. 특히 상대방이 도망이라도 치면 속수무책일 수밖에 없었다. 이 점이 그에게는 너무 한스러웠으리라. 이 사람에게 가능한 것은 상대방이 싸움을 걸어오는 경우에 한해서인데, 이때는 장정 수십 명을 이겨낼 수 있는 막강한 실력을 갖고 있었다.

그야말로 실력이 막강했다. 불구자로서 어떻게 이런 일이 가능할까? 그에게는 사연이 있었다. 이 사람은 본디 무술인이었는데, 단순한 무술이 아니었다. 세속에서는 결코 찾아볼 수 없는 신비한 무술로서 감히 대항하는 자가 없었다.

그러나 강력한 적을 만나 결투를 하다가 크게 다친 것이었다. 사실 결투랄 것도 없었다. 상대가 너무나 강했기 때문에 그저 서 있다가 당했을 뿐이었다. 적은 신선인지 사람인지 알 수가 없었다. 단지 이름은 좌설이라 했고, 강리 선생과 맞수라 했다. 그러니 아쉬울 것은 전혀 없었다. 오히려 그렇게 높은 무술인 앞에 마주서 봤다는 것이 영광스러웠을 뿐이었다. 상처를 당한 옛날을 불행하게 생각할 필요는 없었다.

지금은 고향에 돌아와 잠시 쉬고 있지만 활동도 할 수 있고, 게다가 아직도 칠성이라는 명예로운 호칭이 남아 있었다. 물론 싸움 실력도 다른 칠성들을 제외하고는 조직에서 최강을 유지하고 있었다.

뒷산에 갔던 또 다른 칠성이 나타났다.

"무슨 일이라고?"

나타난 칠성은 이미 듣고 내려왔지만 다시 물었다. 그러자 한 청년이 대답했다.

"예, 강자가 나타났습니다. 무서운 놈…… 아니, 저…….."

"뭐야? 말하다 말고?"

"그게…… 저, 거지인데…… 여자입니다."

"뭐? 여자?"

칠성은 깜짝 놀라 다른 칠성을 쳐다봤다.

"아니? 무슨 일이야? 자세히 얘기해 봐!"

"예, 여자 거지인데 힘이 엄청나더군요. 우리 모두가 달려들었지만 힘을 쓸 수가 없었어요!"

"싸움은 왜 났는데?"

"예? 싸움이요? 그건 저…… 그냥 그 여자가 우리에게 다짜고짜 달려들더라구요!"

청년은 거짓말을 했다. 자기네들이 먼저 여인을 으슥한 데로 끌고 가서 엉뚱한 짓거리를 하려고 하지 않았는가!

"공연히 싸움을 걸어왔단 말이지? 미친년이군! 감히 누구한테 싸움을 걸어."

산에서 내려온 칠성은 어처구니없다는 표정을 지었다. 그러나 또 다른 칠성이 손을 저으며 말했다.

"그럴 리가 있겠어? 이놈들이 엉뚱한 짓거리를 하려 했겠지. 빨리 가보기나 하세."

"음? 그래? 그럴 테지! 빨리 가보세."

일행은 급히 집을 나섰다. 이들은 먼저 아래쪽부터 멀리까지 살펴봤다. 그러나 거지는 보이지 않았다. 아직 마을 안에서 서성이고 있을 것이다.

"얘들아, 너희들 먼저 올라가 봐라!"

칠성은 이렇게 말했지만 제대로 걸을 수 있는 사람은 한 명 뿐이었다. 한 청년이 급히 달려 올라갔다. 그러나 다른 청년들은 급한 흉내만 낼 뿐 힘들여 걷고 있었다. 이들은 집에서 쉬어도 되었지만 자신들의 형님들이 나서서 시원하게 복수하는 것이 보고 싶었다.

어쩌면 처음에 계획했던 일, 즉 치마를 벗기려던 일이 생길지도 몰랐다. 한 청년은 멀리 달려가고 있었다. 그 뒤에 세 청년이 힘들여 쫓아갔다. 칠성은 잠시 서 있다가 천천히 뒤따르기 시작했다.

"여자라고 했는데, 혹시 찾던 물건이 아닐까?"

"음? 글쎄."

이들이 주고받는 내용은 의미심장했다. 여기서 물건이라는 말은 이들의 스승인 강리 선생하고 관련된 아주 중대한 의미가 있는 것이다. 물건이란 다름 아닌 특수한 여자를 말하는데, 강리 선생을 상대할 수 있는 아주 강한 여자라야 했다.

"내가 듣기로 물건은 말이야."

한 칠성이 재미있다는 듯이 얘기를 꺼냈다.

"힘이 강한 여자 중에 있다고 했어. 특히 빨리 달리는 여자! 그리고 정신이 좀 이상한 것이 좋다던데!"

"그래? 그거 참. 이 여자가 물건이기만 하면 뜻밖의 소득이야! 대단한 일이지!"

이들 칠성은 스승 강리 선생에 대한 정성이 지극했다. 강리 선생은 언제나 약을 기다리고 있었다. 약이란 바로 물건을 말하며 물건이란 제대로 된 여자를 말한다.

"기대할 만해! 여자가 거지라면 아무래도 정신이 좀 이상한 게 아니겠어?"

"그런 것 같애! 게다가 힘도 세고 싸움도 잘하고……."

이 건달들은 서로 맞장구를 치면서 잔뜩 기대를 부풀리고 있었다.

"그래, 제대로만 된다면 우린 큰일을 하는 거야! 선생님의 은혜를 갚는 길도 되지!"

"그럼! 공연히 정신 병원이나 찾아다닐 필요도 없고."

이들의 말은 대충 이러했다. 강리 선생에게 필요한 여자는 아주 강해야 했기 때문에 미친 여자에게 기대를 많이 걸었다. 미친 여자는 그야말로 광적으로 힘이 강할 수도 있기 때문이다. 그래서 정신 병원 근처를 서성거린 적도 많았다. 그리고 무당이나 과부 등에게도 관심을 가졌었는데 원하는 물건은 없었다. 그런데 지금 뜻밖에 나타난 여자는 그 가능성이 많을 것 같았다.

그 이유는 첫째 거지라는 점인데, 여자 거지는 정신도 좀 이상할 것이고, 거리를 많이 싸돌아다녀서 그 짓도 아주 강할지 모른다. 게다가 당장 사실로 드러나 있는 것은 그 여자의 힘이다. 장정 다섯 명을 저토록 혼내줄 수 있는 힘이 어디 평범한 것인가!

저들도 힘깨나 쓰는 청년들이고 동작도 얼마나 민첩한 사람들인가! 만일 그 여자가 달리는 것마저 빠르다면 물건일 가능성은 더욱 높다.

"이미 가버린 게 아닐까?"

칠성은 조바심이 나서 물었다.

"아직 안 갔을 거야! 동냥하러 돌아다니자면 시간이 좀 걸리겠지."

두 칠성이 이런 말을 주고받는데 먼저 달려갔던 청년이 되돌아왔다.

"어떻게 됐어?"

한 칠성이 급히 나서며 물었다.

"예, 저기 오고 있습니다."

"어디? 그래, 됐다. 여기서 기다리자!"

두 칠성은 회심의 미소를 지으며 서로를 바라봤다. 청년들은 칠성들의 뒤에 서서 기분에 들떠 기다리고 있었다. 이제 잠시 후면 신나는 구경거리가 생기고 어쩌면 생각지도 않은 부수입이 생길지도 모른다.

여자 거지인 무덕은 이런 사실도 모르고 천천히 걷고 있었다. 동냥은 성공한 것 같았다. 고개는 여전히 숙인 채로 땅만 보며 걸었다. 칠성은 이 여자가 다른 곳으로 빠져나갈까 봐 예의 주시하고 있었다.

거리는 점점 좁혀졌다. 청년들은 일부러 먼 곳을 보는 척하면서 딴청을 부렸다. 그러나 거지 무덕은 아무 생각 없이 길을 내려오고 있는 듯 보였다. 이윽고 여자 거지는 기다리던 적들과 만났다.

"서라!"

칠성은 싸늘하게 한 마디 내뱉었다. 그러나 여인은 그리 놀란 듯이 보이지 않았다.

'대단하군! 대단히 침착해. 강한 사람이야! 무술을 습득했을까? 글쎄.'

칠성은 이렇게 생각하며 예리한 시선을 보냈다. 여인은 고개를 숙이고 머리를 늘어뜨린 채 그 자리에 우뚝 서 있었다. 이때 청년들의 마음에는 공포가 서서히 고개를 들었다.

'혹시? 칠성 형님들도 당하는 거 아니야? 저년은 악마인지도 몰라!'

청년들은 숨을 죽이고 칠성들의 기색을 살폈다. 이때 칠성 하나가 조용히 말했다.

"내가 시작하지! 자넨 도망가는 거나 살펴봐."

"음, 알겠네! 자네가 나서 보게."

산에서 내려온 칠성은 자기 동료인 칠성에게 일을 양보했다. 이것이 동료를 생각해 주는 마음이었다. 불구인 동료는 자신이 충분히 일할 수 있다는 것을 언제나 확인하고 싶어 했었기 때문이다.

칠성은 다리를 절며 여인 앞에 다가섰다. 이어 조용히 어깨에 손을 얹었다. 그러나 여인은 가만히 있었다. 칠성은 조금 힘을 주어 당겨 봤다. 그러자 여인은 벼락같이 소리를 지르며 어깨에 얹힌 팔을 뿌리쳤다.

"아 — 얏!"

이 순간 칠성은 번개같이 손을 치우고 다른 한 손으로 여인의 젖가슴 위쪽 어깨를 세차게 밀어 쳤다.

'퍽—'

칠성의 공격이 여인의 어깻죽지에 명중했다. 어떻게 되었을까? 이보다 먼저 여인이 소리를 지르는 바람에 구경하던 청년들은 놀라서 몸을 움칫했지만, 칠성은 미동도 하지 않고 한 팔을 빼내며 다른 팔로 공격을 펼쳤던 것이다.

그러나 여인은 쓰러지지 않고 뒤로 한 발 물러섰다가 다시 앞으로 나왔다. 동시에 여인의 오른손이 칠성의 따귀를 내리쳤다. 칠성은 피했다. 그런데 뒤이은 공격은 미처 막지 못했다. 순간 여인이 몸을 부딪쳐 왔는데, 그 방식은 가히 광적이라 할 만했다.

광적이라 하면 돌발성을 말하는데, 발작적으로 부딪쳐 오는 바람에 칠성은 미처 피하지 못한 것이다. 보통 무술인의 결투에 있어서는 손과 발을 쓰는 법이지 육탄 돌격으로 나오는 법은 거의 없었다.

칠성은 전혀 상상도 하지 못한 공격을 받은 것이었다. 여인으로서는 이 싸움을 결투로 생각하는 것이 아니어서 위험스럽게 몸을 부딪쳐 온 것일 테지만 칠성은 불구인 왼쪽 다리로 지탱하고 있었기 때문에 오른발을 재빨리 거두어 들일 수 없었다.

'쿵—'

칠성은 주저앉고 말았다. 그런데 여인은 쓰러진 칠성에 대해 다시 한 번 공격을 감행했다. 여인의 왼발이 칠성의 안면을 향해 사정없이 다가왔다. 다급해진 칠성은 두 손을 올려 이를 막아 쳤다.

이 순간 여인은 앞으로 달려 나갔다. 바로 앞에 서 있던 청년들이 놀라서 피했다. 그러나 미처 피하지 못한 청년 둘은 여인의 몸에 심하게 부딪쳐 언덕 아래로 굴렀다. 다른 청년 둘은 그 자리에 주저앉았다.

'아니! 저런!'

구경을 하던 칠성은 놀라고 있었다. 주저앉은 칠성은 재빨리 일어나 자세를 바로잡았다. 이 정도로 좌절할 칠성이 아니었다. 여인은 이미 칠성의 공격으로 한쪽 가슴을 다쳤을 것이다. 잠시 후면 결국 칠성이 제압을 하게 될 것이다.

그런데 여인이 보이지 않았다. 여인은 청년들을 헤치고 벌써 저만치 달아나고 있었다.

"어! 도망가잖아!"

달릴 수 없는 칠성이 소리쳤다. 여인의 달리는 속도는 그야말로 질풍 같았고, 그 모습은 마치 한 마리의 말과 같았다. 머리는 헝클어지고 가랑이는 마음껏 벌린 상태에서 미친 듯 달렸다. 잡히면 큰일이라도 난다는 듯이.

여인이 저토록 달리는 것은 신기하다기보다는 분명 흉한 모습이었다. 여자의 얼굴이 말을 닮으면 말상이라 해서 천하거나 재수 없는 상이라고 하는데, 달리는 것이 말과 같다면 얼마나 흉할까? 실로 미친년의 모습이 아닐 수 없었다.

사람이 달리는 것도 어느 정도라야 할 것이다. 특히 여인은 달리는 속도도 적당해야 아름다운 법이다. 그리고 여인이라면 얼마든지 아름답게 달리는 방법이 있을 것이다.

지금 거지 여인 무덕이 겁을 먹은 상태로 도망가는 모습은 가랑이를 한도 끝도 없이 벌리고 몸을 아무렇게나 놀리고 있었다. 여인으로서 이렇게 볼품없게 몸을 놀려도 되는가! 흉측하기도 하고 아예 정나미가 떨어지는 모습이다.

그런데 이 말과 같은 여인보다 더 말같이 달리는 사람이 있었다. 아니 정확히 말하면 말같이 달린다고 볼 수는 없고, 표범 같다고나 할까, 빠르고 늘씬하게 달리는 것이었다.

이 사람은 남자이면서도 이토록 날렵하였다. 뒤늦게 출발한 이 사람, 즉 칠성은 어느새 여인을 앞지르고 가볍게 막아섰다. 여인은 칠성의 몸에 부딪치기 직전에 거칠게 정지했다. 그러고는 즉시 난폭한 공격을 시도했다.

한 발로 사타구니를 내질렀다. 이 여인은 남자에게 발길질을 많이 해 본 것이 틀림없었다. 걸핏하면 내지르는데 그것도 정확하게 사타구니를 겨냥하였다.

칠성은 이를 아슬아슬하게 피했다. 아니 실은 적당히 피한 것이었다. 칠성은 무술의 고수로서 상대방의 공격이 빗겨 지나가도록 약간만 피하였다. 허겁지겁 당황하며 멀리 피하는 것이 아니라 자로 잰 듯 치밀하게 조금만 피한 것이었다.

무술의 고수가 미친 여인의 발길질에 쉽게 맞을 리가 없었다. 칠성의 자세는 단정했고 모범적인 무술인의 동작이었다. 추호도 흔들림이 없이 침착, 그 자체였다.

그러나 침착한 것은 칠성뿐만 아니라 여인도 마찬가지로, 바로 뒤이은 공격을 준비했다. 이번에는 앞으로 번개같이 달려들면서 할퀴었는데 성난 고양이처럼 난폭하고 돌발적이었다. 이 공격에 의해 다른 칠성은 부딪쳐 넘어졌었다.

그러나 이번에 대결하는 칠성은 허리를 숙여 쉽게 피했다. 이 칠성은 불구도 아니고 무술도 향상되어 있는 사람이었다. 특히 이 칠성은 여인이라고 깔보는 것이 아니라 정식 대결처럼 최선을 다하고 있었다. 원래 동물의 왕인 호랑이는 생쥐 한 마리를 상대할 때조차 최선을 다한다고 하지 않던가!

칠성의 표정도 진지했다. 결투에 있어서 조급해한다거나 지루해하는 것은 금물이다. 승부를 미리 점쳐서도 안 된다. 결투를 하는 사람은 오로지 현재만이 존재하고 하나의 흐름 속에서 승패가 자연히 결정된다.

승패란 억지로 만드는 것이 아니다. 참고 기다리면서 순간순간 전력을 경주하는 것이다. 칠성은 여인의 두 차례 공격을 정식으로 피하고 무술로써 규격화된 반격을 시도했다. 칠성은 숙였던 허리를 펴면서 곧장 발길을 내질렀다.

원래 지금 칠성의 자세에서는 세 가지 공격이 가능하다. 하나는 파고들면서 주먹으로 복부를 강타하는 것이고, 두 번째는 몸을 옆으로 돌리면서 발로 상대방의 허리 위쪽을 올려 차는 것이다. 세 번째의 방법은 허리를 펴면서 곧장 내지르는 것인데, 이 방법은 상대방의 반격을 받기 쉽고 적에 대한 공격력도 제일 약한 것이 흠이다.

물론 이 공격은 장점도 있는데, 그것은 빠르고 자연스럽다는 것이다. 보통 이 방법을 쓰는 것은 적에게 치명적인 상처를 주지 않기 위해서이지만 적이 남자일 경우에는 위험할 수도 있다.

이 공격의 목적은 대개 정강이를 걷어차는 것으로 적의 동작을 제압하는 데 있다. 그렇지만 이 공격으로 적의 사타구니를 내지르게 되면 몹시 위험할 수도 있다. 꼼짝없이 낭심이 파열되기 때문이다. 낭심은 아래에서 위로 가볍게 차올릴 때가 가장 위험한 법이다.

어쨌거나 칠성은 이 방법을 선택했다. 칠성의 가벼운 발길질이 여인의 사타구니에 적중했다.

'탁!'

힘이 그리 많이 들어가 있는 공격은 아니었다. 칠성은 여인을 봐주기라도 할 요량이었을까? 여인은 가볍게 신음했다.

"엄— 음—"

얼마나 충격이 가해진 것일까? 여인의 자세가 잠시 엉거주춤해졌다. 칠성은 이때 한 손을 내뻗어 여인의 어깨에 손을 얹어놓았다. 그러자 여인은 이 손을 걷어치우고 손바닥을 구부린 상태에서 목을 공격해 왔다. 만일 이 공격에 목을 맞는다면 치명적일 수 있었다. 그러나 칠성은 몸을 약간 비트는 것으로 공격을 피했다.

당초 칠성이 어깨 위에 손을 얹은 것은 허식(虛拭)으로 상대방의 공격을 유도해 낸 것이다. 칠성은 여인이 손을 뻗어오자 팔목을 바깥쪽에서 덥석 잡았다. 그러고는 앞으로 걸음을 내디디며 팔을 비틀고 여인의 등 쪽으로 옮겨갔다.

이어 한 발로 무릎 관절을 뒤에서 툭하고 접어 질렀다. 여인은 팔이 비틀리고 한쪽 무릎을 꿇었다. 그러나 칠성은 또 한 차례의 공격을 가하고 있었다. 이번의 공격은 참으로 특이한 것으로 정확히는 무술의 동작이라 할 수는 없었다. 칠성은 발의 안쪽으로 여인의 둔부를 올려 찼다. 이 동작은 흡사 제기 차는 자세와 닮았는데 힘이 좀 들어가 있었다.

'픽!'

여인은 앞으로 넘어질 뻔했으나 꺾여 있는 팔에 매달려 엉거주춤하다가 다시 일어섰다. 이때 칠성은 꺾인 팔을 풀어주면서 여인의 앞으로 이동하고는 따귀를 때렸다.

'픽!'

여인은 피를 토했다. 그리고 앞으로 넘어지고 말았다. 드디어 승부가 난 것이다. 미친 듯이 달리던 말은 제압되고 온순해졌다. 칠성은 뒤로 한 발 물러서서 여전히 예리한 눈으로 여인의 동태를 주시했다.

여인은 무릎을 꿇은 채로 상반신을 일으켜 세웠다. 그러자 칠성은 여인의 젖가슴을 향해 한 발을 강하게 내질렀다. 이 공격은 너무 힘이 들어 있는 듯해서 여인은 즉사할 것이다.

'악―'

여인은 얼굴을 가리면서 비명을 질렀다. 그러나 칠성의 발은 여인의 왼쪽 젖가슴 바로 앞에서 멈추었다. 칠성은 겁만 주려 했던 것이다. 여인은 흐느껴 울었다. 그러고는 잠시 후 손을 내리고 옆으로 외면한 자세에서 처분을 기다렸다.

속으로는 공포에 질려 숨을 가다듬고 있었다. 미친 여인이라도 자신의 위험을 충분히 감지한 것이다. 아니 위험을 감지한 정도라면 미친 여인이라고 볼 수 없을지도 모른다. 칠성은 아직도 싸늘하게 노려

보고 있었다. 여인은 마치 큰 죄라도 진 듯이 꼼짝 않고 판결을 기다리고 있는 듯 보였다.

잠시 적막이 감돌고는 긴장이 풀리기 시작했다. 칠성의 말소리가 들려왔기 때문이었다.

"계속 반항할 텐가?"

칠성은 아주 냉정한 음성으로 물었다. 사실 이런 말은 물어보나마나였다. 거지 여인 무덕은 이미 최선을 다해 행동했고 지금은 완전히 기가 죽어서 공포에 떨고 있었다. 방금 전 칠성이 젖가슴을 내질렀을 때 무덕은 혼비백산하고 꼼짝할 생각을 하지 않고 있었다.

여인은 고개를 가로저었다. 반항하지 않겠다는 뜻이었다. 그래도 칠성은 냉엄한 음성을 풀지 않고 여전히 위협적으로 말했다.

"말을 안 들으면 죽여 버릴 것이야! 무조건 해치지는 않겠다. 알아듣겠나?"

여인은 고개를 끄덕였다. 그러자 칠성은 벼락같이 소리쳤다.

"이 못된년! 아직 정신을 못 차렸군."

"······?"

여인은 무서움을 느끼고 몸을 움츠렸다.

'이 사람은 왜 이렇게 화를 내는 것일까? 고분고분 말을 잘 듣고 있는데!'

여인으로서는 이렇게 생각할 수밖에 없었다. 그러나 칠성의 다음 말로 화내는 이유를 알 수 있게 되었다.

"내가 묻는 말에 소리를 내서 대답해! 알겠어?"

여인은 또 고개를 끄덕였다. 아마 말소리가 잘 나오지 않는 모양이었다.

"……."

칠성은 여인을 말없이 노려봤다. 그러고는 목소리를 낮춰서 천천히 다시 말했다.

"소리를 내서 대답해. 알겠어?"

"예."

여인은 드디어 목소리를 내었다. 이렇게 말을 잘 듣고 대답하는 것을 보니 그렇게 미친 것 같지는 않았다. 칠성은 만족한 듯 한결 부드러운 목소리로 말했다.

"무서워할 것 없어! 해치지는 않을 거야. 알겠지?"

"예."

"좋아, 이름이 뭔가?"

"……."

"묻고 있지 않은가?"

"무덕이에요."

"무덕? 이름이 무덕이야?"

"예."

"성은 뭔가?"

"모르겠어요!"

"음? 성을 몰라. 아무튼 좋아, 밥은 먹었나?"

칠성은 여인을 살피며 자상하게 물었다. 필경 밥을 먹지는 못했을 것이다. 여인은 말처럼 달리면서 밥그릇인 깡통을 내동댕이친 것이다. 거지가 밥그릇까지 내동댕이친 것을 보면 어지간히 급했던 모양이다.

밥보다 치마가 소중한 것일까? 여인은 재빨리 고개를 저어 밥을 먹지 못했다는 것을 표시했다.

"대답을 하라니까! 배가 고픈가?"

칠성은 날카롭게 경고함과 동시에 인정 있는 투로 물었다.

"예."

"그렇군! 밥을 주겠다. 왜 도망을 했나?"

"……."

"대답을 해!"

"옷을 빼앗으려 하기 때문이에요!"

"뭐? 누가?"

"……."

여인은 말을 하지 않았다. 뻔한 것을 묻는다는 뜻일까? 그러나 칠성도 대답을 듣고자 한 것은 아니었다.

'옷을 뺏어? 음, 이놈들이 엉뚱한 짓을 하려고 한 것이 틀림없군! 그런데 이 여인은 왜 이렇게 말하지? 옷을 빼앗으려 한다고? 아무래도 정신이 좀 나간 여자군!'

칠성은 잠깐 웃음을 보이고는 다시 태연하게 말했다.

"좋아! 옷은 절대로 빼앗지 않겠다. 그리고 밥도 줄 거야. 알겠어?"

"예."

"그래! 밥도 주고 맛있는 고깃국도 주겠어, 알겠어?"

"예."

여인은 대답을 하면서 고개까지 끄덕였다. 밥에 맛있는 고깃국까지 주겠다고 하니 마음이 움직이는가 보았다. 칠성은 잔잔한 미소를 짓고 고개를 끄덕였다. 속으로는 무엇인가 음흉한 생각을 하고 있었다.

"우리 집으로 가자! 여긴 밥이 없잖아?"

"……."

"걱정할 필요 없어! 옷을 빼앗지는 않을 거야. 오히려 예쁜 옷을 주지! 따라올래?"

"……"

"대답을 하라니까! 그러면 밥과 고깃국에 돈도 줄게! 돈이 뭔지 아나?"

"예. 알아요."

여인은 고개를 끄덕이며 말했다.

"자 자, 올라가자, 약속하지! 밥에 고깃국, 그리고 옷도 주고 돈도 줄게."

"왜요?"

여인은 친절을 베푸는 이유를 물었다. 세상의 이치란 주는 것이 있으면 가져가는 것이 있게 마련이다. 이 여인도 그것을 잘 알고 있는 것이다. 그런데 거지에게 무엇을 가져갈 게 있을까?

"……"

이번에는 칠성이 대답을 못 하고 있었다. 그러나 즉시 둘러댔다.

"불쌍해서 그래. 걱정 마라!"

"……"

여인은 또 침묵했다. 칠성의 말이 납득이 가지 않기 때문일까? 칠성은 다른 말로 달래봤다.

"일할 줄 알아?"

칠성이 이렇게 묻는 것은 말하자면 일자리를 주겠다는 뜻이다. 그러나 여인은 고개를 저었다. 당연할 것이다. 일을 할 수 있다면 거지라 말할 수 없다.

칠성은 난감했으나 다시 타이르기 시작했다.

"일은 쉬운 거야. 배우면 돼. 몰라도 우선은 배가 고플 테니 올라가서 밥부터 먹자, 알겠나?"

"예."

"됐다, 올라가자. 걱정 말고! 일어나라."

그동안 무릎을 꿇고 얘기하던 여인은 조심스럽게 일어났다. 이때 마침 다른 칠성과 네 명의 청년들이 당도했다. 이들은 다리를 저는 칠성과 보조를 맞추며 이제야 내려온 것이다.

여인은 이들을 보자 몸을 움츠렸다. 힘들게 달래놓은 것이 또다시 잘못되지는 않을까 생각한 칠성은 재빨리 말했다.

"해치지 않아! 이놈들! 치마를 벗기면 안 돼, 알겠어?"

칠성은 이렇게 말하며 청년들에게 눈짓을 했다. 청년들은 영문을 몰랐지만 힘차게 대답했다.

"예, 치마를 벗기지 않겠습니다."

"좋아. 됐지? 밥 먹으러 가자!"

여인은 고개를 끄덕였다. 이렇게 되어 하나의 물건을 겨우 생포하는 데 성공했다.

"너희들 먼저 올라가서 밥상을 차려! 맛있는 고깃국도."

칠성은 안도감을 느끼고 한술 더 떠서 얘기했다.

"예, 알겠습니다. 밥을 준비해 놓겠습니다."

청년들도 이제야 눈치 채고 대답과 함께 웃으며 사라졌다. 여인은 칠성 둘을 따라 천천히 언덕길을 올라가기 시작했다. 잠시 후 이들은 자신들이 기거하는 기와집에 도착했다. 원래 이 집은 불구가 된 칠성이 혼자 살던 집으로 지금은 시중을 들며 가사를 돌보는 여인도 딸려 있었다.

"어서 밥을 차려!"

칠성은 집으로 들어서자마자 급히 지시를 내렸다.

"……."

아낙은 영문을 몰랐다. 이들이 밥숟가락을 놓은 지가 얼마 되지 않았기 때문이었다.

"어서! 밥은 손님이 먹을 거야."

아낙은 그렇지 않아도 옆에 있는 거지를 이상하게 생각하고 있었다. 그런데 거지를 손님이라고 하니 더욱 이상했다. 거지에게는 찬밥덩이나 주면 되고, 밥이 없으면 돈이라도 몇 푼 집어주면 되었다.

그런데 굳이 밥을 다시 해서 차리라고 하다니…….

"예, 금방 차리지요."

아낙이 대답을 하고 부엌으로 들어가려는데 칠성이 한 마디 덧붙였다.

"고깃국도 맛있게 끓이고, 밥도 많이 하게."

거지 여인 무덕이 옆에서 상황을 보니 좋은 소리만 오고 갔다. 이제 기다리기만 하면 이틀 만에 밥을 먹게 되는 것이다. 그것도 따뜻한 밥과 고깃국까지! 고깃국을 먹어본 지는 몇 년이나 되었을까?

그러나 기억이 나지 않았다. 단지 고깃국이 맛있었다는 기억만은 생생했다. 분명 세상에서 가장 맛있는 것이었다. 거지는 갑자기 들이닥친 행운이 꿈이 아니길 빌었다.

'시간은 얼마나 걸릴까? 다리가 좀 아픈데! 어깨도 아프고, 사타구니도 얼얼하단 말이야.'

거지는 이렇게 생각하며 앉을 자리를 살폈다. 마침 저쪽에 앉기 좋은 것이 보였다. 바로 마루 아래 평평한 돌이 깔려 있는데, 그곳이라면 옷에 흙이 묻지 않을 것 같았다. 게다가 마침 따스한 햇볕이 깃들이고 있었다.

거지는 걱정도 되었지만 체면 불구하고 그곳에 앉기로 했다. 거지 무덕은 무서운 아저씨, 즉 칠성을 슬쩍 바라보며 조심스럽게 돌 위에 앉았다. 그러자 무서운 아저씨의 한 마디가 떨어졌다.

"거기 앉으면 못 써!"

무덕은 흠칫 놀랐다. 그러고는 자신의 행동을 후회했다. 그냥 서 있어도 될 것을 공연히 앉으려 했다가 야단을 맞은 것이다. 아저씨가 화난 것만 아니라면 좋으련만…… 무덕은 급히 일어나서 어쩔 줄 몰라 했다.

그러나 칠성은 화를 내기는커녕 웃으며 친절하게 말하였다.

"마루 위에 앉아! 이름이 무덕이라고 했지?"

"……"

거지 무덕은 너무 감격해서 말을 못 하다가 간신히 대답을 했다. 칠성은 대답을 안 하는 것을 제일 싫어한다고 생각했기 때문이다.

"예."

무덕의 목소리는 분명했고 듣기에 좋았다.

"음. 마루에 앉아 있어! 조금만 기다리면 돼!"

칠성은 부드럽게 말하고는 청년 한 명을 데리고 문밖으로 나갔다. 다른 사람들은 방으로 들어갔다. 무덕은 방에 들어가 본 적이 없었다. 아니 언젠가 한번 방이라는 곳에 들어가 본 적이 있기는 한 것 같은데 까마득한 옛날처럼 생각되었다.

아무래도 좋았다. 방은 자신의 분수에 맞지 않았다. 지금 마루에 앉을 수 있는 것만으로도 얼마나 행복한가! 칠성은 청년을 데리고 밖으로 나와서 급히 지시했다.

"회장님에게 연락해! 좋은 물건을 구했다고, 오늘 저녁 차로 올라간다고!"

"예, 알겠습니다."

청년은 웃으며 대답하고는 즉시 우체국으로 떠났다. 칠성은 다시 안으로 들어왔다. 무덕은 마루 끝에 앉아서 다른 쪽을 향해 고개를 숙이고 있었다. 칠성도 이쪽편 마루에 앉아서 기다렸다. 실은 기다리는 것이 아니라 감시하는 것이었다.

칠성은 태평한 척 앉아 있다가 가끔씩 밖에 나가기도 했다. 그러나 결코 멀리 나가지는 않았다. 거지 여인이 돌발적으로 무슨 일을 벌일지 알 수가 없기 때문이었다.

만일 칠성이 무료한 나머지 산 위에 가서 운동이라도 하고 온다면 그때까지 거지 여인이 집 안에 있어줄지 의문이었다. 지금도 호시탐탐 도망 갈 궁리를 하고 있는지 몰랐다.

방 안에서는 다른 칠성이 동생들의 상처를 살펴보고 있었다. 시간은 더디게 흘러갔다. 마루에 앉아 있는 거지 여인은 지루한 것도 모르는지 꼼짝도 안 했다. 흡사 살아 있는 사람 같지 않고 물건더미인 것 같았다.

참으로 지독한 여인이라 아니할 수 없었다. 하기야 저렇게 지독해야만 강리 선생의 물건 될 자격이 있는 것이다. 어설픈 여인은 강리 선생의 단칼에 맥을 못 쓰게 되었다.

물건이 되려면 우선 지독해야 한다. 그리고 광적이고 힘도 막강해야만 한다. 세상 천지에 지금 마루에 앉아 있는 저 거지 여인처럼 적격인 물건은 흔치 않을 것이었다.

칠성은 지루한 나머지 부엌 쪽을 흘끗 바라봤다. 마침 밥상이 나오고 있었다. 이윽고 거지 여인의 행복한 순간이 찾아온 것이다.

"자, 식사하세요!"

아낙은 거지 여인 가까이 상을 갖다 놓았다. 그러자 무덕은 칠성의 기색을 잠깐 살폈다.

"자, 어서 먹어! 천천히 많이 들어라."

칠성은 아주 친절하게 식사를 권했다. 무덕은 먹기 시작했다. 그러나 성급하게 먹는 것은 아니었다. 그러나 한 번에 입에 집어넣는 양이 많아서 밥 한 그릇을 금방 해치웠다. 밥은 이미 한 그릇이 더 차려져 있었다. 국은 그냥 들이마시면서 먹어치웠다.

무덕은 나머지 한 그릇의 밥을 먹기 시작했다. 이때 칠성은 문 밖으로 아낙을 불러냈다.

"......"

"아줌마! 옷 있소?"

"옷이라니요?"

"당신 옷 말이오. 아무거나 좀 주시오!"

"예? 거지 주려고요?"

"쉿, 작게 말해요. 옷은 내가 나중에 더 좋은 걸 사주겠소. 우선 있는 대로 찾아봐요! 예쁜 걸로."

"......"

"어서, 이유가 있어서 그렇소."

"알았어요! 별일도 다 있네."

아낙은 기분이 좀 나쁜가 보았다. 그것은 당연한 일이었다. 자신이 써오던 것을 다른 남모르는 여자에게, 그것도 타의에 의해서 주어야 하는 상황에 기분 좋을 여자가 어디 있겠는가! 여자란 물건을 주든 받든 어떤 경우라도 상대가 남자라야 좋아한다.

아낙은 자기 방으로 가서 대충 뒤적여 몇 가지 옷을 골라냈다. 자기가 가진 것 중에 제일 나쁜 옷이었다. 그런데도 다른 여자에게 준다고 생각하니 여간 아까운 게 아니었다. 대신 다른 옷이 생긴다고 생각해 봐도 역시 기분은 마찬가지였다.

그냥 생기기만 하고 주지 않으면 옷이 더 많아질 텐데……. 아낙은 옷을 챙기면서 굳게 마음먹었다.

'아주 좋은 옷을 사달라고 해야지. 안 사주기만 해 봐라.'

아낙은 옷을 갖고 나와서 칠성 앞에 내놓았다. 직접 여자에게 갖다 주기는 너무 싫기 때문이었다.

"여기 있어요! 제일 좋은 옷으로 골랐어요."

"음, 그래요? 다른 좋은 옷을 사주지."

칠성은 옷을 들고 거지 여인이 있는 곳으로 갔다. 거지 여인은 밥을 있는 대로 다 먹어치우고 멀쩡하게 앉아 있었다.

'참으로 대단한 여자로구나.'

칠성은 속으로 이렇게 생각했지만 겉으로는 아주 상냥하게 말했다.

"맛있게 먹었나?"

"예!"

"좋아! 있다가 더 맛있는 걸 해 주지. 자, 우선 이 옷 먼저 입어봐!"

"예? 왜요?"

"응, 이것은 아저씨가 너에게 주는 선물이야. 옷을 준다고 했잖아."

"……."

거지 여인은 아무 대답 없이 옷을 쳐다봤다. 옷이라고 하니 마음이 쓰였다. 여자란 역시 옷에 약했다. 거지 여인도 지금은 배가 부르니까 옷에 잔뜩 눈독을 들이고 있는 것이다.

"입어봐! 이 옷은 이제 네 것이야. 참, 저 방에 들어가서 입어보지."

칠성은 자기 방을 가리키며 친절히 말했다. 거지 여인은 옷을 만져보았다. 그런데 방에 들어가라는 말을 듣고는 상당히 놀랐다. 방과 칠성을 번갈아보더니 잔뜩 웅크렸다.

"괜찮아, 아무도 없어. 옷을 입고 나서 얘기 좀 더하자. 어서 들어가 입어."

"……."

"왜, 옷이 싫으니?"

"아니에요!"

"그럼 왜 그러고 있니?"

"내 옷은 어떻게 하고요?"

거지 여인은 새 옷을 입는 것은 좋지만 자기 옷은 어떻게 되느냐고 물었다. 새 옷과 바꿔야 한단 말인가? 아니면 버려야 한단 말인가? 거지 여인으로서는 두 가지가 다 싫었다. 오직 새 옷이 거저 생겼으면 했다. 칠성은 이 사실을 눈치 챘다.

"염려 마라! 네 옷은 네 거야. 나중에 깨끗이 빨아서 입어. 넌 그냥 옷이 더 생긴 거야."

거지 여인은 속으로 잠시 생각했다.

'옷이 생겼구나! 내 옷은 빨아 입으라고? 그래! 나는 빨래를 할 줄 알아! 그런데 개울가가 어디 있지?'

거지 여인은 조심스레 옷을 들고 일어났다. 그러고는 뜻밖의 말을 했다.

"고마워요. 대신 일을 해 줄게요!"

"음? 뭐, 괜찮아. 그래그래, 어서 들어가 봐."

칠성은 당황하며 말했다. 미친 여인으로 생각했던 무덕이 보통 사람들보다 똑똑하게 얘기했기 때문이었다. 이제 무덕은 목소리마저 여인다워져 있었다. 목소리만 듣는다면 결코 거지인 줄 알 수가 없었을 것이다. 칠성은 일이 잘 풀려가고 있다는 것을 느꼈다.

무덕은 방으로 들어갔다. 그러고는 순식간에 갈아입고 헌옷을 들고 나왔다. 새 옷을 입은 무덕은 제법 예뻐 보였다. 얼굴과 머리를 가다듬는다면 더욱 미인이 될 것 같았다.

"옷이 잘 맞는구나! 예쁜데!"

"예, 딱 맞아요. 고마워요."

무덕은 새 옷을 입자 말도 다정스럽게 했다.

"자, 이쪽으로 와서 앉아라. 할 얘기가 있단다."

칠성은 이제 조바심이 없이 보통 사람에게 말하듯 했다. 무덕은 그 동안 답답하기도 했고 조심스럽기도 했다. 그런데 무엇이 이렇게 거지를 변하게 했을까? 사람이란 상황이 바뀌면 새로운 능력이 발휘되는 것은 아닐는지⋯⋯.

거지 여인은 어느새 평범한 여자로 변한 것이다. 무덕은 사뿐히 걸어와서 더러운 옷을 한쪽에 밀어놓고 앉았는데, 고개도 조금 들고 있었다. 칠성은 오히려 자기 자신의 태도를 바꿔야 할 판이었다.

상대방을 미친 여인 취급했다가는 자신이 미친놈으로 보일지도 모르기 때문이었다. 칠성은 신중히 얘기를 꺼냈다.

"이름이 무덕이라고 했지?"

"예."

"서울에 가 봤니?"

"아니에요!"

"그럴 테지. 가보고 싶지 않니?"

"가보고 싶어요. 하지만 거길 어떻게 가봐요?"

무덕이 말하는 것은 서울이 멀다는 뜻인지 아니면 서울 갈 차비가 없다는 뜻인지 알 수는 없었다. 칠성은 서울 가는 일이 대수로울 것 없다는 듯이 가볍게 웃으며 부드럽게 말했다.

"내가 데려갈 수 있어!"

"아저씨가요?"

"그럼, 서울 가서 일자리를 만들어줄게. 그러면 거지 생활을 안 해도 돼!"

"무슨 일인데요?"

"음? 그건, 닥치는 대로 일하면 되는 거야. 무덕은 일 잘하게 생겼는데 뭐."

"예, 일은 한번 하면 잘할 거예요."

"그래? 열심히 해야지. 일만 잘하면 큰돈도 벌 수 있어!"

"큰돈이요? 아저씨가 큰돈을 벌게 해 줄 수 있어요?"

"그럼! 말만 잘 들으면 돈도 많이 벌게 해 주고 집도 사 줄 수 있지!"

"어머! 집도 사줘요? 고마워요, 말 잘 들을게요."

"그래! 좀 있다가 서울로 가자."

"예."

이렇게 하여 무덕의 서울행은 결정됐다. 새로운 출셋길이 열린 것일까? 무덕은 기분이 몹시 좋았다. 고개는 더욱 치켜져 올라갔고, 먼저 말을 걸기도 했다.

"아저씨! 냇가가 어디지요?"

"냇가? 거긴 왜?"

"빨래를 하려고요!"

"빨래? 글쎄, 나중에 하지 뭐?"

칠성은 의심을 하며 이렇게 말했다.

"아니에요, 옷이 너무 더러워요!"

칠성은 기가 막혔다. 옷이 더럽다니! 이제야 그것을 알았단 말인가? 그동안은 무엇 때문에 옷을 빨아 입지 않았을까?

칠성은 할 수 없이 빨래터를 가르쳐 주었다.

"집 밖으로 나가면 바로 옆이야. 아니 내가 안내하지."

이때 아낙이 나섰다.

"나랑 같이 가요. 도대체 무슨 일인지 원!"

아낙은 아주 쌀쌀맞게 얘기했다. 그러나 무덕은 칠성을 향해 미소를 지었다.

'거참, 뭐가 뭔지 모르겠네. 이 여인은 도대체 뭐야. 미친 척을 한 거야? 멀쩡하잖아!'

칠성은 기가 찼다. 무덕은 아낙을 따라 나섰다.

'도망을 가는 것은 아닐까? 저렇게 멀쩡하다면 그럴 수도 있어, 못 믿을 게 여자라니까!'

칠성은 이런 생각을 하고 슬그머니 뒤따라 나섰다. 먼발치서 감시를 하기 위해서였다. 빨래터는 집의 오른쪽 아래에 있었는데, 무덕은 자리를 잡자마자 능숙하게 빨래를 시작했다.

'저렇게 태평하다니!'

칠성은 무덕의 모습을 보고는 완전히 속은 것처럼 느꼈다. 저런 사람이 거지라니! 당치도 않은 일이다. 무덕은 옆 사람에게 말까지 걸어가며 즐겁게 빨래를 하고 있지 않은가!

결코 도망할 사람이 아니었다. 그래도 칠성은 경계를 늦추지 않고 집 근처에 서서 기다렸다. 무덕은 옷에 비누를 칠하고 방망이를 두드리는 등 빨래를 많이 해 본 사람처럼 일에 열중하였다.

얼마 후 밖에 나갔던 청년이 돌아왔다.

"나와 계시는군요!"

"음, 그래 연락을 했나?"

"예, 회장님이 직접 받으셨습니다. 물건에 대해 자세히 설명을 해 놓았습니다. 빨리 올라오시랍니다."

"알겠네, 빨래가 끝나면 곧 출발할 생각이네. 들어가 봐!"

칠성은 기분이 좋았다. 무덕이라는 여인은 정신이야 어떻든 간에 몸은 충분히 훌륭한 물건이라고 믿어졌기 때문이었다.

'회장님이 좋아하실 거야! 스승님도 만족해하시겠지!'

칠성은 회장과 강리 선생을 그려보았다. 두 사람은 칠성이 목숨을 바쳐 존경하는 사람으로서 각자 특이한 존재였다. 회장이란 사람은 조직을 지휘하고 경영하는 데 천재적일 뿐 아니라 부하들을 돌보는 데에도 정성을 다했다.

회장은 당초 불우한 환경에서 시작하여 크게 성공한 사람이었다. 그 과정에는 칠성들도 관여했지만 무엇보다도 회장은 강리 선생이란 불세출의 무술 고수를 발견해서 칠성들의 앞길을 열어주었던 것이다.

만일 칠성들이 강리 선생을 만나지 못했더라면 평범한 일개 젊은 이들에 지나지 않았을 것이다. 그랬던 것이 지금은 무예의 큰 덕을 성취하여 새로운 인생을 걷고 있는 것이다.

비록 폭력배 노릇을 하고 있지만 무술 실력은 일과 별개의 사항이다. 언젠가 폭력배를 그만두어도 그 무술 실력은 남아 있을 것이 아닌가! 칠성들은 지금도 계속 수업을 하고 있는 중이었다.

회장은 칠성들로 하여금 강리 선생의 제자가 되게 해 주었을 뿐 아니라 정성스런 뒷바라지로 무술 수업에 전념할 수 있도록 해 주었다. 더구나 요즘에는 칠성들이 출동할 일도 없어서 더욱 수업에 열중할 수 있었다.

물론 일이 발생하면 칠성들은 즉시 출동하여 회장을 도울 준비가 되어 있다. 이렇게 하는 것이 의리를 지키는 것이고 은혜를 갚는 것이 된다. 단지 강리 선생에 대해서는 칠성들로서는 도울 일도 없고 은혜를 갚을 방법도 쉽지 않았다.

의복이나 거처·음식 등은 회장이 언제나 충분히 마련해 주었지만 칠성들 자신은 별로 해 줄 것이 없었다. 그것은 강리 선생이 워낙 특이한 존재이기 때문이지만 그나마 강리 선생에게도 필요한 것이 있어 다행이었다.

필요한 것이란 바로 물건, 즉 힘 좋은 여자인데, 제대로 된 물건만 구해 준다면 강리 선생에게도 보답을 할 수 있는 것이다. 강리 선생은 부귀영화를 바라지 않는다고 했다. 오로지 좋은 물건만 원할 뿐인데 그것을 구하는 것이 쉽지 않았다.

만일 이번에 구한 물건이 강리 선생이 바라는 그런 물건이라면 얼마나 좋으랴! 칠성들의 마음은 멀리 인천에 있는 강리 선생에게 가 있었다.

'만족하셔야 할 텐데!'

칠성들이 이런 생각을 하며 마음을 졸이고 있을 때 회장도 같은 생각을 하고 있었다. 회장은 지금 강리 선생이 기거하고 있는 바닷가로 향하는 중이었다.

'칠성들이 괜찮은 물건을 발견한 것 같군! 미리 알려 드리면 기뻐하시겠지!'

회장의 마음은 들떠 있었다. 전화로 연락해 온 바에 의하면 현재 산골 마을에 있는 물건은 강리 선생이 말한 조건에 완전히 부합되는 것이었다.

'오늘 저녁에 도착하겠지. 외출을 하지 않았어야 될 텐데!'

회장은 혹시 강리 선생이 출타 중일까 봐 신경이 쓰였다. 강리 선생은 가끔 어디론가 사라지기도 하는데 그럴 경우 찾을 방법은 전혀 업기 때문이었다. 드디어 강리 선생이 거처하는 집이 보였다.

회장은 언제나처럼 뒷길로 접근했다. 길 주위에는 잡초가 무성했고 사람이 지나다닌 흔적은 보이지 않았다. 이곳은 원래 사람이 드문 곳이었다.

강리 선생의 집은 고요가 서려 있었다. 아니 이는 고요라기보다는 귀기(鬼氣)라 해야 할 것 같았다. 아무튼 주변이 온통 적막한 기운에 덮여 있어서 오싹한 기분을 느끼게 했다. 좌측 멀리에는 바다가 보이고, 집 바로 앞에는 개펄이 끝없이 펼쳐져 있었다.

회장은 발소리를 죽여 가며 문에 다가섰다. 문 안쪽에는 아무런 기척이 없었다. 회장은 단단히 준비를 했다. 준비란 바로 놀라지 않도록 가슴을 단속해 두는 것인데, 강리 선생은 가끔 괴상한 소리를 지르기 때문에 크게 놀라곤 했다.

회장은 문을 밀고 한 발을 들여놓았다. 이때 맑고 고요한 목소리가 들려왔다.

"회장이시구려! 어서 오시오."

강리 선생은 회장이 온 것을 어떻게 알았을까? 회장의 냄새라도 맡은 것일까? 아니면 느낌으로 아는 것일까? 회장으로서는 강리 선생의 신기한 능력을 알 길 없었으나 목소리가 들려오자 마음이 편안해졌다.

강리 선생은 마루에 나와 앞문을 향해 앉아 있었다. 앞문은 널찍한 싸리문으로, 그 바깥이 바로 개펄이었다. 싸리문은 닫혀 있었는데 강리 선생은 그 문을 뚫고 멀리 바다를 보고 있는 듯했다.

강리 선생은 언제부터 이곳에 앉아 있었을까? 강리 선생의 얼굴은 맑고 깨끗했다. 그동안 나이도 많이 젊어진 듯 지금은 이십대 후반 정도로 보였다.

강리 선생이 이렇게 변했다는 것은 바로 공력이 증강되었다는 뜻인데, 그렇다면 지난번 물건의 효과가 좋았다는 것이다. 회장은 더욱 젊어진 강리 선생을 바라보며 충격을 받았다.

'저토록 젊어졌다니! 신통한 일이야! 정말 신선이 되어가는 것일까?'

회장은 나름대로 해석하며 인사를 건넸다.

"안녕하신지요? 무척 조용합니다."

"그렇소! 와서 앉으시오."

강리 선생은 목소리조차도 청년의 그것이었다. 회장은 마루에 올라 강리 선생과 나란히 문 쪽을 향해 앉았다. 이렇게 앉는 것이 아주 편했다. 강리 선생과 마주 앉는다면 감당하기 힘든 기운을 곧바로 정면에서 받아야 하기 때문에 오래 견딜 수가 없었다.

언젠가 회장은 강리 선생과 마주 앉아 오래 있었는데, 그 직후 위경련이 일어난 적이 있었다. 당시 강리 선생은 웃으며 혈도를 눌러 위경련을 풀어주었다.

기(氣)라고 하는 것도 음식처럼 소화를 시키지 못하면 병이 되는 것일까? 어쨌거나 그 일이 일어난 후부터는 강리 선생과 마주 앉지 않도록 조심해 왔다.

"날이 좀 흐리군요. 무슨 일로 오시었소?"

강리 선생은 회장이 곁에 앉자마자 평화롭게 물었다.

"예, 그동안 안부가 궁금해서 왔습니다. 그리고 전할 말도 있어서……."

"……."

"약을 구했습니다. 제법 물건이 될 것 같습니다."

"어떤 것인데요?"

강리 선생은 약이라는 말에 크게 관심을 나타냈다. 강리 선생에게는 역시 약이 관심사인가 보았다.

"예, 아직 전화로 연락을 받아서 자세히는 모르지만 선생님이 말씀하신 그런 물건 같습니다."

"그래요? 요즘은 일이 잘 풀려가는군요!"

"예? 아직은 잘 모릅니다. 혹시 실망이라도 하시면……."

"아니오, 그 물건은 틀림없습니다. 느낌이 아주 좋아요!"

강리 선생은 먼 바다 쪽을 보면서 저 혼자 미소를 지었다. 무엇을 느낀 것일까? 회장으로서는 강리 선생이 그렇게 느꼈다고 하니 더 말할 나위가 없었다. 어쩌면 강리 선생의 느낌은 실물을 보지 않고도 판단할 수 있는 것인지도 모른다!

회장은 강리 선생의 느낌을 그대로 믿었다.

"느낌이 좋다니 다행입니다. 물건이 좋아야 할 텐데, 오늘 저녁에 도착할 겁니다."

"음, 좋아요. 그런데 나는 오늘 외출을 해야 합니다."

"예? 어디를 가시는데요?"

"허허, 별것을 다 묻는군요! 내일 다시 돌아옵니다."

"아, 예……. 죄송합니다."

회장은 급히 사과를 했다. 강리 선생은 자신의 행방에 대해 묻는 것을 아주 싫어하기 때문이다. 회장으로서는 강리 선생이 오늘 이곳에 있어 주었으면 해서 한 말인데 결과적으로는 행방을 탐색한 셈이 된 것이다. 그러나 강리 선생은 기분이 나쁘지 않은 것 같았다.

"회장님, 오늘은 아주 중요한 날이에요. 나는 외출을 해야 하니 물건은 내일 데려오세요."

"예, 내일 데려오겠습니다. 그런데 오늘은 저……. 아니 알겠습니다."

회장은 오늘이 무슨 날인가 물으려다 그만두었다. 강리 선생은 언젠가 이렇게 말한 적이 있었다.

'나에 대해서는 알려고 하지 마세요! 눈에 보이는 것이 바로 나예요, 다른 것을 알면 안 됩니다! 아시겠지요?'

강리 선생이 이렇게 말한 지는 오래 되었다. 그때는 회장이 강리 선생을 처음 만났을 때인데 많은 힘을 보여주고 나서였다. 당시 회장은 힘을 가진 사람이 필요했기 때문에 다른 것에 관심을 가질 경황이 없었다. 그런데 세월이 지나고 보니 강리 선생은 날이 갈수록 신비의 인물이었다.

회장으로서는 궁금한 것이 당연했으나 강리 선생의 정체를 아는 것이 불가능하다는 것도 차츰 깨닫게 되었다. 지금에 와서는 강리 선생의 정체보다 그 행동이 소중할 뿐이었다. 강리 선생은 회장의 일이라면 무엇이든 발 벗고 나섰다. 그렇기 때문에 회장도 강리 선생을 위한 일이라면 정성을 다했다. 강리 선생의 일이라야 약을 구하는 문제일 뿐이지만. 회장은 오늘 바로 그 약을 가져온 것이다. 회장으로서는 가장 보람을 느끼는 일이었다. 그래서 반가운 마음으로 소식을 먼저 전하러 왔던 것이다.

다행히 강리 선생은 마음이 아주 흡족한 것 같았다. 회장은 편안한 마음으로 싸리문 쪽을 바라보고 있었다. 강리 선생은 잠깐 눈을 감았다 뜨고는 말했다.

"회장님! 먼저 돌아가세요, 나도 나갈 때가 되었습니다."

"예, 그럼."

회장은 대답을 하고는 즉시 일어났다. 강리 선생은 회장을 보내놓고 어디론가 혼자 떠날 생각인 것이다.

'궁금해 할 필요가 없는 거야. 물어보면 실례가 될 테지.'

회장은 이런 생각을 하면서 조용히 물러나왔다. 하늘은 잔뜩 흐려 있었다. 어쩌면 비가 쏟아질지도 몰랐다. 회장은 급한 걸음으로 언덕을 향해 떠났다.

거지 무덕의 요염한 변화

　강리 선생은 한동안 눈을 감은 채로 마루에 앉아 있었다. 하늘은
더욱 흐려지고 잠시 후에는 비가 떨어지기 시작했다.

　'후드득—'

　강리 선생의 얼굴은 평온해 보였고 눈에는 날카로운 기색이 전혀
보이지 않았다. 이는 생각이 깊어지고 음흉한 마음을 먹을 때의 표정
이었다.

　'일하기 좋겠군! 비가 계속 와야 할 텐데. 슬슬 떠나볼까!'

　강리 선생은 천천히 일어났다. 그러고는 재빨리 옷을 갈아입었다.
강리 선생은 어디로 가려는 것일까? 그리고 일이란 무엇일까?

　문이 저절로 열렸다. 강리 선생이 움직이기 시작한 것이다. 한 줄기
의 바람이 빗줄기를 가르고 지나갔다. 강리 선생이 떠나간 바닷가의
집은 이제 아무도 있지 않건만 조금 전보다는 오히려 훈훈한 기운이
감돌고 있었다.

　주변의 적막감도 많이 완화되는 것 같았다. 만일 강리 선생이 지금
이라도 돌아온다면 집은 귀기가 서리고 고요와 적막이 감돌 것이다.

빈집보다 사람이 있을 때가 더 고요하다면 이는 무슨 까닭일까? 필경 강리 선생은 주변의 생기마저 흡수하여 음습하고 적막한 분위기를 만들어내는 것이리라!

빗발은 더욱 굵어지기 시작했고, 시간은 소리 없이 흐르고 있었다.

밤이 되자 회장은 자신의 은거지인 제물포에서 기다리던 손님을 맞이했다. 회장이 기다리던 손님은 바로 강리 선생에게 받쳐질 물건으로서 칠성들은 이를 아주 소중히 호송해 온 것이다.

"어서 오게! 수고가 많구먼!"

회장은 평소답지 않게 아주 친절한 인사말을 건넸다. 칠성들은 회장의 기분이 좋다는 것을 느끼고 더욱 겸손한 자세를 취했다.

"늦어서 죄송합니다."

"아닐세, 어서 들어오게. 이 사람도 고생이 많았겠군!"

회장은 손님을 방으로 안내하면서 무덕에게도 다정한 시선을 주었다. 무덕도 가볍게 고개를 숙이며 미소를 보였다. 아주 교양 있는 태도가 아닐 수 없었다.

'거지 여인이 어느새 저렇게 변했을까?'

회장은 속으로 무덕이 예쁠 뿐만 아니라 예의도 바르다고 생각하고 있었다. 전화로 설명 듣기에는 아주 거친 여인으로만 알았는데 오히려 순진한 여자처럼 보였다.

과연 이 여자는 순진한 여자일까? 회장은 머릿속의 생각이 그냥 스쳐지나가도록 내버려 두었다.

"자, 여기들 앉지. 차를 마실까?"

회장은 두 손님을 자리에 앉히고 차를 준비시켰다. 무덕은 여전히 정숙한 자세를 취하고 있었는데 전혀 어색해 보이지 않았다. 잠시 후

차가 들어왔다.

"자, 들지."

회장은 무덕을 향해 마실 것을 권했다. 그러자 무덕은 찻잔을 공손히 들어서 능숙하게 마셨다. 인간 생활이 먹고 마시는 데도 방법이 있고 자세가 있다니 이 얼마나 불편할 것인가!

그러나 무덕은 조금도 불편해하지 않았다. 무덕은 어쩌면 처음부터 거지 체질이 아닌 모양이었다. 세 사람이 마주 앉아 차를 다 마시자 이로써 사람을 만나는 예의 형식은 다 치른 셈이었다.

"피곤하지 않다면 얘기나 좀 할까?"

회장은 무덕의 기색을 살피며 조심스럽게 물었다. 무덕은 즉시 대답했다.

"피곤하지 않아요. 얘기를 하시지요!"

"허허허, 그럴까?"

회장은 무덕이 경계심 없이 대화에 응하자 한결 마음이 편안해졌다. 이때 칠성이 끼어들며 말했다.

"회장님! 저는 나가 있겠습니다. 두 분이 조용히 얘기를 나누시지요!"

칠성은 회장의 설득력을 잘 알기 때문에 일부러 자리를 피해 주려했다. 사람을 현혹시키는 데는 단둘만의 자리가 편리한 법이다. 그리고 회장이 여인을 설득할 때 필경 거짓말도 할 법한데, 칠성은 그것을 옆에서 듣기가 민망한 것이다.

"음? 그래, 먼 곳에는 가지 말게!"

회장이 이렇게 말하는 것은 밖에서 감시하고 있으라는 뜻이었다. 지난번에 어떤 여인을 설득할 때도 그렇게 했다. 그러나 이번만은 회장이 그렇게 지시한 것은 아주 적절했다.

만일 회장을 홀로 이 여인과 놔두었다간 무슨 일을 당할지 알 수가 없다. 어쩌면 회장이 여인에게 맞아죽을지도 모른다. 칠성은 처음부터 밖에서 예의 주시하려고 마음먹고 있었던 것이다.

칠성은 회장을 은근히 바라보며 대답했다.

"가까운 곳에 있겠습니다. 충분히 얘기를 나누시지요!"

칠성은 자신이 밖에서 감시를 하겠다는 것을 마음으로 회장에게 전달했고, 회장은 그 뜻을 알고 말없이 고개를 끄덕였다.

"……"

칠성이 나가자 무덕은 고개를 들어 회장의 얼굴을 빤히 바라봤다. 그런데 그 얼굴은 도전과 유혹이 가득 찬 요염한 여인의 바로 그것이었다. 회장은 약간 당황했다.

'이것 봐라! 대단해. 냄새를 물씬 풍기는데, 어쩐 일이지?'

회장은 즉시 마음의 평온을 회복하면서 여인의 태도 속에 감춰진 의미를 분석했다.

'이 여인은 자신이 할 일을 알고 있는 것 같군! 그런데 나를 대상으로 생각하고 있어. 전화로 듣기에는 저항이 심할 것이라 했는데 글쎄, 그렇지! 어쩌면 저런 행동 자체가 미친 것인지도 몰라. 허참, 미친 사람의 행동은 이해할 수가 없어! 특히 여자가 미치면 더욱 괴상하지. 조심해야겠어! 공연히 미친 여자를 진지하게 대해서는 안 되겠지. 복잡하군!'

회장은 갈피를 잡지 못했다. 그러나 이제부터 대화를 통해 차분히 알아보면 되었다. 그리고 이 여자가 말을 안 듣는다고 무엇이 걱정이랴!

'이곳에 온 이상 도망은 못 가. 이 여자가 반항한다 해도 강리 선생이 알아서 하겠지. 하지만 가능한 한 설득해 두는 게 좋을 거야, 혹

시라도 강리 선생에게 실례가 될지도 모르니까!'

회장의 생각은 다소 길어졌다. 그러자 여인은 눈을 한번 깜박이며 얼굴 표정을 더욱 요염하게 만들어 보였다. 이런 것은 어디서 배웠을까?

아니 여인이라면 누구나 이런 짓거리를 할 능력이 있는 것이 아닐까? 회장은 의미심장한 웃음을 짓고는 천천히 말을 꺼냈다.

"이름이 뭐지?"

"무덕이에요!"

"그래, 무덕이라고 그랬지!"

"예? 그걸 어떻게 알았어요?"

"음? 아, 그거 전화로 알았어! 전화가 뭔지 알아?"

"알아요. 먼 곳에 있는 사람과 말하는 기계지요!"

"그래, 바로 그거야. 그건 그렇고."

회장은 잠시 말하는 순서를 생각해 봤다.

'아예 탁 터놓고 얘기할까? 돈을 많이 준다고 하면서. 아니야, 기색을 좀 살펴봐야지.'

사람의 마음을 아는 것은 쉽지 않은 일이다. 특히 여인의 마음은 더욱 그렇다. 이는 여인이 거짓말에 능숙해서 남자로 하여금 오해를 하게 하기 때문인데, 여기서 벗어나는 방법이 없는 것은 아니다.

방법은 이렇다. 우선 최선을 다해 상식적으로 판단한다. 그러면 어떤 결론을 얻을 수 있을 것이다. 그 다음에 나온 결론을 반대로 이해하면 된다. 그렇게 되면 여인의 마음을 바로 맞추는 결과가 될 것이다.

그러나 이렇게 해도 여인의 마음은 언제나 남자의 판단을 벗어나 있다. 여인이란 애당초 자신의 마음이 없는지도 모른다. 여자란 그저 남이 생각해 낸 것을 막연히 반대만 하는 존재는 아닐까?

회장은 단단히 준비하고 서두를 꺼냈다.

"돈을 벌고 싶으니?"

"예, 방법이 있어요?"

"그럼, 네가 마음먹기에 달려 있어! 돈을 벌려면 일을 해야만 돼!"

"그렇겠지요! 전 일을 할 줄 알아요!"

"그래! 일도 종류가 많아!"

"무슨 종류인데요?"

"뭐, 여러 가지가 있지! 돈을 빠른 시일 내에 많이 벌려면 남들은 하기 어려운 일을 해야 돼!"

"예? 돈을 빨리 많이 버는 일은 뭔데요?"

무덕은 상당히 많은 관심을 나타냈다.

"글쎄, 희생을 각오해야겠지. 쉬운 일은 돈을 많이 벌 수가 없어! 너는 무슨 일을 하고 싶니?"

회장은 별일 아니라는 듯이 딴청을 하며 물었다. 이렇게 묻는 것이 여인을 끌어들이는 방법이다. 무덕은 잠시 생각하는듯하더니 회장의 얼굴을 빤히 바라봤다. 그러고는 심각하게 말했다.

자신의 처지가 아주 슬프다는 듯이……

"전 아무 일이나 다 할 거예요. 그래야 거지 생활을 면할 게 아니겠어요?"

회장은 속으로 협상이 잘되가고 있다고 생각하면서 한 단계를 더 진행해 나갔다.

"그야 그렇지! 하지만 어려워! 무슨 일인지 알고는 있어? 싫으면 그만이지만!"

회장은 조심스럽게 얘기했다. 싫으면 그만이라고 말을 덧붙여 강요는 하지 않겠다는 자세를 보인 것이다. 회장으로서는 협상의 결과가 무엇이든 간에 이 여인을 강리 선생에게 가져갈 결심을 굳혀둔 상태이다.

지금 애써 협상을 해 두는 것은 바닷가로 데려가는 일을 수월하게 해 두려는 것이고, 또한 강리 선생을 편하게 해 주려는 것뿐이다. 그런데 여인은 회장이 기대하는 확실한 대답을 해 주었다. 아니 그 이상이었다.

"뻔하지 않겠어요? 여자가 몸을 파는 것 외에 어떻게 큰돈을 벌 수 있겠어요? 하자는 대로 해야지요!"

무덕이 이렇게 말하면서 가련한 미소를 지어보였다. 이는 분명 몸을 파는 일도 마다하지 않겠다는 뜻이다. 그러나 회장은 은근히 한 술을 더 떴다.

"뭐, 꼭 강요하는 건 아니야. 무덕이 꼭 원한다면 큰돈을 벌 수는 있다는 거지!"

"알겠어요! 돈만 많이 준다면 무슨 짓이든 할 수 있어요. 아저씨는 돈이 많아요?"

무덕은 얼굴에 홍조를 띠며 은근히 말했다. 여인이 이 정도까지 말한다면 이미 올 때까지 온 것이다. 무슨 짓이든 할 수 있다? 돈이 많아요? 등은 이제 구체적인 계약 단계로 들어가자는 것이다.

여인의 결심이 이렇게 빠르다면 어렵게 돌려서 말할 필요는 없다. 여인이 희생을 각오하고 자존심 문제까지도 스스로 해결해 주는 것이니 이 얼마나 잘된 일인가!

회장은 오히려 재촉 받는 기분이 되었다. 이제 돈의 액수를 정하고 행동 방침을 알려주면 된다. 단지 지금 상황에서 약간 걱정이 되는 것은 상대방이 미쳐서 아무 말이나 지껄이는 것이다. 하지만 미친 사람이라도 그럴 듯하게 대화를 이끌어 갈 수 있다.

흔히 미친 여자는 아주 정밀한 부분까지 얘기를 진행할 수 있기 때문에 정신 상태를 점검하기가 여간 어려운 것이 아니다. 회장은 날카로운 관찰력을 최대한 발휘하면서 협상의 마지막 조건을 제시했다.

"나는 돈이 많아. 네가 원한다면 좋은 집도 사주고 돈도 많이 줄 거야. 사실 일이 그렇게 어려운 것도 아니야!"

"예. 하겠어요. 저도 아저씨가 좋아요!"

무덕은 이렇게 말하면서 당장이라도 몸을 바치겠다는 태도로 나왔다. 고개를 똑바로 들고 가슴을 약간 내민 듯한 무덕의 요염한 몸은 분명 회장을 부르고 있는 듯 보였다. 이 여인은 자신의 할 일을 잘 알고 있었으나 상대를 회장으로 잘못 판단한 것이리라.

순간 회장은 묘한 기분에 휩싸였다. 여인이 요염한 표정을 지으며 몸을 노골적으로 허락할 자세를 취하는 데 어느 남자가 묘한 기분을 느끼지 않겠는가? 회장은 몸의 어떤 부분이 꿈틀거리기까지 했다. 그리고 갑자기 가슴이 두근거리며 여인의 벌거벗은 몸매가 눈앞에 아른거렸다.

'어찌하면 좋을까?'

회장은 숨을 몰아쉬며 무덕의 입술과 가슴, 그리고 더욱 아래쪽까지 은근히 바라봤다. 마음속에서는 이미 와락 여인을 끌어안고 입술을 포개는 정경이 가득 메우고 있었다. 꿈틀거리던 몸의 어느 부분은 이미 돌처럼 굳어졌다.

일촉즉발의 상태였다. 회장은 목이 타는지 침을 꿀꺽 삼켰다. 정신은 현실 감각을 잃고 욕망의 늪을 헤매기 시작했다. 그러나 회장은 한편으로 마음을 억제하고 있었다. 그렇다고 욕망이 쉽게 누그러지는 것은 아니다. 오히려 욕망은 파도처럼 전신을 휘감고 마음을 더욱 흔들어 놓았다.

'아, 저 육체! ……안 돼! 까짓것 뭐가 걱정이야. ……글쎄, 이 여자 몸은 어떨까? 저 둔부! 입술! 아, 어떡하나!'

회장은 여인의 얼굴과 전신을 다시 한 번 훑어보고 숨을 거칠게 몰아쉬었다. 무덕은 몸을 전혀 움직이지 않으면서 회장의 욕망을 자극하고 있었다. 일단 남자의 상상 속에 여인의 몸이 들어서면 오히려 움직이지 않는 것이 더욱 자극을 주는 법이다.

무덕은 이를 알고나 있는 듯 고개는 약간 외면하듯 하고 몸은 미동도 하지 않았다. 회장의 몸은 가볍게 떨리고 있었다. 속으로는 쾌락의 늪을 헤엄치는 상상과 이를 물리치려는 의지가 싸움을 하고 있는 것이리라!

침묵의 시간이 흐르고 있었다. 무덕은 속으로 회장이 욕망에 무릎을 꿇고 자신의 몸을 곧 덮쳐올 것으로 알고 있었다. 기다리는 쾌감! 이는 무덕의 기분이었다. 무덕은 회장을 쳐다보지 않아도 그 몸의 떨림과 뜨거워진 가슴을 분명히 느끼고 있었다.

회장은 정신을 잃을 것 같은 어지러움을 느꼈다. 하나의 마음속에 두 가지 소용돌이! 어느 것이 이길지는 운명적인 것이다. 혼돈의 시간은 찰나가 영원처럼 느껴졌다. 회장의 얼굴이 찡그려졌다. 이윽고 행동의 시간이 찾아왔다.

"애야."

회장이 고개를 숙이고 한스럽게 말했다.

"상대는 내가 아니야!"

회장은 이 말을 하고 나서야 자기의 이성이 욕망을 이긴 것을 알았다. 무덕은 몸을 움찔하고는 숨을 몰아쉬었다. 무덕도 긴장을 하고 있었던 모양이었다. 그리고 또한 실망도 했던 것일까?

"……."

잠시 침묵이 흘렀다.

회장은 무덕이 침묵으로 아쉬움을 표현하자 다시 욕망이 꿈틀거리는 것을 느꼈다. 이제 회장은 더 이상 유혹을 이길 힘이 없었다. 만일 이 순간 무덕이 조금이라도 자극을 준다면 회장은 여지없이 무너졌을 것이다.

하지만 여인의 목소리는 회장의 욕망을 자극하는 그것이 아니었다.

"그래요? 하하하, 그럼 누군데요?"

무덕은 재미있다는 듯이 입을 삐죽이며 물었다. 눈매는 여전히 요염한 기운을 품고 있었다.

회장은 그 요염한 표정을 잠깐 노려봤다. 자신을 다시 유혹하지 않는 것에 대한 원망일까?

그러나 회장은 차츰 냉정을 되찾았다.

'여자는 많아! 이 여자는 내가 가질 수 있는 여자가 아니야. 이 여자는 강리 선생의 여자야! 은혜를 갚아야지.'

이런 생각을 하고 난 회장은 본래의 자세로 되돌아가서 말하고 있었다.

"네가 상대할 사람은 선생님이시다. 좋은 사람이시지. 돈을 아주 많이 주실 거야."

"선생님이라고요? 알겠어요! 언제지요?"

무덕은 쌀쌀맞게 말했다. 아마 자신의 유혹에 안 넘어간 회장에 대해 자존심이 상했을 것이다. 회장은 웃으며 대답했다.

"내일이야. 오늘은 좀 쉬어야지. 그리고 참, 내일은 예쁜 옷을 사줄게!"

회장이 이렇게 말하는 것은 무덕의 마음을 달래놓기 위한 것이다.

"고마워요. 저, 잠 좀 자도 되겠어요?"

무덕은 시큰둥하게 말했다.

"그래! 여기서 자거라. 필요한 일이 있으면 불러!"

"……"

무덕이 고개를 돌리자, 회장은 밖으로 나왔다. 밖에는 비가 내리고 있었다. 저쪽에서 칠성이 다가왔다.

"어떻게 됐나요?"

"음? 저쪽으로 가자. 휴—"

회장은 고개를 가로저으며 칠성을 한쪽으로 이끌었다.

"저 여자, 대단하더군! 남자를 잘 알고 있는 여자야. 아무튼 일은 쉽게 되었어!"

"잘됐군요! 그럼 회장님은 가서 쉬시지요. 제가 지키고 있겠습니다."

"그래! 나는 좀 나갔다 올게!"

회장은 집을 나섰다. 그리고 어디로 갈까 잠시 생각했다. 갈 곳이 미리 정해진 것은 아니었던 것 같다.

'그래, 그 계집한테나 가봐야겠군!'

회장은 미소를 짓고는 어디론가 급히 사라졌다.

위험한 대결

서울의 남산에는 소나기가 퍼붓고 있었다.

'쏴아—'

하루 종일 비가 내렸기 때문에 나무 밑에 수북이 쌓여 있던 낙엽도 이미 흥건히 젖어 있었다. 비로 인해 평소보다 일찍 어둠이 찾아왔기 때문인지 산에도 이미 어두운 적막이 깊어져 사람의 자취를 찾을 수 없었다. 숲은 칠흑처럼 어두운 가운데 바람만 가끔 불어왔다. 그런데 방금 날카로운 한 줄기 바람이 스쳐갔다.

'획—'

바람소리와 함께 한 사람이 나타났다. 한 치 앞도 분간할 수 없는 어둠에도 불구하고 그는 민첩하게 경계 태세를 취하였다. 이런 산 속에 누가 또 있는 것일까?

잠시 시간이 흘렀다. 바람과 함께 출현한 사람은 바위처럼 전혀 움직이지 않았다. 마치 숨도 쉬지 않는 듯했다. 또 한 줄기의 바람이 불어왔다. 이번에도 한 사람이 출현한 것이다. 비는 여전히 쏟아지고 있었다.

'쏴아—'

두 번째 나타난 사람도 역시 바위처럼 모든 움직임을 정지시켰다. 이로써 산은 처음 상태가 되었고, 한동안 아무 일도 없는 듯 보였다.

그러나 차례로 모습을 나타낸 두 사람은 이미 서로의 존재를 느끼고 있었다.

"……."

두 사람 사이에는 계속 침묵이 흘렀지만 서로의 육감은 맹렬히 움직이고 있는 것이다. 다소 지루하게 느껴질 만큼 시간이 흘렀다.

이윽고 두 사람은 거의 동시에 숨을 내쉬기 시작했다. 경계 태세를 푼 것이다. 이윽고 조용한 말소리가 들려왔다.

"좌설! 이 산에 웬일인가?"

"허참, 능인! 자네야말로 어쩐 일로 왔는가?"

두 사람은 서로 미소를 지었다. 그들은 어둠 속이지만 서로의 표정을 느끼고 있었다. 말소리도 빗소리에 섞여 있지만 두 사람은 전혀 불편 없이 상대의 말소리만 골라 들었다.

'쏴아―'

빗소리는 오히려 두 사람의 말소리를 외부에 새어나가지 않게 하는 효과가 있었다. 다시 능인의 목소리가 들렸다.

"나는 사람을 살리러 왔네!"

그러자 좌설은 표정을 날카롭게 바꾸며 말했다.

"그런가? 나는 사람을 죽이러 왔는데……."

"허허, 나는 살리고 자넨 죽인다니 안성맞춤 아닌가?"

"그렇군! 그런데 그자가 올까?"

좌설은 다시 온화한 표정으로 바꾸며 물었다.

"반드시 올 거야! 그자가 서울 근교에 숨어 있는 이유는 겨루어 승부를 내는 것일 테니까."

"음, 좋아. 그런데 자넨 어떡할 텐가?"

좌설은 다시 물었다.

"나? 나는 사람을 살리러 왔으니 아래쪽을 맡겠네. 자네는?"

"허허허, 나는 사람을 죽이러 왔으니 위쪽을 맡을까?"

"알겠네. 내가 먼저 출발하지!"

"마음대로! 나는 산을 둘러보겠네!"

대화를 끝내고 능인이 먼저 사라졌다. 좌설은 그 자리에서 잠시 미소를 지었다. 그러고는 능인이 떠난 반대쪽으로 사라졌다.

두 사람이 떠난 후에도 빗발은 여전히 퍼부었다.

'쏴아―'

두 사람은 무엇 때문에 남산에 나타난 것일까? 이토록 궂은 날씨에도 불구하고……. 여기에는 사연이 있었다. 당초, 좌설은 한곡선으로부터 혼마 강리를 제거하라는 명령을 받은 바 있었다.

한곡선은 자신의 제자인 능인에게 이 일을 맡기지 않고 좌설에게 맡겼지만, 이는 좌설이 능인보다 적을 제거하는 데 적당하다고 생각했기 때문일 것이다. 좌설과 능인의 실력차는 거의 없었지만, 단지 능인에게는 한 가지 약점이 있었다. 그것은 바로 인정이었는데, 혼마 강리같이 강력한 적을 상대할 때는 인정이란 치명적인 위험이 될 수도 있는 것이다. 그런데 능인에 비해 좌설은 잔인하다고나 할까? 아니면 거리낌이 없다고나 할까? 좌설의 이런 점이 강리를 죽이는 데 유리할 수도 있었다.

그리고 어쩌면 좌설이 혼마 강리를 반드시 죽여야만 될 다른 이유가 있는지도 모른다. 아무튼 혼마 강리를 제거하는 일은 좌설의 사명이라 할 수 있는데, 좌설은 이를 두 번이나 실패했었다. 물론 능인 까지 합세하여 실패를 한 것이다.

강리는 두 번 모두 교묘하게 도망을 하였다. 강리는 그 이후 자취를 감추었지만 능인과 좌설은 그의 행방을 끊임없이 탐색하였다.

그러나 넓디넓은 세상에 숨어버린 강리를 찾기란 그리 쉽지 않았다. 하지만 방법이 없는 것은 아니었다. 무엇보다도 혼마 강리는 서울 근교에 얼씬거리고 있질 않는가! 도대체 그 이유가 무엇일까?

좌설과 능인은 각각 이 문제를 계속 연구했다. 그 결과 하나의 결론을 얻을 수 있었던 것이다. 내용은 대강 이렇다.

혼마 강리는 서울에서 큰일을 꾸미려 하는 것이 틀림없다. 그것은 두말할 것도 없이 세상을 혼란스럽게 하는 것이다. 그래서 혼마라고 하지 않는가! 문제는 과연 어떤 혼란을 일으킬 것인가였다.

어떤 것일까? 무엇이 세상을 혼란스럽게 하는 가장 좋은 방법일까? 사람을 죽이는 일? 그래! 사람을 죽이는 일이 세상을 가장 혼란스럽게 하는 것이다. 닥치는 대로 죽이면 된다. 그러나 이런 일은 오래 계속할 수가 없다. 반드시 그 살인을 응징하는 큰 힘이 등장하게 되는 것이 이치에 맞기 때문이다.

경찰이나 군인, 아니면 그와 맞설 수 있는 신선이라도 출현할 것이다. 세상은 그렇게 돌아가는 법이다. 나쁜 일은 오래갈 수 없다. 그렇지 않다면 세상이 오늘날처럼 오랫동안 존재할 수 있는 질서가 잡혀 있겠는가?

무작정 닥치는 대로 사람들을 죽이면 세상은 분명 혼란해지겠지만, 오래 가지 않아 질서의 큰 힘이 작용할 것이다. 그렇다면 더 좋은 방법은 없을까?

간단하고 아주 좋은 방법 한 가지가 있다. 세상을 혼란스럽게 하는 방법, 그것은 바로 세상을 안정시키는 것이 무엇인지 그 정체를 찾아내서 제거하면 되는 것이다.

세상을 안정시키는 것? 그것은 정치이다! 즉 다스림을 말한다. 다스리는 힘이 있으면 세상은 평화롭게 된다. 그렇다면 세상을 혼란에 빠트리기 위해서는?

그것은 매우 간단하다. 통치자를 제거하면 되지 않겠는가? 한 나라가 통치자를 갑자기 잃으면 혼란이 일기 마련이다. 그렇다! 혼마 강리는 이를 노릴 수 있었다.

혼마가 왜 혼란을 일으키려 하는지는 나중에 생각해 볼 문제이다. 어떻게 해서든지 혼란을 막고 봐야 할 일이다. 혼마는 분명 통치자를 제거하려 할 것이다. 물론 일은 그리 쉽게 이루어지지는 않을 것이다.

한 나라의 통치자처럼 중대한 임무를 맡은 사람은 하늘이 보호하는 법이다. 인간의 마음대로 할 수가 없게 되어 있다. 그러나 아무리 하늘이 사람을 보호한다고 해도 그 한계는 반드시 있기 마련이다.

그것을 일진(日辰)이라고 하는데 오늘은 통치자의 일진이 아주 나쁜 날이다. 그야말로 수십 년 만에 있을 법한 아주 위험한 날이다. 혼마 강리는 이를 미리 알아차리고 오늘을 노릴 것이 틀림없었다. 오늘을 놓친다면 다음 기회는 그리 쉽게 오는 게 아니다.

오늘 박정희 장군은 일진이 아주 나쁘다. 그야말로 생명이 위태로운 날인 것이다. 혼마 강리도 그것을 잘 알고 있지만 좌설과 능인도 이를 미리 알아냈다.

선인의 경지에 있는 이 두 사람이 그것을 알기까지는 그리 어렵지는 않았다. 단지 혼마가 오늘 박정희 장군을 죽이러 나타나리라는 확실한 보장이 없을 뿐이다.

그렇다 하더라도 그 가능성은 있으므로 미리 대비를 해야 했다. 오늘은 수십 년 만에 한 번 있을 법한 절호의 기회이니 혼마 강리도 쉽사리 넘기지는 않을 것 같았다.

세상을 혼란시키는 일은 통치자를 없애는 것보다 더 좋은 방법이 없고, 그 일을 실행하기에는 오늘처럼 좋은 날이 없다.

지금 박정희 장군은 장충동 공관에 있을 것이다. 장충동 공관은 남산 바로 아래에 있어, 혼마 강리가 노리기에는 안성맞춤이었다. 게다가 오늘처럼 소낙비가 내리는 날은 경비병이 방심하기 쉽다. 하기야 혼마가 경비병쯤을 불편하게 생각하겠는가? 문제는 오늘 일진이 나쁜 데 있었다.

오늘 같은 날이면 하늘조차 방심하는 것이다. 그러나 하늘만이 인간의 운명을 좌우할 수 있는 것은 아니다. 하늘 아래에는 선인, 혹은 도사가 있고, 그 제자들도 있다. 세상은 이렇게 단단히 보호되고 있다. 지금은 이 일에 능인과 좌설이 나서고 있는 것이다.

장충동 공관 주변은 깊은 밤이었지만 불이 환하게 밝혀져 있었다. 비는 계속 내리고 있었다.

'쏴아—'

공관 뒤쪽으로는 남산이 우뚝 솟아 있었다. 남산의 숲은 소나기와 어둠에 가려져 적막감이 감돌고 있었다.

능인은 그 위쪽에 잠복 중이었다. 능인의 사명은 무엇보다도 박정희 장군을 살리는 것이었다. 이것이 바로 능인의 성품이었다. 그러나 좌설은 혼마 강리를 죽이기 위해 더 높은 곳을 헤매고 있었다. 좌설에게 중요한 것은 오직 혼마를 죽이는 일이다. 박정희 장군의 생사는 다음 문제였다. 이 점이 능인하고 다른 점일까?

비는 계속 쏟아지고 밤은 더욱더 깊어갔다. 이윽고 축시(丑時 : 새벽 1시부터 3시 사이)가 되기 바로 직전 심상치 않은 조짐이 느껴졌다. 갑자기 냉기가 엄습하였다. 혼마 강리가 출현한 것이 분명했다.

빗소리에도 불구하고 주변에 고요가 서리고 있었다. 좌설은 이를 감지하지 못했지만 행동을 멈추었다. 무엇인가 육감이 발동한 것이다. 산 아래 있는 능인도 마찬가지였다.

선인의 경지쯤 되면 주변의 변화를 즉시 느끼게 된다. 그러나 그 정체를 곧바로 알기란 여간 힘든 일이 아니다. 이들은 움직임을 미리 감지하고 나서 그 정체를 확인한다.

좌설은 즉시 경계 자세를 취했다. 우선 적에게 발각되지 말아야 한다. 그래야 유리한 조건에서 갑작스런 선제공격을 할 수 있기 때문이다. 좌설은 일격에 적을 죽이려고 마음먹고 있었다.

좌설의 등에는 지금 설첨검(雪尖劍)이 꽂혀 있었다. 이것은 좌설의 각오를 말해 주고 있다. 설첨검은 좌설이 가장 아끼는 것으로 천하에 둘도 없는 보검이었다. 아니 정확히 말하면 설첨검과 쌍벽을 이루는 또 하나의 보검이 있다.

이는 현월검(玄月劍)으로 둘 다 선계의 귀중한 보물이다. 선계의 전설에 의하면 고대의 신선이 하늘로부터 상으로 받은 것이라 했다. 원래 두 검은 한 쌍으로, 하나로 합쳐졌을 때를 혼돈검(混沌劍)이라 불렸지만 이것이 언제 나뉘어졌는지, 어째서 설첨과 현월이라는 두 이름이 붙여졌는지는 알 길이 없다.

좌설은 설첨검을 정마을 촌장, 즉 풍곡선으로부터 물려받았다. 풍곡선이 이토록 귀한 검을 좌설에게 물려준 이유는 좌설 자신도 모르고 있지만 아마도 어떤 사명이 주어진 것으로 생각할 수 있을 것이다.

혹은 제자가 검성의 경지에 이르게 되자 이를 가상히 여겨 자신이 아끼던 검을 상으로 줬을지도 모를 일이다. 지금 좌설은 검의 달인(達人)으로서 혼마 강리를 처치하는 데 보검을 사용코자 하는 것이다.

설첨검은 하얀 빛이 감도는 아주 강하고 예리한 검이다. 능히 쇠를 잘라내고 바위를 가른다. 혼마 강리를 처치하는 데 적당한 무기가 아닐 수 없었다. 좌설은 숨을 죽이고 하나의 바위덩이처럼 몸을 도사렸다. 기회가 오면 번개처럼 일어나 단번에 일을 끝낼 작정이었다.

혼마는 이미 결투할 수 있는 거리까지 들어왔다. 남산의 비는 끊임없이 내리고 있지만 오늘 비는 벼락이나 번개를 동반하지 않아 조용한 편이었다. 칠흑처럼 어두운 기운이 산을 온통 뒤덮고 있었다.

혼마 강리는 남산의 서쪽으로 침입했다. 그리고 좌측으로 소리 없이 이동했다. 전면에 깊은 숲이 나타났다. 더욱 컴컴하고 험한 곳이었다. 이곳까지 사람이 올라오기는 힘든 곳이었다.

그러나 이런 곳이야말로 강적이 숨어 있을 확률이 높았다. 혼마 강리는 일단 경계 태세에 돌입했다. 바위처럼 몸을 단속하고 주변의 변화를 감지하는 것이다. 생명이 있는 곳에는 마땅히 변화가 있는 법이다. 그리고 상대가 사람일 경우에는 강렬한 정신 파장이 방출될 것이다.

혼마 강리의 몸은 이미 바위처럼 굳어졌으나 이제 마음마저 다 타버린 재처럼 변하고 있었다. 그렇게 해야만 적의 관찰로부터 은폐될 수 있고 적을 먼저 탐지해낼 수 있는 것이다.

좌설은 혼마 강리보다 먼저 도착해서 벌써 주위의 고요와 섞어버렸다. 이제부터의 싸움은 고요의 싸움이다. 누가 더 깊은 죽음의 자세를 취하느냐에 따라 기선을 잡을 수 있다.

혼마 강리는 전면의 절벽 근처가 심상치 않음을 느꼈다. 그러나 아직 좌설이 잠복해 있다는 것을 감지한 것은 아니다. 그저 육감이 좀 이상해서 안전 조치를 취해 볼 뿐이었다. 이것은 무술이 절정에 이르게 되면 자연히 터득하는 습관이다.

좌설은 적이 자신의 가까이까지 와서 정지해 있다는 것을 이미 간파하고 있었다. 이 점이 먼저 도착한 쪽의 이익이었다. 좌설이 잠복하고 있는 곳은 아래쪽, 즉 장충동 공관으로 내려가기에 가장 불편한 곳이었다. 그래서 좌설은 이 지형을 택했는지도 모른다.

혼마 강리라면 일부러 험한 지형을 택할 것이다. 좌설은 혼마 강리가 마음 놓고 하산할 찰나 습격할 생각이었다. 혼마 강리는 도망의 명수였다. 이것을 감당하는 방법은 기습밖에 없었다.

혼마 강리와 좌설은 둘 다 천산둔(天山遯:☶☰)의 괘상을 이루고 있었다. 이 괘상은 잠복과 발산을 뜻한다. 현재는 잠복으로 비상을 꿈꾸고 있다.

산 아래쪽에서는 능인이 같은 자세를 취하고 있었다. 능인도 이미 남산 영역에 심상치 않은 침입자가 있다는 것을 감지했다. 아직 근방에 나타난 것은 아니지만 조만간 몸을 나타낼 것이다. 물론 좌설이 이를 죽이지 못했을 경우이다.

비는 능인의 전신에 쏟아지고 있었다. 그러나 이로 인해 조금이라도 반응을 나타낼 수는 없었다. 하나의 바위, 그 자체와 같아야 하는 것이다. 그런데 이 절대 고요의 순간에 능인은 잡념을 일으켰다. 아니 잡념을 일으켰다기보다는 마음속에서 저절로 일어난 것이다.

갑자기 건영이의 모습이 떠올랐다. 잇따라 정마을의 정경도 떠올랐다. 능인은 이를 지우려고 가만히 고요의 안개를 일으켰다.

그러나 건영이의 느낌은 더욱 생생해졌다.

'웬 번민인가? 위험한 순간에 공연한 잡념이 들다니!'

능인은 자신의 혼란을 순간적으로 반성하고는 더욱더 고요를 덮고 있었다.

죽음보다 더 깊은 고요! 일찍이 스승인 한곡선에게 배웠고 일생 동안 추구해 왔던 평정! 능인의 마음은 깊게 가라앉고 있었다.

그런데 이게 웬일인가? 여전히 건영이의 그림자를 느끼지 않는가?

'큰일 났군! 내가 왜 이렇게 혼란한가? 갑자기 건영이 생각은 또 무엇이고…… 글쎄, 아니지! 아, 건영이가 나를 찾고 있구나. 음, 무슨 일일까? 일을 끝내고 정마을에 가봐야겠군!'

능인은 마음으로 말하고 있었다. 그러고는 이를 강하게 몰아내기 시작했다. 혼란은 내부에 일어난 것이 아니라 먼 곳에서 찾아온 신호였다. 그렇다면 이를 차단하는 방법도 있을 것이다.

능인은 순식간에 고요를 이룩했다. 이와 동시에 혼마 강리는 행동을 일으켰다. 혼마 강리의 몸은 서서히 생동하면서 기운이 축적되기 시작했다. 혼마 강리는 이미 깊게 생각해 본 터라 방향은 잡혀 있었다.

병법의 가르침은 허(虛)는 즉 실(實)이고, 실(實) 즉 허(虛)인 까닭에 역이용하여 허는 허고 실은 실이라고 생각하기로 한 것이다.

강적이 나타날 우려가 있는 곳에는 지혜를 쓰지 않아야 유리한 법이다. 역시 산은 산이고 물은 물이었다. 어렵게 생각하면 오히려 당하는 것이다. 어린아이처럼 천진하게 곧장 가는 길은 안전하다.

혼마 강리는 평탄한 길을 택해 하산을 시작했다.

'휙―'

한 줄기 바람이 서서히 아래로 불기 시작했다. 혼마 강리는 이제

산 아래의 적을 경계하며 이동을 시작한 것이다. 이 직후 좌설은 적의 이동을 감지했다.

적은 자신이 생각했던 길로 오지 않는 것이다. 좌설은 혼마 강리가 일부러 험한 길을 선택할 것으로 알고 험한 쪽 입구에 잠복하고 있었다. 그런데 적은 생각을 돌려 평탄한 길을 택한 것이다.

이는 아무 생각 않고 길을 선택한 것과 마찬가지이다. 이럴 때는 무심코 편한 길로 가면 되는 것이다. 즉 혼마 강리는 생각에 생각을 한 것이다.

'음, 교묘한 놈이군. 저러다간 능인과 먼저 만나겠는걸. 가만 둘 수가 없어. 이미 기습은 실패한 것이지. 그렇다면……'

좌설은 이렇게 생각하고는 즉시 행동을 개시했다. 좌설의 몸은 단단한 돌에서 부드러운 생명체로 돌아왔다. 그러고는 돌연 뛰어올랐다. 좌설이 비약한 곳은 바로 깎아지른 절벽의 한 공간이었다.

좌측 아래쪽은 방금 전 혼마 강리가 내려간 곳이다. 좌설의 몸은 허공을 날기 시작했다. 두 팔을 크게 벌린 채 한 마리의 새처럼 곧바로 하강한 것이다.

좌설의 칼은 오른손에 쥐어져 있고, 두 다리는 하늘 쪽을 향했다. 좌설의 가슴에는 시원한 바람이 와 닿고, 등 쪽에는 굵은 빗발이 부딪히고 있었다.

'휙—'

'타닥—'

좌설은 고개를 비스듬히 좌측으로 숙여 저쪽 아래를 보았다. 좌측 숲이 급격히 다가왔다. 숲의 바깥쪽에는 혼마 강리가 내려가고 있었다. 그러나 지상에서의 빠른 걸음은 허공에서 날아 내리는 속력을 이길 수 없었다.

좌설과 혼마 강리간의 거리는 좁혀졌다. 이제는 나란히 섰다. 단지 혼마 강리는 좌측에 있고, 좌설은 우측에 자리를 잡았는데 오른손에는 칼이 쥐어져 있었다.

그리고 좌설은 한동안 날아왔기 때문에 혼마 강리의 위치를 찰나 동안에 지나칠 수가 있었다. 더구나 엎드려서 새처럼 날고 있는 자세에서 어떻게 공격을 할 수 있을까?

혼마 강리는 이미 좌설의 움직임을 알고 있었다. 그러나 짐짓 태연하게 자기 갈 길만 갔다. 혼마 강리의 움직임은 일정했고, 우측 위쪽에서 날아 내리는 좌설의 접근을 의식하지 않는 듯했다.

그도 그럴 것이 결투에 있어서 움직임은 적의 뒤를 따라야 하는 것이지 앞서면 곧바로 표적이 되는 것이다. 예를 들면 적이 공격한 연후에 피하는 것이지, 먼저 피하고 나중에 공격을 받는 법은 있을 수 없다. 만일 먼저 피하고 어떤 자세를 취한다면, 피한 바로 그곳, 그 자세에 대해 적의 공격이 시작되는 것이지, 이전의 장소나 자세에 공격이 가해지는 것은 아니다.

보통 무술을 모르는 사람의 경우, 급하게 먼저 피하려 하지만 피한 다음에 바로 공격을 받는다면 더욱 피하기가 힘들어진다. 대규모 전투에 있어서도 상황은 비슷하다. 적의 움직임에 따라 작전이 수립된다.

따라서 움직이지 않는 적은 그 자체로는 공격 목표가 될 수 있지만, 이쪽의 공격 후에는 어디론가 움직이게 돼 있는 것이다. 물론 반격도 포함되어 있고, 여의치 않으면 겨우 피할 정도밖에 되지 않을 것이다.

지금 혼마 강리는 일종의 정지 상태인데 좌설의 공격이 시작된 후 단순히 피하기만 할지, 아니면 비장의 반격이 숨어 있는지는 알 수가 없다. 현재 좌설의 몸은 혼마 강리에게 바짝 접근해 있었다.

한 찰나만 지나면 빗겨 지나칠 판이었다. 순간 좌설의 몸은 허공에서 정지했다. 이는 급강하던 새가 갑자기 허공에서 멈추어 선 것과도 같았다. 아니 새라면 결코 그런 동작을 취할 수 없었을 것이다.

그런데 좌설의 몸은 그냥 정지만 한 것이 아니었다. 정지와 동시에 몸이 이중으로 회전한 것이다. 이에 따라 하늘을 보고 있던 등이 땅을 향하고, 땅을 향해 있던 배가 하늘을 보게 되었다.

두 팔도 자연히 위치가 바뀌었다. 두 다리는 하늘을 향해 펼쳐져 있던 것이 오므라지고 땅 쪽으로 다시 펼쳐졌다. 검을 잡았던 오른손은 혼마 강리의 하복부를 향해 번개처럼 뻗어나갔다.

좌설은 검을 찌름과 동시에 그 검을 축으로 회전하여 머리는 위쪽, 즉 혼마 강리 쪽으로, 두 다리는 절벽 아래쪽으로 펼쳐졌다. 이 모든 동작은 검의 움직임을 필두로 해서 일어난 것이지, 자세가 잡힌 후에 검이 뻗어나간 것은 아니었다.

모든 힘은 검에 실려 있었다. 이는 마치 바늘과 실처럼 검이 바늘이 되고, 그 외에 모든 것이 실이 된 것이다. 검은 혼마 강리의 복부에 닿는 듯했다. 그러나 이보다 빨리 혼마 강리의 몸은 한 걸음 뒤로 물러섰다.

이것은 웬일일까? 검이 찔러올 때는 좌우로 피하는 법이지, 뒤로 물러서는 법이 아니다.

물론 예외의 경우가 없는 것은 아니다. 그럴 때는 실력차가 현격하고 찔러오는 검의 거리를 정확히 가늠한 후에만 가능하다. 그리고 좌우로 피할 공간이 없을 경우에도 해당된다.

혼마 강리는 도대체 무슨 생각을 하는 것일까? 검술에 있어서는 좌설이 훨씬 더 앞서고 있는 것이 아니냐! 혼마 강리는 검성(劍聖)을 상대로 위험천만한 행동을 하고 있는 것이다.

'챙—'

위험한 순간 섬광이 번쩍하며 날카로운 금속성이 어둠을 갈랐다. 이 순간 빗소리도 멈춘 듯 예리한 바람소리가 연이어 들려왔다.

'휙— 휙'

연이은 동작은 찰나 동안 일어나서 여간한 무술의 고수라도 감지할 수 없었을 것이다.

무슨 일이 있었던 것일까?

좌설의 검은 여전히 전면으로 뻗어 있는 채였고, 몸은 공중에 떠서 엎드린 모양인데, 위치는 더욱 높아졌다. 이어 좌설은 사뿐히 착지했다. 이제 그는 언덕 위를 올려다보는 위치에 내려선 것이다.

혼마 강리는 내려다보는 위치에서 오른발을 한 걸음 내딛었다. 아니 왼발을 뒤로 한 걸음 물러섰다고 해야 할 것이다. 좌설의 검에는 피가 묻어 있었다. 그렇다면 좌설의 검은 혼마 강리의 복부를 찌른 것일까?

그럴 수는 없었다. 좌설의 검이 복부를 파고들기 바로 직전 혼마 강리는 자신의 검으로 강하게 쳐낸 것이다. 이어 그 검으로 좌설의 복부를 그어 찔렀는데 이 공격은 간발의 차이로 빗나갔다.

그러나 좌설의 공격은 또 한 차례 이어졌다. 이는 신기(神技)로서 검성만이 가능한 절묘한 공격이었다. 당초 혼마 강리는 좌설의 공격을 물러서서 받는 듯하면서 날카로운 반격을 준비해 두었다.

그것은 좌설이 낙하 중에 공격했다는 약점을 이용한 것인데, 낙하

중에 회전하여 위쪽으로 공격하는 것은 아무래도 속도가 떨어질 것을 감안한 것이다. 혼마 강리는 좌설이 찔러오는 검을 위로 쳐내고, 동시에 그 반동을 이용해서 반격을 시도했었다.

검을 쳐내는 것과 찌름은 동시에 일어난 동작으로 혼마 강리는 좌설의 궤멸을 예상했었다. 대개 찔러오는 검을 위로 쳐내면 상대방의 팔이 위로 들려지고 복부는 노출되는 법이다. 혼마 강리는 그 틈을 노렸던 것이다.

그러나 좌설은 이보다 훨씬 능했다. 우선 찌를 때부터 흉계가 숨어 있었던 것이다. 좌설은 애초에 아주 약하게 공격하여 찔렀던 것이다. 이럴 경우 무게의 중심은 검에 있지 않고 몸에 있게 된다.

좌설은 절벽 아래로 낙하하는 와중에 계획을 세워둔 것이다. 그러나 이보다 절묘한 것은 다음 순간에 일어났다. 좌설은 혼마 강리가 자신의 검을 쳐낼 때, 그 힘을 곧바로 몸 전체에 주입시켜 그 반동으로 날아오른 것이다.

그냥 위로만 날아오른 게 아니다. 좌설은 전면으로 높게 날아오른 것이다. 이때 혼마 강리의 칼은 허공을 찌르고 있었고, 동시에 좌설의 검이 혼마 강리의 심장을 향해 다가왔다.

순간 혼마 강리는 자신의 실수를 깨닫고, 뒤미처 검을 회수하며 몸을 비틀어 피했다. 사실 혼마 강리가 피한 것 자체도 거의 신기에 가까웠다. 만일 검을 회수하지 않고 피하기만 했다면, 더욱 효과가 있었을 것이다. 하지만 이런 일은 혼마 강리의 능력을 넘어선 기술이었다.

이는 검성인 좌설만이 가능한 것으로 능인도 이에 못 미쳤다. 혼마 강리는 치명적인 상처만은 겨우 면했지만 왼쪽 어깨를 베인 것이다. 혼마 강리의 어깨는 옷이 일직선으로 잘려 있고, 피가 흥건히 젖어 있었다.

그러나 얼굴빛은 평화가 깃든 듯 맑고 편안해 보였다. 이것이 바로 혼마 강리가 속으로 악랄한 기운을 품고 있을 때의 모습이다.

"좌설 대단하군!"

혼마 강리는 태평하게 말했다. 그러나 속으로는 좌설의 검술에 대해 무한한 감동을 느끼고 있었다. 좌설은 혼마 강리의 말에 전혀 고마워하지 않았다. 고맙기는커녕 오히려 감정을 태산처럼 단속하고 있었다.

지금은 결투 중이다. 이런 때는 모든 것이 공격 수단이 되는 것이다. 말소리나 내용, 표정 등……. 특히 상대방을 칭찬 하는 말에 수긍하거나 우쭐하다가는 감정의 공격을 받은 셈이 된다.

결투 중에는 기쁨이나 슬픔·분노·초조·방심 등 모든 것이 장애가될 수 있다. 오직 무심이래야 훌륭히 결투에 임할 수 있는 것이다. 물론 혼마 강리의 감탄사는 마음속에서 우러난 진정한 감동과 존경이지 술책이 아니었다.

하지만 좌설에게는 아무래도 좋았다. 결투 중에는 선의(善意)가 오고 갈 수 없었다. 적을 섬멸하는 것이 지상 명제이기 때문이다. 좌설은 다시 공격 자세를 가다듬기 시작했다.

왼발을 밖으로 내밀고 몸 전체를 틀면서, 전면에 뻗어 있는 검을 상단으로 회수했다. 검은 머리 위에서 앞을 향하고, 오른 팔은 굽어진 상태, 왼팔은 곧게 뻗고 엄지와 검지는 펴고 나머지는 주먹을 쥐었다.

혼마 강리도 좌설의 자세를 주목하면서 방어 자세를 취했다. 우선은 수비 태세를 굳건히 할 수밖에 없었다. 검술에 있어서는 좌설보다 약세이니 공격은 아주 위험한 일이었다.

혼마 강리는 검을 편안히 내린 상태에서, 왼발을 약간 밖으로 내밀고, 안으로는 극강의 공력을 끌어올리고 있었다. 혼마 강리의 얼굴빛은 어두운 밤에도 보일 정도로 희고 맑았으나 좌설의 표정은 어둠에 가려 보이지 않았다. 빗발은 더욱 굵어졌다.

'쏴아―'

좌설은 천천히 숨을 들이마셨다. 기운은 은밀히 다리에 집중되기 시작했다. 이윽고 좌설의 약진(躍進), 한 줄기의 바람이 혼마 강리의 몸을 향해 뻗어갔다.

좌설은 몸을 번개처럼 날리면서 어느새 검을 혼마 강리의 목에 들이댔다. 혼마 강리는 이를 숙여 피하고 혼신의 반격을 시도했다.

'아압!'

차가운 기합 일성으로 내리치는 검이 빗발을 갈랐다. 혼마 강리는 오른발을 왼쪽으로 슬쩍 이동했다가 다시 오른쪽으로 크게 돌리면서 검을 수평으로 그었다. 혼마 강리의 이 공격은 십성(十成)의 공력이 실린 것으로, 오직 이 한 번뿐이라는 결단의 동작인 것이다.

이는 수천수(水天需:☵☰)의 뜻을 갖는 것으로, 온 힘을 한 곳에 몰아넣는 아주 위험한 수법이다. 혼마 강리로서는 이 공격만이 좌설의 검술을 당해낼 수 있는 유일한 길이었다.

그러나 좌설은 이를 살짝 피했다. 좌설은 하늘로 회전하듯 다리를 구르면서 혼마 강리의 몸을 뛰어넘었다. 혼마 강리의 검은 수평으로 마음껏 그어낸 상태.

좌설은 혼마 강리의 머리 위에 자신의 머리를 맞대고 넘은 상태에서 바로 등 뒤에 착지했다. 이제 두 사람은 서로 등을 맞대고 있었다. 이 자세는 두 사람 모두에게 아주 위험한 상태로, 간발의 차이로 승패가 나누어진다.

"……."

두 사람은 각자 최상의 공력을 끌어올리면서 마음속으로는 급히 방침을 정해야 했다. 시간의 흐름은 몹시 더디어서 거의 정지한 느낌, 지금 같은 때는 순간이 영원처럼 느껴진다. 이제 한 찰나만 지나면 생사의 명암이 갈라지는 것이다.

이런 경우 최선의 공격은 무엇이고 최선의 수비는 어떤 것일까? 특별한 방법이 있는 것일까? 아니면 자신의 모든 역량을 동원한 임기응변만이 최상의 방법인가?

두 사람은 이미 자신들의 행동을 결정했다. 이럴 때는 신속한 결단이 필요하다. 망설이는 순간 승패는 이미 결정 나기 때문이다. 그러나 어떤 길이 이기고 어떤 길이 패할지는 알 길이 없다.

서로의 행동에 따라 상생 상극(相生相剋)이 있는 것이다. 이와 같은 절대 절명의 순간에도 빗발은 무심히 그들에게 내리치고 있었다.

그런데 이보다 좀 전 산 아래에서는 하나의 변화가 시작되고 있었다. 능인이 행동을 개시한 것이다.

그 시각은 혼마 강리가 하산을 시작한 바로 그때였다. 능인은 혼마 강리가 좌설의 방어선을 통과한 것으로 간주하고 산 위로 솟구쳤다. 방향은 이미 정해졌다.

잠시 후 능인은 절벽의 편한 길 쪽에서 살기가 소용돌이치고 있는 것을 감지했다. 좌설은 혼마 강리를 막아서고 이미 결투는 시작된 것이리라. 능인은 급히 공력을 끌어올리고 전투태세로 돌입했다.

'후드득—'

빗발이 잠시 멎는 듯했다. 순간 능인의 예리한 감각에 결투 현장이 느껴졌다. 아직 결투 장면이 시야에 들어온 것은 아니다. 그러나 능인이 그 현장으로 다가가기까지는 눈 깜짝할 사이일 것이다.

능인은 이미 좌설의 결투에 가차 없이 뛰어들 결심을 해둔 상태였다.

혼마 강리와 좌설은 위험한 대치 상황에서 각자의 생각을 진행했다. 이 생각들은 섬광처럼 마음속을 지나가는 것이지만 인식만은 분명했다. 생각은 먼저 혼마 강리의 마음속에서 이루어졌다.

'뒤로 회전하면서 허리를 베어낸다!'

혼마 강리는 현재 등을 맞대고 있는 상태에서 가장 빠른 공격을 선택했다. 좌설과의 결투에서는 무엇보다도 속도가 중요했다. 공격을 가하는 힘은 다음 문제로써 극도로 빠른 공격을 하지 않는다면 좌설의 검을 당할 수 없었다.

혼마 강리의 공격은 단순히 왼발을 살짝 앞으로 내딛고 뒤로 비틀면서 같을 내리치면 되는 것이다. 혼마 강리는 길게 생각할 것도 없이 좌설과 등을 맞대는 순간 이런 결정을 내렸다. 그 생각과 동시에 행동도 즉시 실행에 옮겼다.

'얍!'

위험한 운명이 판가름 나는 순간이었다. 기합 일성은 급히 다가오는 능인의 귀에도 들려왔다.

좌설은 어떤 생각으로 어떻게 대처했을까? 결투에 있어서 행동이란 선제공격이 아닐 때는 선택의 여지가 없다. 적의 공격에 따라 최선의 수비를 취해야 하는 것이다. 물론 적의 공격에 공격으로 받아치는 경우는 성공의 확률이 많아지지만 그만큼 자신의 위험도 커지는 법이다.

좌설은 그 방법을 선택했다. 좌설의 공격 목표는 강리의 목으로서 수평보다 비스듬한 위쪽 방향이었다. 따라서 혼마 강리의 공격보다 속도면에서 뒤지는 것이었다.

'횡—'

두 자루의 검이 동시에 소리를 내며 공기를 갈랐다.

'풀썩—'

좌설의 몸이 허공에서 떨어졌다. 혼마 강리의 칼은 수평으로 그어졌고, 몸의 자세는 뒤로 회전한 상태였다. 혼마 강리는 공격이 끝남과 동시에 오른발을 이동하여 수평 자세를 취했다. 잠시 정적이 흘렀다.

어떻게 된 것일까? 좌설이 허공에서 떨어진 것과, 혼마 강리가 자세를 취한 것은 거의 동시였다. 이때 능인도 등장하여 이 순간을 목격했다. 잠시 적막이 흘렀다.

"……."

빗발은 다시 굵어지고 있었다.

'쏴아—'

좌설과 혼마 강리는 미동도 않고 있었다. 두 사람의 얼굴은 모두 편안한 상태, 그렇다면 서로의 마음은 정반대일 것이다. 혼마 강리는 속으로 큰 변화가 있을 때 평온한 모습이 되고, 이와 반대로 좌설은 마음속에 문제가 없을 때 편안한 모습이 되기 때문이다.

사실이 그랬었다. 혼마 강리는 검을 그어내는 과정에서 어떠한 감각도 느끼지 못했지만 좌설은 그렇지 않았다. 좌설의 검에는 방금 전 무엇인가 스쳐갔고, 검 끝에는 피가 묻어 있었다. 피는 혼마 강리의 뒷목에서도 흘러내리고 있었다.

이로써 승패는 결정된 것일까?

"……."

당초 좌설은 혼마 강리의 머리 위로 회전하여 등 뒤로 떨어질 때 이미 다음 동작이 준비되어 있었다. 그것은 착지 후 다시 되돌아서면서 검을 휘두를 생각이었다. 좌설은 혼마 강리의 공격을 피할 생각은 하지도 않았다. 그저 자신의 공격을 연이어 시도한 것뿐이었다.

좌설의 몸은 허공에서 거꾸로 섰고, 또한 혼마 강리의 전면으로 넘어 내리면서 목을 베어낸 것이다.

이 직후 혼마 강리의 검이 수평을 갈랐지만 좌설의 몸은 이미 허공에 뜬 후였다. 이는 운명이라고 해야 하는 것일까? 실은 그렇지 않다. 결투에 있어서 운명이란 보이지 않는 역량에 좌우되는 것이다. 승패의 결과는 결코 운명이라고 할 수 없다.

적당한 방법과 부당한 방법이 만나 시간이 경과하면 자연히 승패가 드러난다. 처음부터 두 사람은 실력차가 존재했었다. 그것으로 인해 지금의 결과가 나타났을 뿐이다.

그런데 이러한 엄연한 섭리 중에는 우연이 있을 수 있다. 이는 행운이라고도 말하지만 혼마 강리가 바로 그 행운을 얻은 것이다. 혼마 강리는 좌설이 두 단계 전에 이미 정해진 흐름에 따라 움직일 때, 우연히 하나의 방도를 취했었다.

그것은 서로 등을 맞댄 순간에 일어난 것이지만, 이것이 행운을 가져다준 것이다. 혼마 강리는 위험한 대치의 순간 왼발을 앞으로 내딛으면서 뒤로 검을 후려쳤는데, 왼발을 앞으로 내딛은 것이 다행이었다. 이때 좌설의 검이 목 뒤로 지나갔기 때문이었다.

좌설의 검은 분명히 혼마 강리의 뒷목을 지나쳤지만 깊게 파고들지는 못했다. 하지만 혼마 강리는 어깨에 이은 또 하나의 상처를 입게 된 것이다. 이로써 결투의 흐름은 급격히 방향을 잡아나갈 것이다.

다시 결투는 전개되었다. 좌설은 뒤로 쳐져 있던 칼을 재빨리 앞으로 모으면서 혼마 강리의 안면을 날카롭게 찔렀다. 이것은 공격이라기보다 기선을 잡는 자세일 뿐이다.

그러나 이때 만일 혼마 강리가 머리를 숙여서 피한다면 이 순간 승패는 결정 나게 된다. 좌설의 공격은 이번에도 두 차례 연이어 실시되었다. 안면에 이어 한 발을 크게 내딛어 아래 몸을 찌른 것이다.

이 방법은 고도의 수법으로 허즉실지(虛卽實之)의 전형적인 수법이다. 흔히 한 차례 공격을 끝낸 후 자세를 가다듬기 위해서 적의 안면을 가볍게 찌를 뿐인데, 좌설은 곧바로 깊숙한 공격을 전개한 것이다.

혼마 강리는 안면에 답지한 좌설의 검을 가볍게 물리쳤다.

'챙—'

혼마 강리는 검으로 쳐냈을 뿐, 머리를 숙여 피하지는 않았다. 이번에도 우연이었을 뿐이다. 그런데 이때 아주 엉뚱한 일이 발생했다. 혼마 강리가 육탄으로 돌격해 온 것이다.

이는 어찌된 일일까? 혼마 강리의 의도는 분명했다. 검으로는 도저히 좌설을 당할 수 없으니 편법으로 나온 것이다. 만일 서로가 검이 없는 상태라면 혼마 강리가 유리할 수가 있기 때문이다.

"아니!"

좌설은 놀라면서 자세를 잡았지만 혼마 강리의 몸은 이미 바싹 접근한 상태였다. 그러나 이때도 위험한 순간이다. 혼마 강리의 손에는 여전히 검이 쥐어져 있어서 그것으로 내리칠 수 있기 때문이다.

좌설은 급히 다가서며 왼손을 뻗어 혼마 강리의 팔뚝을 잡았다. 만일 좌설이 검을 앞으로 내리친다면 혼마 강리의 목이 떨어져 나갈 수도 있지만, 동시에 혼마 강리의 검이 좌설의 왼팔을 잘라낼 수도 있다.

좌설은 무의식중에 자신의 팔을 보호한 것이다. 아무튼 이로써 혼마 강리는 목숨을 구했다. 그 대신 좌설도 왼팔을 구한 것일까? 이는 무엇이라 단정 지을 수는 없다. 단지 혼마 강리의 행동은 너무나 엉뚱하여 좌설은 상상치도 못했던 일이었다.

사실 그러한 행동은 검술을 겨루는 데 있을 수 없는 일이다. 그러나 지금의 결투가 어디 검술을 겨루는 일인가? 수단과 방법을 가리지 않고 적을 퇴치하는 일이 급선무인 것이다. 여기에는 체면도 필요 없을 뿐만 아니라 비겁한 방법도 적용될 수 있는 것이지, 정당함이라든가 순수함은 있을 수 없다.

어쩌면 좌설의 마음에는 두 검객의 정정당당한 결투라고 생각했는지도 모른다. 그렇다면 좌설은 이미 어리석은 가정을 하고 있는 셈이다.

아무튼 죽음의 결투는 계속 이어지고 있었다.

좌설에게 팔목을 잡힌 혼마 강리는 자신도 좌설의 팔뚝을 잡을 수밖에 없었다. 두 사람은 이제 서로에게 팔을 잡고 잡힌 꼴이 되었다. 지금 순간은 이미 검의 대결이 아니라 힘의 대결인 것이다.

두 사람은 채 일 보도 안 되는 거리에서 마주보고 있었다. 이 상태는 좀 전의 등을 맞댄 자세보다 더욱 위험한 것이다. 두 사람은 마주 잡힌 상태에서 급히 공력을 끌어올리기 시작했다. 이제부터는 검술이 아니라 내공의 힘이 승패를 좌우하게 되는 것이다.

현재 혼마 강리는 왼쪽 어깨와 목에 상처를 입은 상태였다. 이것이 지장을 주고 있지는 않을까? 극강의 고수가 힘의 대결을 하는 데 있어서는 이러한 사소한 문제도 크게 지장을 줄 수 있다.

좌설은 험악한 표정을 지으면서도 회심의 미소가 역력히 드러났다.

'강리! 너는 두 차례의 공격을 받았어. 그 상처를 가지고 공력을 일

으키면 상처가 폭발할 수도 있어.'

좌설은 잠깐 이런 생각을 일으켰다. 과연 혼마 강리의 어깨와 목에서 조금씩 피가 흘러나오기 시작했다. 좌설의 얼굴은 붉어지고 있지만 혼마 강리의 얼굴은 더욱 맑고 편안한 모습이었다.

두 사람은 모든 힘을 모아 공력을 일으키고 있었다. 조금 떨어진 거리에서 능인은 이 광경을 지켜보고 있었다. 처음에는 결투에 즉시 뛰어들 생각이었는데, 결투 장면을 직접 보니 혼마 강리는 이미 두 곳에 상처를 입어 오래 지탱할 수 없어 보였다.

'좌설이 이기겠구나. 오늘 혼마 강리는 죽겠군!'

능인은 이런 생각을 하며 혼마 강리의 최후를 지켜보고 있었다. 물론 지금이라도 능인이 나서면 혼마 강리를 더 빨리 잠재울 수 있으리라. 하지만 이 상태에서는 좌설이 마무리를 짓도록 내버려두어야 할 것이다.

그래야 좌설의 사명과 명예를 존중하는 것이다. 다 이긴 싸움을 도와주는 것은 남의 승리를 빼앗는 결과가 될 수도 있다. 더구나 좌설의 성격은 얼마나 강직한가!

"……"

잠시 긴장의 시간이 흐르고 있었다. 그런데 뭔가 심상치 않은 기분이 느껴졌다. 혼마 강리가 너무 오래 버티고 있는 것이다. 능인은 조용히 한 걸음을 내딛으며 두 사람의 상태를 예의 주시했다.

'혼마 강리가 상당히 오래 버티는군! 하지만 얼마나 버틸 수 있을까? 어차피 종말은 올 텐데…….'

능인은 다소 긴장하고 있었지만, 곧 강리가 죽음을 맞으리라 확신하고 있었다.

"……."

대치 상태가 조금은 지루할 정도로 길어졌다. 빗소리는 여전했다.

'쏴아―'

결투에 임하고 있는 두 사람의 몸은 진동을 하고 있었다. 이제 생사를 판가름하는 마지막 순간이 도래한 것이다. 능인은 숨을 죽이고 강리의 모습을 지켜보았다.

혼마 강리의 얼굴은 더욱 맑아졌다. 속으로는 최후의 힘을 내뿜는 것이리라!

잠시 후 혼마 강리의 몸은 좌설의 몸보다 진동이 강해지기 시작했다. 그런데 이 순간 돌연한 사태가 발생했다. 좌설의 오른팔이 부르르 떨리는 것이 아닌가!

이어 오른발은 한 걸음 후퇴시켰다. 이는 무엇을 뜻하는가? 그것은 자명했다. 극한적인 대치 상태에서 일보 후퇴는 힘이 부친다는 뜻이었다.

더구나 오른팔을 심하게 떨고 있다는 것이 이를 더욱 뒷받침하는 증거였다. 사실 좌설은 검을 든 오른손을 지탱하기가 힘들었다. 그러나 검객으로서 결투 중 검을 놓친다는 것은 있을 수 없는 일이었다.

그것은 검객의 수치일 뿐만 아니라, 곧이어 목숨을 잃는다는 것을 뜻한다. 좌설은 결코 검을 놓지는 않을 것이다. 설사 목이 떨어지고 팔이 끊겨나간다 할지라도!

좌설은 마지막 힘을 끌어내어 오른팔에 집중시켰다. 좌설의 얼굴은 완전히 일그러져 땀에 흠뻑 젖어 있었다. 좌설은 최후의 공격, 아니 최후의 방어에 사력을 다하였다.

하지만 혼마 강리의 공력은 좌설의 공력을 훨씬 능가하였다. 만일 혼마 강리가 목과 어깨에 상처를 입지 않았다면 그 공력은 더욱 막강했으리라! 좌설은 왼발마저 한 걸음 뒤로 물러섰다.

이 순간 능인은 좌설의 위험을 깨달았다. 좌설의 위험천만한 상태에 능인은 날아올랐다. 그러나 이보다 먼저 혼마 강리의 공격이 퍼부어졌다.

혼마 강리는 좌설의 오른 팔뚝을 잡은 손을 놓으면서 손바닥으로 늑골 부위를 밀어 쳤다.

'픽!'

혼마 강리는 혼신의 힘을 끌어 모아 좌설의 급소에 쏟아 부은 것이다.

'죽어라, 좌설! 승부는 이제 끝났다.'

혼마 강리의 마음속에는 이런 생각이 스쳤다.

'윽!'

좌설의 입에서는 울컥 피가 솟아나왔다. 좌설은 뒤로 몇 걸음 물러나면서 비틀거렸다. 그러나 아직은 쓰러지지 않고 정신을 가다듬고 있었다. 하지만 더욱 위험한 순간이 다가왔다. 혼마 강리는 좌설에게 잡혔던 오른팔이 풀려나자 이와 함께 검을 사용할 수 있게 되었다.

'이얍!'

혼마 강리는 비틀거리는 좌설의 몸을 향해 칼을 내리쳤다. 바로 이 순간 능인이 나타나 강리의 칼을 맞받아쳤다.

'챙'

동시에 날카로운 금속성이 번뜩였다. 어찌된 일일까?

혼마 강리의 검은 좌설의 몸에 다가서지 못했다. 절대 절명의 순간 능인이 이를 막아낸 것이다. 능인의 손에는 작은 단검이 쥐어져 있었고 혼마 강리의 검은 이것에 부딪쳤다.

능인은 다급한 나머지 몸을 날려 단검으로 좌설의 몸을 막아섰는데, 간발의 차이로 성공할 수 있었다. 하지만 능인의 동작은 자신의 안전을 전혀 고려하지 않은, 말 그대로 마구잡이 행동이었다.

그만큼 다급했던 것인데 자칫하면 팔이 잘릴 뻔했다. 물론 능인의 팔이 조금 덜 뻗은 상태라면 좌설의 목이 달아났을 것이다. 좌설은 능인의 결사적인 수비에 운 좋게 목숨을 건졌지만 간담이 서늘했다.

그러나 지금 위기에 봉착한 사람은 능인이었다. 능인은 팔을 길게 뻗으며 수평으로 날아왔기 때문에 몸을 수습하는 데 약간이나마 시간이 걸린다. 게다가 혼마 강리가 내리친 검의 힘을 받았기 때문에 날아오던 힘은 아래쪽으로 강하게 쏠리게 되어 있었다.

그렇게 되면 능인은 찰나 동안이나마 무방비 상태가 된다. 무술의 고수인 혼마 강리가 이 틈을 놓칠 리가 없었다. 혼마 강리로서는 능인을 죽일 수 있는 절호의 기회가 너무나 쉽게 찾아온 셈이었다.

혼마 강리는 능인이 막아선 단검에 의해 튕겨간 자신의 검을 재빨리 수습하고 두 번째의 목표를 설정했다. 이제 내리치기만 하면 능인의 몸은 등줄기가 잘려나갈 판이었다.

능인도 이미 자신의 위기를 깨달았다. 그러나 돌이킬 시간은 없었다. 당초 좌설을 구하는 데만 전심전력을 다했기 때문에 돌아올 수 없는 길로 들어선 것이다.

위기의 순간, 좌설도 이를 감지했다. 그런데 좌설은 이미 중상을 입고 탈진한 상태로 앞이 잘 보이지 않았다.

'죽음이 오는 것인가?'

좌설은 어둠 속에서 이런 생각을 했다. 그러나 포기할 수는 없었다. 하나의 가느다란 희망, 그것은 혼마 강리에게 일격을 가하고 자신도 죽는 길이다. 바로 그 길밖에 없었다.

좌설은 한 찰나도 되기 전에 이런 생각을 해내고 반사적으로 행동으로 옮겼다. 그러고는 물러섰던 발을 앞으로 힘들게 내딛으며 혼신의 힘을 다해 칼을 내리쳤다.

물론 강리의 위치를 정확히 가늠할 수는 없었다. 단지 육감만으로 마지막 공격을 감행한 것이다. 이 공격은 당연히 일방적이었다. 공격 후에는 자신을 방어할 수 없는 자세에 이르게 되기 때문이다.

좌설은 이미 체념한 상태에서 필사적인 일검을 펼쳐냈다.

'횡—'

좌설의 검은 위에서 아래로 비스듬히 그어져 내렸다. 이 순간 혼마 강리는 능인을 향한 검을 힘겹게 회수하면서 자신의 전면을 방어했다.

'챙—'

두 자루의 검은 격렬하게 부딪쳤다. 그런데 이때 뜻밖의 사태가 발생했다.

'댕강—'

혼마 강리의 칼이 부러진 것이다. 그럴 수도 있으리라! 좌설의 검은 보검으로써 이루 말할 수 없이 강하고 예리하다. 거기에다 혼신의 힘을 다해 내리쳤고 이것을 급히 받아치기 위해 필사적으로 막아선 혼마 강리의 검. 당연하지만 두 검의 맞부딪침에 있어서는 좌설의 보검이 이긴 것이다. 그러나 좌설과 혼마 강리의 대결에서는 좌설이 졌다. 좌설은 최후의 일격을 가하고는 더 이상 몸을 지탱할 수가 없었다.

'픽!'

좌설은 칼을 땅에 꽂고 한 쪽 무릎을 꿇었다. 이제 좌설은 검에 의지해 버틸 뿐이었다. 그야말로 초인적인 힘으로 몸을 지키고 있는 것이다.

좌설은 선 채로 죽겠다는 뜻일까? 이런 자세는 오히려 공격을 받기 쉬워 그야말로 죽음을 재촉하는 것이다. 그러나 공교롭게도 혼마 강리는 이를 공격할 수가 없었다.

능인에게 공격이 한 찰나 늦어졌기 때문에 재빨리 목표를 바로잡아야 하였다. 좌설에 대해서는 이제 공격할 필요조차 없었다. 무엇보다도 능인에의 공격이 급한 상황이다.

능인은 벌써 자세를 바로잡기 직전에 와 있었다. 이미 처음에 내리친 검의 힘을 제어하고 허리를 굽히고 있었다. 몹시 다급한 상황이었다. 한 찰나 후면 능인은 자세를 완전히 바로 잡을 것이다. 이때를 놓쳐서는 안 된다.

'업!'

혼마 강리는 기합 일성을 터뜨렸다. 동시에 쥐었던 칼을 놔버리고 오른손을 수도(手刀)로 해서 능인의 머리를 향해 내뻗었다. 혼마 강리의 일격을 직접 받으면 능인의 머리는 박살나게 된다.

위기의 순간! 능인의 몸은 조금 비틀려 있었다.

'뻑!'

혼마 강리의 수도는 능인의 가슴에 적중했다.

'우드득!'

혼마 강리의 손에 능인의 가슴뼈가 부서지는 것이 느껴졌다. 혼마 강리의 공격은 의도한 곳에서 약간 벗어났지만 충분한 힘으로 다른 급소에 적중한 것이다. 이 공격으로 인해 능인의 몸은 다시 중심을 잃고 허공에서 회전했다.

혼마 강리는 두 번째 공격을 시도했다. 이번에는 급할 것도 없는 상태에서 정확히 최강의 공격을 가하였다.

'퍽!'

혼마 강리의 왼발이 능인의 복부를 사정없이 강타했다. 능인의 몸은 또다시 회전하면서 뒤로 나가떨어졌다.

'이겼다! 드디어 두 사람 모두 최후가 왔어.'

혼마 강리는 나무토막처럼 굴러 떨어지는 능인의 몸을 보면서 이런 생각을 했다. 그러나 이 순간 혼마 강리의 몸에는 이상한 현상이 일어났다.

'퍽—'

무엇이 날아와 꽂힌 것이다.

'억!'

혼마 강리의 목에서는 놀람과 아픔의 비명이 함께 섞여 나왔다. 날아온 물건은 바로 능인의 단검이었다. 능인은 두 차례의 치명적인 공격을 받는 순간에도 결정적인 반격을 시도했던 것이다.

그뿐이 아니라 능인은 땅에 떨어지자마자 즉시 자세를 잡았다. 이와 동시에 좌설은 땅에서 칼을 뽑고 자력으로 일어났다. 물론 두 사람 모두 안간힘으로 버티는 것이지 이미 결투에 임할 능력은 없었다.

그러나 혼마 강리의 몸도 심상치 않았다. 오른쪽 가슴에서 피가 솟아나기 시작했다. 왼쪽 어깨도 통증이 격렬하고 목의 상처도 불안했다. 어찌할 것이냐? 이 상태에서 또 한 차례 공격을 시도할 것인가?

혼마 강리는 잠깐 동안 망설였다. 그러고는 즉각 방침을 정했다. 피해야 하는 것이다! 오른쪽 가슴의 상처가 심상치 않기 때문이다. 한

번 더 힘을 끌어내면 정말 위험할지도 모른다.

게다가 좌설과 능인도 최후의 힘이 남아 있을지도 모르는 것이다. 저 끈질긴 자세를 보라! 혼마 강리는 천천히 방향을 틀었다. 빗발은 더욱 격렬해지기 시작했다.

'쏴―'

혼마 강리는 한 손으로 가슴의 상처를 막고는 산의 정상을 향해 사라져갔다.

잠시 적막이 흘렀다. 좌설과 능인은 여전히 서 있는 상태였고 빗발은 모질게도 두 사람을 몰아붙이고 있었다.

'쏴, 후드득―'

두 사람은 어찌 되었을까? 아직 쓰러지지 않고 서 있는 것을 보면 죽음은 면한 것 같았다. 그리고 곧이어 움직임도 있었다. 기운을 회복하고 있는 것일까?

조용히 말소리가 들려왔다. 말소리는 그리 크지는 않았는데 빗소리에도 지워지지 않고 있었다.

"능인, 혼마는 갔을까?"

"그런 것 같군."

두 사람은 서로 말을 주고받으면서 자세를 달리했다. 좀 전의 자세는 결투의 자세로 이들은 혼마 강리가 떠나간 후에도 경계 자세를 풀지 않고 있었던 것이다. 그러나 지금은 혼마 강리가 완전히 떠나간 상태이므로 더 이상 경계할 필요가 없었다. 혼마 강리는 중상을 입고 결투를 포기한 것이다.

두 사람은 겉으로는 평온한 자세가 되었다.

"좌설! 자네 상처는 어떤가?"

능인은 산의 정상 쪽을 바라보며 물었다.

"늑골과 간을 조금 다친 것 같네. 많이 회복되었어. 그보다도 자넨 상처가 클 텐데……."

좌설은 걱정스런 표정을 지으며 능인을 똑바로 쳐다봤다. 능인은 여전히 산 위를 보고 있었다. 능인은 혼마 강리가 다시 나타날까 봐 걱정하는 것일까? 아니면 상처의 고통을 참고 있는 것일까?

그러나 목소리만은 차분했다.

"창자가 조금 찢어졌을 뿐이야. 폐도 좀 다쳤나? 가슴뼈도 몇 개 부러졌나 보군."

"음? 큰일 났군. 걸을 수 있겠나?"

"허허허. 가봐야지, 다리는 멀쩡하니까."

"안 되겠군. 내가 들고 가지."

"걱정 말게. 자네도 힘들 거야. 자자, 어서 가지."

능인은 좌설을 쳐다보며 맥없이 웃었다. 그러나 속으로는 엄청난 고통이 엄습하고 있으리라! 능인의 얼굴은 평소보다 확실히 창백해져 있었다. 좌설은 입을 꼭 다물고 고개를 끄덕였다. 어차피 능인은 쓰러질 때까지 업히지는 않을 것이다.

"그래. 우선 어디로 좀 피해야겠네."

좌설은 좌우를 잠깐 살피고는 능인을 바라봤다. 능인은 고개를 끄덕였다. 좌설이 앞장서서 움직이기 시작했다.

위험한 결투는 이렇게 끝이 나고 말았다. 무술의 고수들이 사력을 다해 결투를 벌인 살기의 현장은 여전히 어둠 속에 묻혀 있었다.

옥황부의 긴급사태

이로부터 3일 후, 능인과 좌설이 덕유산 동굴에 도착할 즈음, 한곡선은 속계를 벗어나 인연의 늪에 접근하고 있었다. 지금 한곡선의 마음은 몹시 흐려져 있었다. 그것은 능인의 환난(患難)을 이미 알고 있기 때문이었다. 한곡선은 3일 전 아공간(亞空間)을 이동하는 도중 갑자기 불길한 육감에 접하자마자 이내 능인이 위기를 맞이한 것을 감지했다.

사실 그대로, 능인은 혼마 강리와의 대결에서 치명적인 손상을 입고 사력을 다해 덕유산 동굴을 찾았던 것이다. 능인이 덕유산을 찾은 이유는 스승인 한곡선을 만나 자신의 몸을 치료하기 위함이었다. 현재 능인의 상처는 능인 자신의 능력으로는 치료가 거의 불가능한 상태에 도달해 있었다. 혼마 강리로부터 받은 상처는 너무나 컸고, 위태로웠다.

이러한 일은 한곡선도 사전에 예측했던 것이어서 지리산의 고휴선에게 사후 조치까지 부탁한 바 있었다. 그러나 그토록 제자의 일을 잘 알고 있는 한곡선이라면 무엇 때문에 자신은 천계로 떠나고 고휴선에게 뒷일을 부탁한 것일까? 차라리 자신이 덕유산 동굴에서 능인을 기다리는 것이 낫지 않았을까? 아니면 당초 능인이 위험에 빠지지 않도록 남산에라도 출현했더라면 어땠을까? 한곡선은 지금 마음속으로 심한 갈등을 겪고 있었다.

'어쩔 수 없는 일이야. 나는 능인을 구할 수가 없어! ……천명! 그렇다면 능인은 죽어야만 하는가? 아마 고휴선도 구할 수가 없을 거야! 가엾은 능인! 이토록 모진 운명을 겪어야 하다니……'

한곡선은 비통한 심정으로 심기가 어지러웠다. 평생 아껴왔던 제자 능인은 선인의 경지를 눈앞에 두고 죽어가고 있는 것이다. 한곡선은 능인의 운명을 잘 알고 있었다. 그러나 아직도 그것을 면하게 하려고 노력하고 있는 중이다. 한곡선의 도피, 그것은 분명 도피이지만 충분히 이유가 있는 것이었다.

'……가엾은 능인! ……천명은 어쩔 수 없는 거야. 그러나 나는 나대로 최선을 다했어. 한 가닥 희망? 그것은 너무나 희박한 것이야. ……평허선공이라면 가능하겠지! 그러나 그분이 절대로 나설 리가 없어. 단지 나의 피신은 능인의 명을 다소 연장해 주는 것일 뿐이야. 다 부질없는 짓이겠지만……'

한곡선은 이런 생각을 하며 고개를 가로저었다. 눈에는 어느새 눈물이 고여 있었다. 선인의 경지로서도 사랑하는 제자의 죽음은 이토록 슬픈 것이리라.

한곡선은 어느덧 인연의 늪에 당도했다. 앞에 두 명의 선인이 나타났다. 이들은 인연의 늪을 경비하는 선인들로서 속계 쪽에서 나타난 한곡선을 보자 크게 놀라고 있었다.

"멈추시오!"

"……."

"누구신데 이곳에 들어서는 것이오?"

"예, 저는 한곡이라 하오."

"한곡? ……아 예, 한곡선이시군요! 어인 일이십니까?"

인연의 늪을 경비하는 선인들은 한곡선을 알아봤다. 실상 이들에게 있어서 한곡선은 너무나 잘 알려진 선인이었다. 남선부의 대선관인 소지선을 구해 준 일을 어찌 잊을 수 있겠는가? 이 일은 장차 옥황부에까지 알려질 것이다.

한곡선은 자신을 알아보는 선인들을 만나자 적이 마음이 놓였다.

"예, 저는 남선부로 가는 길입니다만……."

"허허, 그렇습니까? 잘 오셨습니다!"

경비선들은 반가운 미소를 지으면서 친근하게 한곡선을 맞이했다.

"이쪽으로 오시지요!"

경비선들은 앞장서서 한곡선을 안내했다. 이들에게는 한곡선이 소지선을 구해 준 은인일 뿐만 아니라 존경해 마지않는 선인인 것이다. 사실 인연의 늪 경비대는 무료하기 짝이 없는 직책이었다. 이곳에서는 선인들의 출현을 거의 볼 수가 없다. 더군다나 한곡선처럼 귀한 선인을 만나기란 그리 쉽지가 않은 것이다.

선인들에게 있어서 가장 좋은 일이 있다면 그것은 인격 높은 선인의 방문을 받는 일로서 그것으로 공부를 할 수 있고 인연을 맺을 수 있는 것이기 때문이다.

잠시 후 이들은 인연의 늪 경비 본부에 도착했다. 이곳은 몇 명의 선인들이 더 있었는데 특별히 하는 일은 없고 한가히 공부나 하면서 지내는 곳이다.

"……누구신지?"

본부에 있는 선인들은 순찰선이 어떤 선인을 동행해 오자 관심을 가지고 물었다.

"허허, 어떤 분이 오셨는가 보구려!"

순찰선은 은근한 미소를 지으며 말했다.

"……."

본부선들은 잠깐 동안 한곡선을 알아보지 못했다. 그러자 순찰선이 즉각 말을 이었다.

"이 분은 한곡선이십니다!"

"아니, 한곡선이시라고? 이거 결례를 했습니다."

본부선들은 그제야 한곡선을 알아보고 급히 두 손을 맞잡아 인사를 했다.

"자, 안으로 드시지요!"

한곡선은 반갑게 청실로 안내되었다. 청실에 모여 앉은 선인들은 우선 성명을 밝히고 한가하게 둘러앉았다. 모두들 반가워하는 표정이 역력했다. 이곳의 경비선들은 천계의 관선(官仙)들로서, 속계의 야선(野仙)인 한곡선과는 지경(地境)이 다르지만 문제될 것은 없었다.

선인들의 세계에서는 마음만 통하면 그만이지 지위를 따지지 않는다. 그리고 사실 지위란 것도 그 선인들에게 주어진 인격이 우선하는 법이다. 보통 속계에서 말하는 지위란 선계에서는 명분 지위(名分地位)라고 말하는 것으로, 일을 할 때는 이것을 따지지만 그 외의 경우는 인격을 우선으로 한다.

인격이란 도력(道力)을 말함인데, 선인들의 생애란 이것을 연마하기 위해 존재하는 것이다. 그렇다면 지금 여기 모여 앉은 선인들의 모임에서는 한곡선이 지위가 가장 높은 셈이다. 경비선들도 그 점을 충분히 인식하고 있는 듯 정중한 자세를 보이고 있었다.

물론 이들은 그러한 구분보다 한곡선을 정(情)으로서 더 좋아하고 있는 것이다.

"곡차를 하시겠습니까?"

경비선의 책임관이 물어왔다. 선인들의 세계에서는 곡차를 권하는 것은 가장 친근한 정을 표현하는 것이고, 또한 귀하게 받든다는 뜻이 있다. 그러나 한곡선은 정중하게 사양했다.

"감사합니다만…… 저는 시간이 급합니다!"

"예? 아, 그러시군요……."

경비선은 미소를 지으며 선선히 수긍했다. 한곡선에게 속사정이 있으려니 생각한 것이다.

'한곡선은 무슨 급한 일이 있는 것일까?'

경비선들은 한곡선이 급하다고 하니 몹시 아쉬워했지만 어쩔 수 없었다.

"그럼, 차라도 올리겠습니다. 괜찮으시온지요?"

"예, 감사합니다."

한곡선은 고개를 숙여 정중히 고마움을 표시했다. 경비선은 한곡선이 무엇인가에 쫓기는 기색을 보이자 차를 마실 시간조차 없는지 물은 것이다. 경비선들은 한곡선에 대해 자상한 친절을 베풀고 있었다. 한곡선도 이를 느끼면서 밝은 표정을 지어 보였다. 잠시 후 차가 끓여져 나왔다.

"자, 드시지요. 차 끓이는 솜씨가 없어서……."

경비선은 겸손하게 차를 권했다. 한곡선은 잔을 들어 천천히 이를 다 마셨다. 그러자 경비선이 미소를 지으며 말했다.

"한곡선께서는 몹시 바쁘신 모양입니다. 도와드릴 일이 있다면 말씀하십시오. 남선부까지 가려면 검문소도 많고……."

경비선의 이 말에는 여러 가지 뜻이 함축되어 있었다. 원래 속계의 야선이 천계를 여행하려면, 이곳 경비대에서 충분히 점검을 받고 허락이 내려져야만 한다. 그리고 경비대 자체에서 허락할 수 없는 미묘한 사안인 경우에는 남선부의 지휘를 받도록 되어 있는 것이다.

한곡선의 경우에도 아직 여행 목적이나 자격 등이 논의되지 않은 상태이기 때문에 당연히 심사를 받아야 한다. 지금 경비선이 말하고 있는 내용 중에는 이것도 포함되어 있는 것이다. 말하자면 심문을 하는 셈인데 외교적으로 부드럽게 말하는 것뿐이었다.

물론 한곡선으로 말하면 남선부의 은인이고, 이미 높은 인격이 알려져 있기 때문에 여행 허가를 얻는 것이 어렵지는 않을 것이다. 하지만 필요한 절차는 밟아야 하기 때문에 한곡선도 충분히 이해하고 있었다.

한곡선은 경비선의 외교적 질문에 부드럽게 대답했다.

"예, 고맙습니다. 제가 여행하는 데는 특별한 목적은 없고, 단순히 분일선의 초청에 응하는 것뿐입니다."

한곡선은 이렇게 말했는데, 뭔가 숨기고 있는 것이 분명했다. 좀 전에 시간이 급하다고 한 말이 있질 않은가? 사실 분일선의 초청에 응한다는 것은 급한 문제일 수가 없다. 혹시 바쁘다면 모를까 급하다는 것은 의미가 아주 다른 것이다.

그러나 한곡선이 말한 것은 마음속의 목적이므로 밝힐 필요까지는 없다. 몸 밖의 목적이 분명하면 그것으로 여행의 명분은 갖추어지는 것이기 때문이다. 경비선으로서도 한곡선이 무슨 일로 남선부를 갑자기 방문하는 것인지, 무엇이 그리 급한지가 궁금하지만 물어볼 수는 없는 일이었다.

경비선이 공식적으로 필요한 것은 분일선에게 초청받았다는 사실 뿐이다. 대체 한곡선은 언제 분일선으로부터 초청을 받은 것일까? 근래 인연의 늪을 통과해서 하게로 내려간 선인은 없었다. 경비선은 여전히 미소를 머금고 부드럽게 말했다.

"아, 예…… 대선관님으로부터 공식 초청을 받으셨군요, 우린 그것도 모르고……."

"아닙니다, 공식적인 초청이라기보다 사적인 초청이라고 해야 맞을 것 같습니다. 전투가 막 끝난 상황에서 초청한 것이니까요……."

한곡선은 자신이 초청받은 상황을 분명히 밝혔다. 한곡선이 분일선으로부터 초청을 받은 것은 공식 사절이 와서 전한 것이 아니다. 내용은 정확히 이렇다. 인연의 늪에서 선인들의 전쟁이 끝나고 분일선과 작별할 때의 일이다. 이때 분일선은 떠나는 한곡선에게 말했다.

"그럼 여기서 작별해야겠군요. 언제 남선부에 오시지 않겠습니까?"

이 말은 공식적이든 비공식적이든 분일선이 한곡선을 초청하는 말이다. 분일선은 소지선의 대행으로서 기한부 대선관으로 있었다. 어쨌든 그는 현재 남선부 대선관인 것이다. 그리고 남선부 대선관이 초청을 했으면 그것은 아무리 사석에서 한 말이라도 공식 초청인 셈이다.

선인들의 세계에서는 말 한마디가 태산보다 더 무겁다. 말이 가볍고 잊기를 잘하는 인간 세계에서는 문서로 초청한다든가 정식으로 초청한다든가 하는 신용 없는 사람들의 표현 방식이 있기 마련이다.

그러나 선인들은 한번 말하면 그것을 반드시 책임져야 하는 것이다. 만일 선인들의 세계에서 공연한 말을 내뱉었다간 그것으로 인하여 수천수만 년의 수행이 무너지는 수도 있는 것이다.

당초 말이 굳건하지 못한 존재는 선인이 될 수도 없었다. 선인의 세계에서는 유언 극행(有言極行)인 것이다. 분일선이 한곡선을 초청한 것은 업무가 있어서가 아니었다. 단순히 정을 느꼈기 때문이었고, 또한 한곡선의 인격을 존경했기 때문일 뿐이다.

한곡선도 분일선의 초청에 기꺼이 응한 것이다.

"예, 가겠습니다. 근간에 이루어질 것 같군요."

한곡선은 이렇게 대답을 했었고, 세월이 조금 지나 그것이 현실로 나타난 것이다. 물론 분일선과 한곡선 사이에 이런 대화가 오고 갔다는 것을 경비선은 모른다. 하지만 한곡선이 분일선으로부터 초청을 받았다고 진술한 이상 문제는 이미 끝난 것이다.

거짓 목적이 있어서 한곡선이 거짓을 말할 수도 있다고 가정하는 것은 선인들의 인격으로서는 당치도 않은 일이다. 따라서 한곡선이 그렇다고 말한 것으로써 그대로 사실로 인정될 뿐이다.

경비선은 잘 알겠다는 표정으로 밝게 말했다.

"예, 벌써 전에 초청을 받은 것이로군요. 잠시만 기다리십시오. 문서를 만들어 드리지요."

"고맙습니다. 폐를 끼친 것 같군요."

한곡선도 밝게 예의를 표했다. 문서가 있으면 편리할 것이다. 검문소마다 일일이 여행 목적을 말하다 보면 시간이 많이 늦어질 수가 있다. 한곡선은 시간이 급하다고 하지 않았던가!

잠시 기다리자 문서가 나왔다. 문서라고 해 봤자 경비대 책임선관이 글을 몇 자 써준 것뿐이다. 하지만 이 종이쪽지가 많은 시간을 절약하게 해 줄 것이다. 한곡선은 이를 기쁘게 받아 간직했다.

"그럼 이만 실례를 해야겠습니다."

한곡선은 문서를 받아 간직하고는 즉시 자리에서 일어났다.

"떠나시겠습니까? 가는 길은 알고 있는지요? 저희가 안내를 해도 좋습니다만……."

"아닙니다. 찾아갈 수 있을 것 같습니다. 더 이상 폐를 끼치고 싶지 않군요."

한곡선은 안내를 정중히 사양했다. 경비선들은 경비 본부 문밖까지 배웅을 나왔다.

"그럼…… 좋은 여행이 되시길 바랍니다."

"예, 고맙습니다."

선인들은 서로 인사를 주고받으며 헤어졌다.

한곡선은 어떤 사연이 있는 것일까? 경비선들과 헤어진 한곡선은 잠시 후 신족을 운행하기 시작했다.

이동을 하는 데 있어 신족을 운행한다는 것은 속도를 최대한으로 하자는 데 그 뜻이 있다. 그리고 신족의 속도는 선인들의 공력에 따라 차이가 나는 것으로, 한곡선의 공력은 소지선을 능가할 정도로 막강하다. 여기에 감당할 만한 선인은 남선부 내에서는 묵정선을 빼고는 없을 것이다.

한곡선이 경비대 선인들의 안내를 사양한 이유는 조촐한 방문을 하고자 하는 뜻도 있었지만, 그보다는 여행의 속도를 높이고자 해서였다. 안내란 원래 속도를 낼 수 없는 것이지만, 설사 경비대 선인이 최대한 속도를 낸다 하더라도 한곡선으로서는 이를 답답하게 여길 것이 틀림없었다.

한곡선은 비록 초행길이라 해도 안내를 받는 것보다 속도를 높일 수 있어 혼자 나선 것이다. 물론 이렇게 되면 주위의 경관을 감상할 수는 없다. 또한 신족이란 세계 이전의 아공간을 운행하는 것이기 때문에 바깥 세계의 구성은 일체 살펴볼 수가 없다.

남선부의 경관은 인간 세계에서는 상상도 못할 아름다운 것이지만, 한곡선은 이를 마다한 것이다. 그래도 곳곳에 정지해야 하는 곳이 있다. 이러한 곳은 남선부 관할 검문소인데, 만약 이를 피해서 통과하면 그 자체로 중죄가 된다.

한곡선으로서는 그런 짓을 할 리 만무하지만 일일이 검문을 받아야 하는 것이 번거롭기는 할 것이다. 그나마 남선부까지 가는 데는 대부분 신족으로 이동하고 가끔씩 신보(身步)로 실공간을 운행할 뿐이어서 이동 속도는 상당히 높은 편이다.

하지만 남선부에서 옥황부로 가려면 여간 절차가 까다로운 것이 아니다. 거쳐야 할 검문소도 많지만 신족 운행이 금지된 지역도 많기 때문이다.

한곡선이 여행하는 최종 목적지는 바로 옥황부였다.

한곡선의 여행의 숨은 목적은 정마을의 촌장인 풍곡선을 만나기 위함인데, 풍곡선은 옥황부에 있었다. 그래서 그는 지금 은밀히 옥황부를 향해 가고 있는 중이다. 이러한 한곡선이 남선부를 먼저 방문하는 것은 실은 중대한 뜻이 있었다. 옥황부로 가는 길은 동화궁으로 가야만 지름길이었지만, 동화궁을 통과하기가 그리 쉬운 것이 아니다.

무엇보다도 옥황부로 가려면 사전 허가가 필요하고, 그 허가는 명분이 뚜렷할 때만 내려지는 것이다. 현재 한곡선으로서는 사적인 비밀한 사연이 있을 뿐 공식 명분은 없었다. 그래서 한곡선은 일부러 남선부를 택한 것이다.

물론 남선부는 자신이 소지 대선관을 구한 바 있는 인연처(因緣處)라서 한번 방문해 보고 싶은 곳이지만, 그보다는 이미 친분을 맺어두었던 분일선을 만나 회포를 푼 뒤 옥황부로 들어가는 허가를 얻고자 하는 뜻도 있었다.

현재 옥황부 전역에는 4급 경호령이 발령 중이어서 여행 통제가 심한 편이다. 한곡선은 아직 이 사실을 모르고 있었다. 하지만 옥황부로 향하는 일은 남선부에 도착해서 궁리할 일이다. 지금은 한시바삐 남선부에 당도하는 일이 급할 뿐이다. 한곡선은 남선부를 향해 쾌속 운행을 계속하고 있었다.

이즈음 남선부 대선관 집무실에서는 분일선이 명상에서 막 깨어났다.

'음? ……누가 찾아오는 것일까?'

분일선은 명상 중에 신변의 단서(端緒)를 감지했다. 선인들에게는 가장 기초적인 능력인 것이다. 선인들은 자신에게 일어날 일, 혹은 자신을 향하는 어떤 사건에 대한 반사적인 예지력이 있다. 이는 수행이 높은 선인일수록 더욱 민감한 것이지만 분일선처럼 덕이 높은 선인으로서는 당연한 것이다.

'속계에서 오는 것 같은데…… 누굴까? ……그렇지!'

분일선은 얼굴빛이 밝아졌다. 속계에서 자신을 찾아올 사람은 필경 한곡선밖에 없다. 심정 공간을 통해 미세하게 답지하고 있는 신호도 이에 정확히 부합되고 있는 것이다.

지금 자신을 향해 오고 있는 사람은 인격이 아주 높은 귀인으로 이만한 사람이라면 한곡선밖에 없었다. 분일선은 혼자 고개를 끄덕이며 미소를 지었다. 그러고는 문을 나서며 부관을 불렀다.

"정현선! 일이 있네!"

"……"

"손님을 마중해야겠어. 자네가 직접 마중해야겠네!"

"예, 알겠습니다. 누구이신지요?"

"한곡선일 것 같애! 그럴 테지……."

"예? 속계의 그분 말씀이십니까?"

정현선은 가볍게 놀라면서 물었다. 한곡선에 대해서는 정현선도 익히 들어 알고 있었다. 정현선은 인연의 늪 전투에서 크게 부상을 입고 최근에야 업무에 복귀한 바 있다. 인연의 늪 전투 당시 정현선은 소지선을 만나기에 앞서 중상을 입고 의식을 잃었었다.

그런 연유로 한곡선을 직접 만나본 적은 없으나 두 선인은 각자 소지선을 구하는 전투에 가담한 동지인 것이다. 더구나 소지선은 한곡선의 결사적인 항전에 힘입어 목숨을 구한 것이기 때문에 남선부 선인들은 어느 누구나 한곡선을 존경하고 있었다.

한곡선이 온다는 말에 정현선은 크게 기쁨을 나타냈다. 분일선도 정현선을 바로 쳐다보며 미소를 지었다.

"가서 모셔오게. 오는 동안 절차가 까다로울 거야. 아무 곳도 거치지 말고 직접 신족으로 운행해 오게!"

"예, 급히 다녀오겠습니다."

정현선은 믿음직스럽게 대답하고는 급히 문을 나섰다. 잠시 후 정현선은 남선부 외곽을 향해 신족을 운행하기 시작했다. 이미 한곡선을 환영하는 행사가 진행되고 있는 것이다. 그런데 한곡선이 남선부를 향해 가는 것은 또한 옥황부를 향해 가는 것이기도 하기 때문에 옥황부의 어떤 선인들이라도 이를 감지하고 있었다.

그 선인은 바로 한곡선의 도반이기도 한 풍곡선으로, 풍곡선은 분일선에 훨씬 앞서 이 사실을 깨닫고 있었다. 풍곡선이 현재 머물고 있는 옥황부 특구에 있는 안심총 관할 건물인 자림전. 풍곡선은 명상 중 한곡선이 자신을 향해 온다는 사실을 포착했다.

풍곡선이 한곡선의 출행을 감지한 것은 한곡선이 덕유산을 떠난 바로 그 순간부터였다.

'한곡선이 오는군! ……급한 일이 있는가?'

풍곡선은 이런 생각을 하며 조용히 눈을 떴다. 지금 가까이 누가 오고 있는 것이다.

"……."

"어서 오십시오."

풍곡선은 문을 열고 밖에서 막 도착한 선인을 맞이했다.

"방해가 안 되었는지요?"

"별일이 없습니다. 앉으시지요!"

풍곡선은 밝은 표정을 지으며 말했다. 찾아온 선인은 바로 묵정선으로 이 선인은 현재 옥황부 비상 업무에 동원되어 있는 것이다. 풍곡선과는 이미 친교가 굳어져 있고, 두 선인은 수시로 만나 업무에 대해 의논하고 있었다.

말하자면 풍곡선은 묵정선의 자문역인데, 이번에 묵정선이 풍곡선을 찾은 것은 여러 날 만이었다. 묵정선이 며칠씩 나타나지 않은 걸 보면 그동안 일이 무척 바빴던 것 같았다. 그간 두 선인은 하루에도 몇 번씩 만났지만 나흘 만에야 나타난 것은 이례적이었다.

'그렇다면 번거로운 문제라도 생겼단 말인가?'

묵정선의 표정은 약간 피로해 보였다. 풍곡선은 잠시 기다렸는데, 침묵을 깨고 묵정선의 담담한 목소리가 들려왔다. 음색으로 봐서 어려운 문제가 생긴 것이 틀림없었다.

"평허선공을 뵙고 왔습니다!"

"어른을 뵙고 왔군요! 그런데 무슨 일이라도……"

"예, 문제가 있을 것 같군요……"

"문제라니요……?"

풍곡선은 가볍게 놀라면서 물었다. 평허선공을 만나 뵙고 왔다고 서두를 꺼낸 묵정선이 곧이어 문제가 있다고 하는 것은 곧 평허선공과 관련된 일이라는 뜻이다. 일이란 아래쪽으로 갈수록 많아지는 것이고, 위쪽에는 일이 없어야 평화로운 법이다. 그런데 평허선공같이 지극히 높은 선인과 관련된 문제가 있다면 필경 중대한 일이 아닐 수 없다.

묵정선은 잠시 생각을 하는 듯하더니 고개를 들고 천천히 말했다.

"평허선공께서 심상치 않은 말씀을 하셨습니다……"

"……"

"이렇게 말씀하시더군요. '여보게 묵정, 방금 생각이 났는데 내가 공연한 곳에 와 있다는 생각이 드는군!' 하시더군요."

"예? 그렇게 말씀하셨다고요?"

풍곡선은 놀란 듯이 반문했다.

"그렇습니다. 그 뜻이 무엇일까요?"

묵정선은 허공을 응시하며 독백을 하듯 말했다.

'공연한 곳에 와 있다!'

평허선공이 이런 말을 묵정선에게 했다면 특별한 이유가 있는 것이다. 평허선공 같은 분이 이유 없이 자신의 생각을 남에게 말할 리는 없는 것이기 때문이다.

풍곡선도 약간 긴장을 하며 물었다.

"그래, 무어라고 답변했습니까?"

"예, 처음엔 난감하더군요. 그러나 겨우 이렇게 답변했을 뿐입니다……"

"……"

"'무슨 말씀이시온지요?', 이렇게 말입니다. 그러자 평허선공께서 다시 말씀하시더군요! '정말 모르겠나? 자네는 알 것 같은데…… 그만 가보게.' 여기까지만 듣고 돌아왔습니다. 문제가 생긴 것 같지 않습니까?"

묵정선은 풍곡선을 빤히 쳐다보며 물었다.

"예, 어른께서 알게 됐군요…… 당연한 일이겠지요."

풍곡선은 고개를 끄덕이며 대답했다.

지금 두 선인이 대화하는 내용은 이렇다. 당초 옥황부 안심총에서는 염라대왕을 돕고 소지선을 피신시키기 위해 비밀 작전을 전개한 바가 있다. 그것은 평허선공을 옥황부에 끌어들여 시간을 끌고 그동안 염라대왕과 소지선이 피할 수 있도록 하자는 것이었다.

이러한 작전은 옥황부 공식 업무에 해당되는 것이지만, 결과적으로는 평허선공을 기만한 것이 되어 묵정선으로서는 송구스럽기 짝이 없는 것이다. 송구스러운 면에 있어서는 풍곡선의 입장은 더욱 난감하다. 원래 이 작전은 풍곡선이 제시한 방법이었다. 이제 와서는 어쩔 수 없는 일이지만 평허선공이 알게 되었다니 일이 복잡하게 된 셈이다.

곰곰이 따져보면 묵정선으로서는 실수가 많았다. 우선 평허선공이 말을 건네 왔을 때 기만한 죄가 있다.

'무슨 말씀이시온지요?'

묵정선은 이렇게 말했지만 이는 분명 알고도 모르는 척한 것이다. 평허선공은 묵정선이 모르는 척하는 것에 대해 분명히 지적까지 했었다.

'모르겠나? 자네는 알 것 같은데……'

평허선공이 이렇게까지 말했을 때 묵정선은 침묵을 지켰다. 이것은 또 한 번의 죄를 진 것이다.

묵정선으로서는 어쩔 수 없었다. 옥황부의 공식 작전이 아직 진행 중에 있으므로 그대로 사실을 고백할 수도 없었던 것이다. 어쩌면 갑작스런 평허선공의 말에 내심 당황하고 있었는지도 모른다. 생각 없이 즉시 대답해야 하는 말에는 흔히 실수가 따르는 법이다.

묵정선으로서는 평허선공을 상대로 기만 작전을 전개한 것이 처음부터 잘못되었던 것이다. 그러나 이제 와서는 어쩔 수 없는 일이다. 문제는 이미 벌어지고 있었다. 앞으로 평허선공이 어떻게 나올지가 큰 걱정일 뿐이다.

이번 작전에 있어서 죄라고 하면 우선 작전을 입안한 옥황부 안심총에 있는 것이고, 둘째는 그 작전을 실행에 옮긴 묵정선에 있는 것이다. 그리고 세 번째는 방법을 제시한 풍곡선에게 있다.

어떻게 보면 풍곡선은 죄가 적을지도 몰랐다. 풍곡선은 묵정선의 자문에 응한 것뿐이다. 당시 묵정선과 풍곡선 간에는 이런 대화가 오고 갔었다.

'평허선공을 잡아둘 방법이 있어야겠는데 좋은 방법이 없겠습니까?'

'무슨 일인데요?'

'염라대왕과 소지선을 피신시켜야 한답니다.'

'그런가요? ……옥황부로 불러들이면 되겠지요!'

'어떻게요……?'

'시석회(詩石會)를 주관하시라고 하면 됩니다. 그 어른께서는 시석

을 좋아하기 때문에 틀림없이 응하시리라고 봅니다. 이번 행사는 특히 큰 행사가 아닙니까?'

'예, 좋은 방법이로군요!'

두 선인의 대화는 여기서 끝났는데 풍곡은 묵정선의 물음에 해답을 제시해 준 것뿐이다. 실행 여부는 묵정선의 관할이다. 아니 정확하게는 옥황부 안심총 관할인 것이다. 아무튼 이제 와서 그것을 따질 겨를이 없다. 앞으로 평허선공이 어떻게 나올지가 문제인 것이다.

현재 가장 난감한 문제는 내일로 예정된 옥황상제 배견이다. 물론 이 큰 행사는 안심총 작전은 아니다. 천상천하에 어떠한 일이 있더라도 옥황상제를 이용한 작전은 있을 수 없다.

평허선공이 옥황상제를 배견하겠다는 것은 이 지역을 방문하게 된 연후 평허선공 자신이 결정한 것이다. 이는 당연한 예법 절차이긴 하지만 평허선공이 마다한다 해도 어쩔 방법은 없었다.

그런데 지금에 와서는 평허선공이 옥황부에서 보내는 시간 모두가 지연술책임을 안 이상 옥황상제 배견 행사에도 하자가 발생할 수도 있는 것이다. 평허선공이 자신을 기만하는 작전에 순순히 빠져들 리가 없기 때문이다. 혹시 만에 하나라도 평허선공이 의외로 나올 경우 옥황상제 신변에 황송스런 일이 발생할 여지가 충분히 있다.

문제는 의외로 많다. 시석회 문제만 해도 그렇다. 시석회야말로 평허선공을 끌어들인 기만술 그 자체인데, 평허선공이 시석회를 주관해 주겠느냐 말이다. 당치도 않을 것이다. 시석회는 필경 무산될 수도 있다.

어디 그뿐이랴! 평허선공을 상대로 기만 작전을 입안한 옥황부 안심총에 대해서는 어떤 보복이 가해질지 알 수가 없다. 염라대왕과의 일을 보라! 당장에 행동을 일으킨 것이 아닌가!

평허선공은 크게 일을 벌이는 인물이다. 무슨 일이든 철저히 하겠다는 뜻인 것이다. 이번 안심총 작전의 경우 일을 벌인다는 것은 안심총 대선관인 측시선 이하 수많은 선인들이 다칠 수도 있다는 뜻이다.

이제 걷잡을 수 없게 된 문제를 어떻게 풀어나가야 할 것인가? 묵정선은 난감한 심정을 가지고 풍곡선을 바라봤다.

"일이 커지겠지요?"

"그럴 것 같습니다…… 난감하군요."

"어떻게 하면 좋겠습니까?"

"안심총에 보고를 했나요?"

"아직…… 우선 풍곡선과 의논부터 하려고……."

묵정선은 고개를 가로저었다. 묵정선으로서는 안심총의 자유방만한 자세를 달가워하지 않는 것 같았다. 풍곡선도 묵정선의 마음을 알고 있는지 얼핏 쳐다보며 부드럽게 말했다.

"알겠습니다. 하지만 이 문제는 안심총에 보고를 해야 할 것입니다."

"예, 그래야겠군요…… 그런데 우리는 앞으로 어떻게 해야 할 것 같습니까?"

"글쎄요…… 시석회는 포기해야겠지요! 그리고 묵정선은 어른께 사죄를 해야 할 것 같군요!"

"예? 어떻게 말입니까?"

"내일 이후가 좋을 것 같습니다만…… 오늘은 이미 틀린 것이고……."

풍곡선은 망설이며 말했다. 풍곡선이 내일 이후라고 말한 것은 내일은 옥황상제를 배견하는 행사가 있으니 이 날을 지내고 보자는 뜻이었다. 그리고 오늘은 틀렸다는 것은 묵정선이 오늘 두 번이나 평허선공을 기만했으니 급히 사죄를 구한다는 것이 민망하기 때문이다.

묵정선도 이를 알고 고개를 끄덕였다.

"알겠습니다. 어른께는 기회가 생기는 즉시 보고를 드리고 벌을 받겠습니다."

묵정선은 이렇게 말하면서 허탈한 미소를 지었다. 벌이라면 뻔한 것이다. 지극히 높은 어른에 대해 기만 작전을 전개하고 묻는 말에도 딴청을 부렸으니 이는 엄벌이 마땅하다. 필경 묵정선은 생명을 부지할 수가 없을 것이다.

묵정선은 이미 각오를 하고 있는 중이었다. 그러나 누구를 원망할 생각은 없었다. 수행이 높은 선인으로서 자신이 선택해서 잘못 들어선 길을 남의 탓으로 돌릴 수는 없는 것이다.

그리고 묵정선의 일은 옥황부 공식 작전이고, 동기만 하더라도 염라대왕과 소지선을 구하려는 것이었지 평허선공을 해치자는 것은 아니었다. 단지 일을 저질러놓고 나서 평허선공이 이를 알고 난 마당에서는 바른대로 말하는 것이 옳았다.

이는 예의 문제인 것이다. 선인들의 세계에서는 공적인 정의 못지않게 예의가 중시되는 법이다. 왜냐하면 예의란 만계(萬界)의 공통 도리이고, 공적인 정의란 해당지역의 이익에 국한되기 때문이다. 결국 처음의 기만 작전보다는 뒤에 딴청을 부린 것이 실수가 된 것이다.

원래 묵정선은 일을 진행하면서도 마음이 편칠 않았고 나중에 일이 끝나면 사실을 밝히고 사죄를 하려고까지 생각해 두었었다. 그러나 이제 와서는 모두 틀린 일이다. 단지 앞으로 과오가 더 커지지 않도록 노력할 뿐이었다.

"……."

잠시 침묵이 흐르고 나서 풍곡선이 말을 꺼냈다.

"너무 상심하지 마십시오. 어른께서 동기를 참작해 주실 수도 있는 법이니까요."

풍곡선은 이렇게 묵정선을 위로한 것이지만 충분히 이해될 수도 있는 일이었다. 당초 평허선공을 끌어들인 것은 염라대왕을 돕자는 발상에서부터 시작된 것이다. 염라대왕이라면 평허선공과 지위가 동등한 분이니 평허선공을 모욕한 것은 아니다. 말하자면 어른 싸움에 아이들이 끼어들어 자기 집 어른 편을 든 것이니 생각하기에 따라서 그냥 넘어갈 수도 있는 일이다.

단지 어른 싸움에 끼어든 방자한 죄는 있는 것일까? 어쩌면 묵정선으로서도 알 수 없는 죄가 성립되는지도 모른다. 이러한 문제는 너무나 미묘해서 판단력이 아주 높은 묵정선조차 틀릴 수 있는 것이다. 아무튼 평허선공 같은 분이 하고자 하는 커다란 일에 장애를 주었으니 결과만 가지고 따지면 중죄가 아닐 수 없었다.

묵정선은 일어났다.

"안심총에 가 봐야겠습니다. 풍곡선은 앞으로 어떡할 생각입니까?"

묵정선의 질문은 평허선공을 기만하는 방법을 제시해 준 풍곡선에게까지 화가 미칠 것을 염려한 것이다. 따라서 풍곡선도 사죄를 하는 등 무슨 대책을 세워야 하지 않겠느냐는 뜻이었다.

"예, 나는 알아서 처리하겠습니다. ……가보시지요!"

묵정선은 다정한 표정을 지으며 말했다.

"그럼…… 다녀와서 다시 의논하지요!"

묵정선은 문을 나섰다. 현재의 사안은 안심총이 가장 위험한 입장이다. 평허선공이 이번 작전을 단순히 옥황부의 집안 어른, 즉 염라대왕을 돕자는 행위로 보지 않고 자신에 대한 도전으로 간주했을 경우 문제는 걷잡을 수 없이 확대되는 것이다.

옥황부 안심총은 거대 기구로서 충분히 힘을 갖추고 있다. 그렇기 때문에 평허선공은 이 기구의 행동을 횡포로 볼 수 있는 것이다. 흔히 사물의 이치란 약자의 행동은 이해될 수 있으나 강자의 행동은 이해할 수 없는 법이다.

왜냐하면 약자의 경우는 대개 외부의 동기에 의해 어쩔 수 없이 행동하는 것이고, 강자는 스스로의 원인에 의해 움직이는 것이기 때문이다. 그래서 강자란 항상 행동을 자중해야 한다. 그리고 평허선공은 특히 강자의 만용을 싫어했다.

더구나 평허선공이 지금 옥황 천계에서 하고 있는 일은 아주 민감한 내용으로 평허선공의 신변사이기 때문에 이를 방해하는 것을 아주 싫어할 것이다. 만일 평허선공이 안심총에 대해 대대적인 응징을 가한다면 이는 안심총과 평허선공 간에 전쟁으로까지 확대될 것이고, 천계는 마침내 큰 혼란에 휩싸이게 될 것이다.

묵정선은 편치 않은 마음을 가지고 안심총 본부로 향했다. 안심총 본부는 곧 측시선부를 말하는 것으로 자림전 밀원에 자리 잡고 있었다.

묵정선은 좌측에 펼쳐져 있는 자림전의 절경을 바라보며 천천히 도착했다. 옥황부 특구 지역에서는 어떠한 경우라도 신족이 금지되어 있다. 묵정선은 경보(輕步)로 운행하여 측시선부에 당도한 것이다.

"어인 일이십니까?"

밖에 나와 있던 안심총 선인이 한가하게 인사를 건넸다.

"나와 계셨군요! 대선관께서는 계십니까?"

"예, 기다리고 계십니다. 들어가시지요."

묵정선은 즉시 안으로 안내되었다. 측시선은 묵정선이 오는 것을 알고 미리 대기하고 있었다.

"안녕하십니까?"

측시선이 먼저 인사를 건네며 반갑게 맞이했다.

"예, 대선관께서도 별고 없으신지요?"

"자, 이쪽으로 앉으소서. 마침 무료하던 차에 찾아주셨군요!"

측시선은 미소를 지으며 마주 앉았다. 측시선 옆에는 안심총 분석관 원회선이 함께 자리했다. 원회선은 묵정선을 향해 가볍게 고개를 숙여 보이고는 당연한 듯이 옆 좌석에 앉았다.

이곳 측시선부는 원래 그런 곳이었다. 이곳을 찾는 선인들은 사적인 일이 거의 없기 때문에 예의 절차도 대체로 생략되고 있었다.

"한가하게 오셨습니까?"

측시선은 자리에 앉자마자 이렇게 말을 건넨다. 사적으로 찾아왔느냐고 묻는 것이다. 그러나 묵정선의 표정은 이미 굳어 있어서 공무로 왔음을 말해 주고 있었다.

"급한 용무로 왔습니다만……."

묵정선은 심각하게 서두를 꺼냈다.

"급한 일이라니요?"

측시선은 태평한 태도로 물었다. 그들은 아직 일의 심각성을 모르는 것 같았다. 아니면 일부러 편안한 모습을 보이는지도 몰랐다. 측시선이 생각하기에는 묵정선은 무슨 일이든 다소 어렵게 생각하는 경향이 있었다. 그리고 당연한 일이지만 묵정선은 측시선에 대해 신중성이 부족하다고 생각하고 있었다.

묵정선은 일부러 외면하듯 조용히 말했다.

"예, 평허선공의 일로 왔습니다만……."

"예?"

측시선은 목소리가 커지면서 안색이 굳어졌다. 평허선공의 일이라면 필경 좋은 일은 아닌 것이다. 그리고 작은 일도 아닐 것이다. 옆에 앉아 있는 원회선도 즉시 불길한 예감을 느끼고 속으로 생각했다.

'드디어 탄로가 난 것 같군! 이것 야단났는데!'

묵정선이 말했다.

"어른께서는 우리의 작전을 간파하신 것 같습니다."

"그렇군요! ……어떻게 아셨을까요?"

측시선은 당황하는 기색이 역력했다. 묵정선은 측시선의 이런 면이 싫었다. '어떻게 아셨을까요?'라니! 평허선공 같은 분의 마음속에는 온갖 조화가 다 일어나는 법인데 당연한 일이 아닌가! 평허선공이 비록 상대방이 아무 표정 없이 앉아만 있다 해도 그가 어떠한 생각을 하고 있는가를 알고 있었다.

평허선공의 생각은 단순히 인과관계(因果關係)를 풀어내는 것만이 아니다. 상서롭지 않고 자연스럽지 않은 일에는 저절로 예민해지는 것이다.

그렇지 않아도 평허선공은 이렇게 물었었다.

'……그런데 자넨 언제부터 옥황부 일에 이렇게 직접 뛰어다녔나?'

이 물음은 평허선공의 능력을 실감케 하는 것으로 신변에 관한 일이라면 반사적으로 어떤 느낌을 갖는 것이다. 평허선공은 그러한 존재였다.

아무리 안심총이라도 평허선공 같은 분을 상대로 작전을 전개할 때는 신중에 신중을 기해 모든 경우를 감안해야 한다. 이제 와서 평허선공이 알게 된 것을 의아스럽게 생각한다면 이는 처음부터 평허선공이란 존재를 가볍게 생각한 것이다.

물론 이 점에 있어서는 묵정선도 경솔했던 것은 사실이다. 하지만 안심총은 옥황부의 안전을 담당하는 공식 기관으로서 사려가 더욱 깊어야 하는 것이다.

묵정선은 처음부터 용감하게 일을 추진했다. 그러나 그 용감한 것을 지휘하는 데 있어서는 깊은 지혜가 필요하다.

그렇다면 풍곡선도 실수를 한 것이다. 풍곡선은 평허선공을 끌어들일 방법을 제시하면서 결국 탄로 날 것을 과연 몰랐던 것인가?

어쨌거나 지금은 수습이 문제였다. 묵정선은 자신이 당할 문제에 관해서는 이미 체념한 상태이지만 안심총이 겪을 일에 대해서는 크게 염려되었다. 묵정선은 측시선의 엉뚱한 질문에 낙심하면서 진지하게 말했다.

"그 어른께서 어떻게 아셨는지는 중요하지 않습니다. 오직 그 어른이 알고 계신다는 사실이 중요한 것이 아니겠습니까?"

"예? 아, 예…… 그렇군요. 죄송합니다……."

측시선도 이제는 진지하게 말했다. 사실 평허선공이 어떻게 알게 됐느냐고 묻는 것은 어리석다. 그런 분의 생각을 추측하는 것은 거의 불가능하기 때문이다.

"문제가 크군요! 대책을 연구해 봐야지요……."

원회선이 심각하게 말했다. 그는 언제나 냉정한 분석관의 자세였다.

"음…… 그래야지. 사태가 크게 벌어지겠군!"

측시선은 자신의 부하를 얼핏 바라보고는 고개를 끄덕였다. 그러고는 다시 묵정선을 향해 말했다.

"좋습니다. 일은 이미 벌어진 것, 묵정선께서는 무슨 대책이라도 있습니까?"

측시선은 진지하게 묵정선의 생각을 물었다.

"글쎄요, 저도 잠깐 생각해 봤을 뿐인데……."

묵정선은 측시선의 태도를 받아들이고 즉시 협력 자세를 취했다. 그러자 원회선이 말을 받았다.

"고견(高見)을 듣고 싶습니다. 말씀해 주시지요."

"예, 오는 동안 생각해 본 것을 말씀드리지요. 이번 일은 몇 가지로 나누어 생각해야 한다고 봅니다."

"……."

"우선, 옥황상제의 배견입니다. 이 문제는 어쩔 수 없이 밀고 나갈 수밖에 없습니다. ……취소할 수 없질 않겠습니까?"

"그렇겠지요!"

측시선과 원회선은 동시에 수긍했다. 이제 와서 성스러운 행사를 취소할 수는 없는 것이다. 옥황상제가 관련된 행사는 무엇이든 변경이 불가능하다. 더군다나 이번 작전 문제까지 옥황상제가 알게 된다면 이는 크게 불경(不敬)이고 불충(不忠)이다.

묵정선은 말을 이었다.

"다음 문제는 시석회입니다. ……이는 무산된다고 봐야겠습니다."

"……그렇겠군요!"

측시선은 공손히 대답했다.

"그리고…… 다음 문제는…… 어려운 문제입니다만……."

묵정선은 잠시 망설이다가 말을 이었다.

"저는 사죄를 할 생각입니다. 평허선공께서 이번 일을 물었을 때 저는 딴청을 부렸으니 마땅히 벌을 받아야겠지요!"

"그런가요? 그럼 안심총은 어떻게 되지요?"

측시선은 원회선과 묵정선을 번갈아보며 물었다. 측시선으로서는 어떤 개인보다는 안심총에 닥칠 대규모 사태를 염려하는 것이다.

묵정선이 다시 말했다.

"응분의 대가를 받아야겠지요. 하지만……."

묵정선은 잠시 또 생각을 하고 말을 이었다.

"안심총에서는 미리 사죄를 구해야 할 것입니다. 오늘이 바로 기회입니다. 아울러 어른을 방해한 보상을 해야 할 것입니다만……."

"예? 보상이라니요?"

"그건 이렇습니다…… 우리는 평허선공을 방해하여 염라대왕과 소지선의 도주를 도왔습니다. 그러니 그 방해를 만회시켜 주어야 할 것입니다."

"어떻게요?"

"염라대왕과 소지선을 찾아주어야 할 것입니다."

"예? 염라대왕과 소지선을 찾아주다니요? 우리의 사명은 그 분들을 도피시키는 것이 아닙니까?"

측시선은 놀란 표정으로 묵정선을 빤히 바라봤다. 묵정선이 말했다.

"우리의 사명은 끝났습니다. 그 일이 발각 난 이상 마땅히 보상을 해야 할 것입니다. 우리는 공연히 방해를 한 것이니 원상을 회복해 놓으면 정상이 참작될 수도 있습니다. 동기로 말하자면 우리의 잘못은 별게 아니지 않습니까?"

"그렇군요! 하지만 아직도 염라대왕과 소지선의 행방을 모르지 않습니까? 더구나 소지선은 속계를 탈출했고…… 큰 문제까지 남아 있는데……."

측시선이 말한 큰 문제란 인연의 늪에서의 전투를 말한다. 이 문제는 동화궁과 남선부, 아니 옥황부와의 정면충돌로 옥황부의 중대 현안으로 대두되어 있는 것이다. 현재는 평허선공의 옥황상제 배견 문제로 덮어두고 있는 실정이다. 아무튼 소지선은 더욱 넓은 곳으로 자취를 감췄었고, 염라대왕의 행방은 더더구나 모르는 것이 아닌가!

묵정선은 대답했다.

"알고 있습니다. 그러나 현재까지 조사한 상황을 전부 평허선공께 보고 드릴 수밖에 없습니다."

"좋습니다. 그건 그렇다 치고 인연의 늪에서의 전투는 어떻게 하지요?"

측시선은 성격이 참 이상하다고 할 수 있다. 평소 경솔하다가도 일단 반성을 하면 너무나 약해지는 게 흠이다. 단순하고 천진하다고 해야 할까? 묵정선은 가볍게 미소를 지으며 반문했다.

"예? 무슨 말씀이신지요?"

"동화궁의 선인들이 많이 다치지 않았습니까? 동화궁이 평허선공의 명을 받들어 소지선을 수색했다는데…….

"허허, 측시선께서는 별것을 다 생각하십니다."

묵정선은 원회선과 측시선을 향해 미소를 짓고는 천천히 말을 이었다.

"인연의 늪 사건은 옥황부의 일입니다. 동화궁에서 옥황부의 명령에 반발한 것은 그들의 잘못입니다. 따라서 그들이 퇴치된 것은 당연한 일입니다. 비록 그들이 평허선공의 명을 받았다고는 하나 그것은 그들 사정일 뿐입니다. 그리고 남선부에서는 평허선공의 명을 받은 바 없고 원칙대로 일을 처리한 것뿐입니다. 더구나 다친 것은 옥황부와 남선부 병력입니다. 그들이 월권행위를 하다 다친 것이 어째서 우리의 책임입니까? 그들은 오히려 그 문제로 징계를 받아야 할 것입니다. 아무튼 그들이 평허선공의 명령을 이행하지 못했다는 것은 그들 자신의 문제입니다. 만일 평허선공께 보고를 해야 한다면 그들이 알아서 하면 될 것입니다. 우리는 단지 소지선이 탈출했다는 것과 그 후의 탐색 결과를 평허선공께 보고해야만 합니다. 물론 염라대왕에 관한 것은 현 시점의 탐색 상황을 보고 해야겠지요……."

"그렇습니까? 우리는 왜 평허선공에게 그런 일들을 보고해야 하지요? 옥황부 공식 업무인데!"

이렇게 말한 사람은 원회선이었다. 원회선은 평허선공에게 염라대왕과 소지선을 넘길 필요가 없다는 공식 명분을 논한 것이다. 이에 대해 묵정선의 답변이 시작됐다.

"원회선의 견해는 잘 알겠습니다. 하지만 더 깊게 생각해 봐야 합니다. 우리는 공연히 평허선공의 일을 방해한 것입니다. 우리가 만일 염라대왕과 소지선의 도피를 돕기만 했다면 이는 우리 자신의 일로서 아무런 문제가 될 수 없습니다. 하지만 평허선공을 억지로 불러들여서 기만하고 갈 길을 방해한 것은 우리의 잘못입니다. 즉 염라대왕과 소지선을 도피시키고자 하는 것은 우리의 공식 목표이며 정당한 것이지만, 왜 평허선공 앞에 나타나 일을 방해하느냐 하는 것입니다. 이는 평허선공에 대한 범죄에 해당됩니다. 평허선공은 옥황부하고는 상관없는 제삼자입니다. 그분이 개인적인 이유가 있어서 염라대왕을 찾고자 하는데, 우리가 무슨 권리로 그것을 방해합니까?"

"아, 알겠습니다. 우리의 명백한 잘못입니다!"

측시선이 말을 막으며 묵정선의 견해를 단정적으로 수긍해 주었다. 원회선도 고개를 끄덕이며 수긍했다.

"그렇군요! 우리가 성급했습니다. 계속하시지요!"

"예. 이미 말씀드린 대로 오늘 즉시 평허선공께 전말을 보고 드리고 사죄를 구해야 할 것입니다. 아울러 어른께서 원하신다면 지금까지 드러난 탐색 결과를 넘겨야 합니다. 그것은 우리의 성의입니다. 방해를 했으니 사죄하는 의미로 평허선공의 일에 보상을 해주는 것입니다."

"알겠습니다. 그렇게 해야겠습니다. 그런데 평허선공께서 용서를 안 하시겠다면 어떻게 되는 것입니까?"

"허허, 그건 저는 모르겠습니다. 단지 제가 말씀 드릴 수 있는 것은 사죄한다는 것은 용서받는다는 것이 전제가 돼서 하는 것이 아니라는 것뿐입니다."

"아, 예…… 제가 또 잘못을 범하는군요. 알겠습니다. 저의 목숨을 걸고 정식으로 사죄를 드리지요."

측시선은 단호하게 말했다.

이로써 대충 결론을 맺은 셈이었다. '사죄를 하고 처분을 기다린다.' 이것이 대책인 것이다. 어쩔 수 없는 일이다. 이제 와서는 내일 행사에 지장이 없기만 바랄 뿐이다.

"자, 그럼 저는 이만 물러가겠습니다."

묵정선은 일어났다.

"예, 먼저 가시지요. 저는 준비를 하고 곧 어른을 찾아뵙겠습니다."

묵정선은 밖으로 나왔고 측시선은 밖으로 배웅을 나오지 않았다. 묵정선은 천천히 언덕 아래로 걸었다. 마음속에서는 체념의 질서가 잡히고 있었다.

'사필귀정(事必歸正)이군! 애초부터 잘못된 일이었어…… 나는 큰 벌을 받아야 해. 그런데 풍곡선은 어찌하겠다는 걸까? 필경 풍곡선

도 책임을 면치 못할 거야!'

묵정선은 고개를 저으며 호숫가에 당도했다. 전면에 광대하게 펼쳐진 호수는 무거운 침묵을 지키고 있었다.

묵정선을 떠나보낸 측시선은 한동안 생각에 잠겨 있다가 고개를 들었다.

"원회선! 우리가 실수를 한 것 같군!"

"아닙니다. 평허선공께서 미리 아신 것이 문제이지요!"

"음? 무슨 말인가?"

"예, 평허선공께서 끝까지 모르셨다면 별일 아니었다는 말씀입니다……."

"그 어른께서 몰랐다면 죄가 아니란 말인가?"

"아, 아닙니다. 죄는 되겠지만 문제는 안 됐을 것이라는 뜻으로 한 말입니다."

"허허…… 그런가? 하지만 죄는 죄 아닌가?"

"예? 옥황부를 위해서 한 일일 뿐입니다. 남을 방해한 것은 분명 죄입니다. 하지만 우리의 일이란 때로 죄를 짓는 것이 아닙니까?"

"그렇군! 단지 상대를 잘못 만난 것이겠지!"

"그렇습니다. 그런데 어떡하지요?"

"어떡하긴! 나 혼자 다쳐야지! 안심총 전체가 다치면 안 될 일이야! 내가 없어도 자넨 열심히 일을 하게."

측시선은 허탈한 미소를 지으며 말했다. 마음속으로는 이미 죽음을 각오하고 있는 터였다.

"……."

원회선은 침묵을 지킬 뿐이다.

"자, 그럼…… 나는 평허선공께 가야겠어! 뒷일을 부탁하겠네!"

"예, 다녀오십시오."

원회선은 인사를 하며 이렇게 말했지만 측시선이 다시 돌아올 수 있을지는 확신할 수 없었다.

측시선은 문밖을 나섰다. 그러고는 묵정선이 사라진 반대 방향으로 급히 경보를 운행했다. 먼저 떠난 묵정선은 자림전에 도착, 풍곡선을 다시 만나고 있었다.

"다녀왔습니다."

묵정선은 안심총에 다녀온 사실을 말했다. 풍곡선은 천천히 고개를 끄덕이다가 물었다.

"일찍 왔군요. 안심총에 보고를 했나요?"

"예."

"그곳의 반응은 어떻습니까?"

"측시선이 혼자 책임을 지겠답니다."

"어떻게요?"

풍곡선은 관심을 나타내며 물었다. 안심총의 태도가 자못 궁금했던 것이다. 안심총은 옥황부의 모든 업무 중에 가장 기민하고 정밀한 일을 담당하기 때문에 그만큼 긍지도 컸다. 따라서 자신들의 업무에 당위성을 내세워 평허선공과 정면 대결을 구상할 수도 있었다.

특히 안심총 대선관인 측시선의 권위는 옥황부 내에서도 당당하기 때문에 강하게 나올 가능성도 없지 않을 것이다. 풍곡선의 우려는 이 것이었다. 이러한 풍곡선의 우려를 아는지 묵정선은 가볍게 미소를 지으며 대답했다.

"어른을 찾아뵙고 사죄를 드리겠답니다."

"그래요? 그건 다행입니다. 지금으로써는 일을 작게 만드는 게 상책입니다."

"그렇습니다, 안심총이 다치지 않아야겠는데."

묵정선은 근심서린 얼굴이 되었다.

"너무 걱정 마십시오. 동기가 나쁘지 않으니 큰 벌이 내릴 것 같지는 않습니다."

"그렇다면 얼마나 좋겠습니까? 안심총에서는 피해를 보상할 생각입니다."

"예? 보상이라니요?"

"어른께서 당한 피해 말입니다. 염라대왕과 소지선의 추적을 방해했으니 원상만 회복해 놓는다면……."

"그게 가능하겠습니까?"

"글쎄요……. 지금까지 수색 결과를 보고 드리겠답니다."

"허허, 좋은 생각이군요. 운명이 참 묘하군요!"

풍곡선은 웃으며 말했다.

"예? 운명이 묘하다니요?"

묵정선은 의아스럽다는 듯이 물었다. 풍곡선은 다시 웃으며 대답했다.

"허허, 우리는 당초 무슨 일을 했습니까? 염라대왕과 소지선을 도피시키려 했지요? 그런데 이제는 도리어 그들의 소재를 찾아주어야 하다니…… 운명이란 묘하지 않습니까?"

"그렇군요! 허허허……."

묵정선도 재미있게 생각했는지 미소를 지으며 고개를 끄덕였다. 풍곡선이 다시 말했다.

"문제는 염라대왕과 소지선이 찾아지느냐 입니다. 만일 찾지 못한다면 우리가 평허선공을 방해한 것이 더욱 분명한 죄가 되겠지요!"

"그렇습니다, 하지만 최선을 다하는 수밖에 없지요. 그건 그렇고……."

묵정선은 화제를 돌렸다.

"당신은 어떻게 하실 겁니까?"

묵정선은 풍곡선의 태도를 물은 것이다. 풍곡선은 이번 안심총 작전에 방법을 제시한 장본인으로서 생각 여하에 따라서는 가장 큰 죄인이 될 수도 있다. 묵정선은 풍곡선을 빤히 바라보며 대답을 기다렸다. 그러자 풍곡선은 허공을 응시하며 천천히 대답했다.

"나는 도망을 갈 것입니다!"

"예? 도망을 가요? 아니, 그럴 수가……."

묵정선은 놀라서 어이없는 표정을 지었다. 평허선공을 상대로 도망을 하다니!

"……."

풍곡선은 잠시 침묵을 지키고 있었다. 묵정선이 안정을 하고 다시 물었다.

"도망을 하다니요? ……그게 가능합니까?"

묵정선은 풍곡선이 도망을 한다고 하니 그 행위의 옳고 그름을 떠나서 가능성을 물었다. 즉 평허선공의 추적을 따돌릴 수 있는가 하고 묻는 것이다. 만일 도망을 하다가 잡히면 그 죄는 너무 커서 이제 감당할 수 없게 된다.

이것이야말로 평허선공에 대한 정면 도전이 아니고 무엇이랴! 풍곡선은 정색을 하고 대답했다.

"불가능할 것은 없습니다. 지금 염라대왕과 소지선도 도피하고 있지 않습니까? 염라대왕은 그렇다손 치더라도 소지선은 잘 피하고 있지 않습니까? 나라고 해서 못 피할 것은 없겠지요!"

"허참, 그런가요? 하지만 쉽지는 않겠군요!"

묵정선은 침울한 표정으로 말했다. 지금 묵정선의 심정은 착잡했다. 진정으로 흠모하는 도우(道友)가 위험한 도피 생활을 한다는 것에 마음 편할 리 없기 때문이다. 그러나 풍곡선은 태연하게 말했다.

"염려하지 마소서. 도망하는 것을 모르게 하면 되지 않겠습니까?"

"예? 도망하는 것을 모르게 하다니요?"

"도망갔다는 것을 어느 누구도 말하지 않으면 될 것이란 뜻이지요."

"허, 무슨 말인지 모르겠구려. 평허선공께서 찾을 때 없으면 도망간 것이지 무엇입니까?"

묵정선은 어이가 없다는 표정을 지었다. 그러자 풍곡선은 미소를 지으며 말했다.

"농담입니다. 하지만 내가 공무로 출장을 간다면 꼭 도망이라고 볼 수만은 없지 않겠습니까?"

"예? 공무라니요? 출장을 갈 만한 곳이 어디 있겠습니까? 설사 어디로 출장을 간다 하더라도 평허선공에게는 당치도 않을 것입니다. 도중에 데려오라고 하겠지요. 아니면 직접 추적해 올 수도 있겠고⋯⋯."

"괜찮습니다. 먼 곳으로 가면 됩니다. 그리고 평허선공께서 따라오시면 더욱 좋고⋯⋯."

"예? 무슨 뜻이지요? 무엇인가 비밀이 있나요?"

묵정선은 이렇게 말하면서 심상치 않은 기분이 들었다. 풍곡선의 태도에 뭔가 심오한 것이 느껴지기 때문이었다. 풍곡선이 평허선공을 피해 달아난다는 것도 이해가 안 되는데 공무니 출장이니 하는 것은 무슨 말인가? 더구나 평허선공이 따라오면 더욱 좋다니!

풍곡이라는 선인은 아무래도 이해하기가 어려운 존재였다. 무슨 비밀한 뜻이 있는 것일까? 묵정선은 다시 물었다.

"대체 어떻게 하겠다는 뜻입니까? 평허선공의 추적을 원하다니요?"

풍곡선은 심각하게 대답했다.

"그렇습니다, 지금 옥황부에서는 평허선공 때문에 걱정이 많지 않습니까? 그러니 내가 평허선공을 다른 곳으로 가게 만든다는 뜻입니다."

"아니, 그런 일을 하겠다는 겁니까? 오히려 당신이 위험할 텐데……."

묵정선은 심히 놀란 표정이었다. 풍곡선은 잠시 무엇을 생각하는 듯하더니 조용히 말했다.

"나도 자신은 없습니다. 하지만 해볼 만한 이유는 있다고 생각합니다."

"이유라니요?"

"예, 아직 그것을 말할 수 없습니다. 아니, 정확한 이유랄 것은 없고 혹시나 해서……."

풍곡선은 말끝을 흐렸다. 묵정선은 더욱 종잡을 수 없었다.

"좋습니다. 대체 어디로 가겠다는 것입니까?"

묵정선은 이렇게 물어놓고 풍곡선을 신기한 듯이 바라봤다. 풍곡선은 혼자 깊은 생각에 잠기면서 대답했다.

"단정궁!"

"단정궁이오?"

"그렇습니다. 나는 단정궁에 가보고 싶었습니다. ……괜찮겠습니까?"

풍곡선은 묻고 있었다. 단정궁에 특사를 파견하는 일은 묵정선의 소관으로 현재 두 번째 특사마저 목숨을 잃은 상황이었다. 풍곡선이 하는 말은 묵정선에게 단정궁으로 보내 달라는 뜻이었다.

묵정선은 잠시 생각에 잠겼다. 단정궁에 특사를 보내는 일은 필요한 일이고 이제 기회는 한 번밖에 없다. 그런데 풍곡선이 그곳에 가기를 자청하고 있는 것이다. 묵정선은 고개를 끄덕였다. 그러고는 얼굴을 환하게 펴면서 말했다.

"그곳에 가보려 하오?"

"보내만 준다면!"

"허허, 보내줄 수는 있소, 그렇지 않아도 마땅한 선인이 없어서 고심하던 차였는데……."

"그렇다면 나를 보내 주시오!"

"알겠소. 생각해 봅시다. ……그런데 그곳엔 왜 가보려는 것이오?"

묵정선은 태평하게 묻고 있었다. 풍곡선이 단정궁에 간다는 것은 안성맞춤이기 때문이다. 단정궁은 아주 위험한 곳으로 현재 그곳의 임무를 수행할 선인이 절대적으로 필요한 상황이었다.

지금 단정궁에 갈 특사를 엄선해야 할 입장이었다. 물론 지난번 특사도 엄선했던 것이고, 임무를 완수할 것을 믿어 의심치 않았지만 결과는 실패로 돌아갔다. 이로 인해 옥황부에서는 단정궁의 임무가 쉽지 않다는 것과 특사 선정을 더욱더 신중히 해야 한다는 것을 인식하고 있던 차였다.

그런데 만일 풍곡선이라면 어떨까? 이 점에 관해서는 묵정선은 절대적으로 신뢰했다. 다른 선인들은 풍곡선에 대해 어떻게 생각할지 모르지만, 묵정선만은 생각할 필요조차 없는 것이다. 묵정선은 잠깐 생각해 보고 풍곡선이야말로 위험한 단정궁의 임무에 적임자, 아니 유일한 선인으로 확신하고 있었다.

'풍곡선은 반드시 성공할 것이야.'

묵정선은 이런 생각을 하면서 풍곡선의 숨은 뜻을 묻고 있는 것이다. 풍곡선은 정중히 대답했다.

"서왕모를 배견하고 싶습니다."

"그런가요? 특사의 임무가 무엇인지 아시오?"

"알고 있습니다. 당금 우주의 사태에 대해 자문을 구하는 것이지요. 맞습니까?"

풍곡선은 심각하게 말하고 있었다. 그러자 묵정선은 미소를 띠우며 물었다.

"그렇습니다. 헌데 평허선공께서 추적해 오는 것을 원하는 이유는 무엇이오?"

"예, 그것은……."

풍곡선은 여전히 심각하게 말했다.

"내가 단정궁 임무에 실패할지도 모르기 때문입니다. 그럴 경우 평허선공께서 임무를 대신할 수 있습니다."

"허허, 대단한 생각이군요. 그런데 평허선공께서 그런 일을 해 줄 것이라고 봅니까?"

묵정선은 풍곡선을 빤히 쳐다보며 물었다. 속으로는 풍곡선의 착상에 큰 감명을 받고 있는 중이었다. 풍곡선은 설명을 시작했다.

"충분히 가능합니다. 서왕모로 말하면 동왕부(東王父)와 더불어 연진인·난진인과 계제가 같은 어른입니다. 평허선공으로서는 반드시 가르침을 청하고 싶을 것입니다. 현재……."

풍곡선은 강조하듯 잠시 멈추었다가 다시 이어나갔다.

"평허선공께서 가장 역점을 두고 있는 문제는 연진인·난진인으로부터 받은 비밀한 명령입니다. 그러니 내가 단정궁에 가서 죽는다 해도 평허선공께서는 서왕모를 만날 가능성이 많습니다."

"알겠습니다. 풍곡선의 생각에 전적으로 동감입니다. 하지만 당신이 단정궁까지 가기 전에 잡힌다면 어떻게 되겠습니까?"

"그럴 경우도 마찬가지일 것입니다. 내가 단정궁으로 향한 이상 평허선공께서도 그 일을 계속하실 것입니다. 나는 도중에 잡힐 경우 평허선공께 서왕모를 배견해 달라고 청원할 생각입니다."

"허, 참…… 대단한 생각입니다. 잡혀도 좋다? 허허…… 하지만 풍곡선이 잡히지 않고 단정궁에 갈 수 있었으면 좋겠습니다. 평허선공께서 우리 일을 대신해 준다는 보장은 없으니까……."

묵정선은 이렇게 말하면서 풍곡선을 대견한 듯 바라봤다. 그러자 풍곡선은 단호한 음성으로 말했다.

"나도 잡힐 마음은 없습니다. 힘껏 해 볼 것입니다. 평허선공께서 급히 좇아올 것 같지도 않고……."

"예? 무슨 말씀이신지……?"

"글쎄요, 나도 자신 있게 답할 수는 없습니다. 단지 평허선공께서는 다른 바쁜 일이 있을 것 같다는 느낌입니다."

"그렇습니까? 그렇다면 다행이군요. 그런데 단정궁에 가서는 임무를 달성할 수 있을 것 같습니까?"

묵정선은 이렇게 말하면서 미소를 지었다. 풍곡선은 심각하게 대답했다.

"솔직히 말해서 자신은 없습니다. 지난번에 파견했던 특사도 인격이 높은 선인이었습니다. 그런데도 실패한 것을 보면 나도 장담할 수 없겠지요."

"허허허, 알겠습니다. 하지만 나는 풍곡선을 믿고 있습니다. 그런데……."

묵정선은 미소를 짓다가 갑자기 심각한 표정으로 바꾸면서 말을 이었다.

"한 가지 문제가 있습니다!"

"예? 무슨……."

"바로 이곳 일입니다. 풍곡선은 나를 도와야 할 일이 많은데 떠나 버린다니 걱정입니다."

묵정선은 풍곡선을 바라보며 아쉬운 표정을 지었다. 그러자 풍곡선이 웃으며 말했다.

"허허, 그 점이라면 걱정 마십시오. 나보다 더 훌륭한 선인이 나타날 것입니다."

"예? 그런 분이 있습니까?"

"그렇습니다. 지금 하계에서 오고 있습니다."

"하계에서요? 누구신데요?"

묵정선은 의아스럽다는 듯이 물었다.

"예, 한곡선입니다. 나의 도반이지요."

풍곡선은 고개를 끄덕이며 대답했다. 묵정선은 신비한 표정을 지었다.

"허, 그런 분이 계십니까? 이곳으로 온다고요?"

"그렇습니다, 잘 좀 보살펴주십시오."

풍곡선은 자랑스럽다는 듯이 미소를 지었다.

"알겠습니다, 정말 고맙습니다. 그럼, 떠날 준비를 해야 할 텐데…… 잠시만 기다려주시겠습니까?"

"준비라니요? 무엇이 필요한가요?"

"허허, 특사의 옷이 그래서 되겠습니까? 증명 서류도 준비해야 할 것입니다.”

묵정선은 이렇게 말하면서 풍곡선의 의상을 가리켰는데, 지상에서 입던 도포 그대로였다. 풍곡선은 멋쩍은 표정을 지으며 고개를 끄덕였다.

“그런가요? 알겠습니다. 빨리 준비해 주십시오.”

묵정선은 문을 나와 급히 사라졌다.

묵정선이 사라지자 풍곡선은 좌정을 하고 눈을 감았다. 그러나 이 순간 불길한 기분과 아울러 마음에 혼란이 일었다.

‘……어려움이 닥치는 것일까? 천계에 혼란이 오는가? ……하계에는 무슨 일이 있는가?’

풍곡선은 잠시 생각에 잠겼다.

‘……나의 운명이 시작되는 것이겠지! 천계의 혼란은 커지는 것일까? 정마을의 운명은…….’

풍곡선이 염려하고 있는 것은 자신의 운명과 천계에 닥친 문제, 그리고 자신의 잠시 고향이었던 하계에서 일어나고 있는 일 등이었다. 특히 하계에서 일어나는 일은 풍곡선의 인연권(因緣圈) 내의 사건으로 가장 마음 쓰이는 것이다.

‘……한곡선은 열심히 피해 오는가! 그들의 운명은? ……아무도 알 수가 없어!’

풍곡선은 고개를 가로젓고 명상에 돌입했다.

생명의 향연(饗宴)

　하계(下界)의 한곡선부에서는 능인이 죽음의 위기를 맞고 있었다. 덕유산 절벽에 뚫려 있는 자그마한 동굴, 즉 한곡선부에는 지금 능인과 좌설이 혼마 강리에게 당한 상처를 치료하고 있었다. 하지만 능인은 이미 가망이 없는 상태였으며, 좌설만이 겨우 위기를 벗어나 있었다.

　좌설은 일단 자신이 위기에서 벗어나자 즉시 능인을 치료하러 나섰다. 그러자 능인은 이를 거부했다.

　"좌설. 필요 없는 짓이네…… 기운을 낭비하지 말게!"

　"무슨 소린가, 능인! 자넨 회복할 수 있어!"

　좌설은 능인이 거부하는 몸을 억지로 부축하고 상처에 기운을 주입하기 시작했다. 현재 능인의 자세는 정좌를 하고 면벽을 한 상태였고, 좌설은 능인의 등 쪽에 팔을 뻗고 있었다. 그러나 겨우 생명을 건진 좌설도 능인을 치료해 주기에는 역부족이었으며, 오히려 자신의 상처마저 악화시키고 있을 뿐이다. 능인은 몸을 돌려 좌설의 팔을 걷어쳐냈다.

　"좌설, 그만 하게. 나는 이미 틀렸네…… 스승님을 뵙지 못하고 죽는 게…… 죄송스럽군."

"능인, 그런 말은 하지 말게. 자넨 살 수 있어!"

좌설은 이렇게 말했지만 이미 능인은 죽음이 임박한 것을 느끼고 있었다.

"……."

좌설은 온 힘을 다해 생각해 보았지만 능인을 죽음으로부터 끌어낼 방법은 떠오르지 않았다. 능인은 조용히 눈을 감은 채 미동도 하지 않았다. 그 자세는 평소에 명상을 하던 그 모습이었는데, 마치 평화스럽게 앉아 있는 느낌을 주었다.

좌설은 옆에 앉아서 속으로만 안절부절못하고 있었다. 좌설로서는 세상에 둘도 없는 도반인 능인이 죽는다는 사실을 받아들일 수가 없었다.

'……능인. 이 무슨 일이란 말인가! ……죽으면 안 돼!'

좌설이 지금 기다리는 것은 능인의 스승인 한곡선이었다. 지금이라도 한곡선만 나타나 준다면 무엇인가 특별한 치료 방법이 있을 것이라고 좌설은 믿고 있는 것이다.

한곡선은 좌설과 능인이 도착했을 때 이미 동굴을 떠나 있었다. 지금 한곡선은 멀리 떠나 있다. 한곡선이 제자인 능인에게 위기가 찾아온 것을 잘 알면서도 그토록 급히 떠나야 할 이유가 무엇인지는 알길이 없었다. 한곡선이 떠난 동굴은 아무런 희망도 없는데 상처 입은 능인이 찾아오기만 기다리고 있었단 말인가?

동굴에는 한곡선이 남긴 한 통의 글만 남겨져 있었는데, 이 글은 아직 읽지 않은 상태 그대로 있었다. 좌설과 능인이 한곡선을 만나 자신의 상처를 치료하기 위해 동굴까지 힘겹게 찾아왔을 때 맨 먼저

이 글이 눈에 띄었었다. 그러나 글은 읽을 수가 없었다.

글의 겉봉에 이렇게 씌어 있었기 때문이었다.

'죽을 사람은 이 글을 읽을 필요가 없네!'

능인은 이것을 보고 봉투를 뜯어보지 않았다. 그렇다면 이 글은 대체 누구에게 써 놓은 것일까? 이곳은 한곡선부로서 당연히 제자인 능인이 읽어야 할 것이다. 그런데 죽을 사람은 읽어서는 안 된다니? 글은 분명 능인에게 남겨 놓은 것 같은데 읽지는 못하게 한 것이다.

'……혹시? 이 글은 나에게 남겨 놓은 것이 아닐까?'

좌설은 이렇게 생각하고 글을 읽어볼 마음이 일어났다. 어쩌면 능인을 살릴 방도가 적혀 있을지도 모를 일이다. 좌설은 조용히 일어났다. 지금 좌설의 몸은 천근만근으로, 쉽게 일어나서 움직일 상태는 아니었다. 그나마 능인보다는 훨씬 나은 편으로 겨우 일어날 정도는 되었다.

좌설은 일어나서 글 봉투가 있는 곳으로 걸음을 옮겼다. 능인은 죽었는지 살았는지 미동도 하지 않았다. 좌설은 글 봉투를 쥐고 잠시 생각했다. 이때였다. 동굴 밖 멀리에서 미세한 기색이 있었다. 좌설은 이를 얼핏 느끼고 동굴 밖으로 나왔다.

'……혹 한곡 스승님께서 오시는 것이 아닐까?'

좌설은 큰 기대를 가지고 기다렸다. 그러자 잠깐 사이에 한 선인이 출현했다. 누굴까? 선인이 아니고서야 험난한 지역의 이 동굴까지 찾아올 사람은 없는 것이다.

'……필경 한곡선일 것이다!'

좌설은 이런 생각을 하며 나타난 선인을 바라봤다. 그러나 한곡선은 아니었다. 그렇다면 누구일까? ……그렇지! 고휴선이 아닌가! 좌설은 급히 그 자리에서 무릎을 꿇었다.

"어른께 인사 올립니다."

고휴선은 한곡선과 도반으로 좌설도 알고 있는 선인이었다. 좌설은 오래 전에 한 번 고휴선을 본 적이 있을 뿐이지만 분명하게 기억하고 있었다. 고휴선은 인자한 얼굴로 좌설을 바라봤다.

"자네, 좌설인가?"

"예, 그렇습니다."

"능인은?"

"안에 있습니다. 지금 위험합니다."

"알겠네, 비키게."

고휴선은 급히 동굴 안으로 들어갔다. 좌설도 뒤를 따라 동굴로 들어섰다. 고휴선은 벌써 능인을 치료하고 있었다. 능인의 등 뒤에 조용히 앉은 고휴선은 생의 기운을 발출하고 있는 것 같았다.

'늦지나 않았어야 될 텐데…… 능인, 죽으면 안 돼!'

좌설은 선 채로 능인의 몸을 주시하고 있었다. 능인의 몸은 미세하게 진동하기 시작했다. 잠시 후 능인은 신음소리와 함께 울컥 피를 토해냈다.

"음…… 억——"

고휴선은 이어 능인의 몸을 앞으로 돌리고는 손끝으로 어깨와 가슴을 재빨리 찔렀다.

"윽— 헙——"

능인은 무의식적으로 소리를 내지르고는 어느 정도 기운을 회복했다.

"아니! 고휴 스승님 아니십니까?"

능인은 힘겹게 무릎을 꿇으면서 고개를 숙였다.

"움직이지 말게!"

고휴선은 인자한 음성으로 말하고는 능인을 부축해서 편안히 앉혔다. 이어 좌설을 바라보며 말했다.

"자네도 많이 다쳤군. 이리 앉게."

좌설은 이 말을 듣고 침착하게 정좌를 했다. 고휴선은 좌설의 등에 조용히 팔을 뻗었다. 생의 기운은 고휴선의 손을 통해 좌설의 몸으로 주입되기 시작했다.

좌설은 고휴선의 기운을 전신에 운행시키고 나서 그 기운을 다시 자신의 근원과 화합시켰다. 순간 좌설의 몸은 미세하게 진동하면서 급격히 기운을 회복하기 시작했다.

좌설은 순식간에 얼굴빛이 밝아지고 있었다. 이미 위험의 단계는 멀리 벗어난 것 같았다. 이제 시간이 좀 지나면 완전히 정상을 되찾게 될 것이다.

고휴선은 뻗친 팔을 조용히 회수했다. 그러자 좌설은 무릎을 꿇고 머리를 깊게 숙였다.

"은혜에 감사드립니다!"

"음…… 큰일 날 뻔했군! 일어나게. 자네는 괜찮을 걸세!"

고휴선은 이렇게 말했는데, 좌설은 이미 자신의 몸이 정상을 되찾아가고 있다는 것을 느끼고 있었다. 문제는 능인이었다. 고휴선은 굳이 능인의 상처에 대해서는 언급하지 않고 있었다. 단지 좌설에게만 이렇게 말했을 뿐이다.

'자네는 괜찮을 걸세!'

그렇다면 능인은 어떻다는 말인가? 좌설은 이 점에 대해 물으려고 하는데 고휴선의 말이 먼저 들려왔다.

"쉬고들 있게. 나는 근처에 나가 있을 걸세!"

"……"

고휴선은 동굴 밖으로 걸어 나갔다. 좌설은 그 뒤를 보지 않고 급히 능인의 곁으로 갔다. 능인은 좀 전보다 기운을 많이 회복하고 있었으나 얼굴은 창백한 상태 그대로였다. 속으로 고통을 참고 있는 것인지 얼굴에는 땀방울이 맺혀 있었다.

좌설은 끊임없이 능인에 대해 생각하고 있었으나 자신이 할 수 있는 일이 없다는 것을 알았다.

'고휴선이 치료를 했으니 잘 될 거야……'

좌설은 애써 자신을 위로하고 있었다. 그러나 마음 한 구석에는 불안을 떨쳐버릴 수가 없었다. 무엇보다도 고휴선이 분명하게 능인의 회복을 단언해 주지 않았기 때문이다.

'기다려 보라는 뜻이겠지! 죽는다고는 말 안 했으니까!'

좌설이 이토록 안절부절못하고 있는 중에도 능인은 마음이 평온했다. 고휴선이 치료를 해 주었으나 자신은 죽어간다는 것을 알고 있었다. 고휴선이 해 준 조처는 의식을 유지할 수 있는 기운을 공급해 준 것이고, 상처가 악화되는 것을 막기 위해 혈도를 봉쇄한 것뿐이었지만 오래 갈 수는 없는 것이다.

능인은 고휴선이 공급한 기운과 자신의 근원에서 일어나는 기운을 화합시키려 하였으나 이미 내원(內源) 자체가 크게 손상되어 있었다. 능인은 고휴선으로부터 받은 기운을 활용할 수 있는 것은 미약한 의식의 활동뿐이었다.

능인의 몸은 시시각각 파괴되어 나가고 있었다. 죽음은 이제 시간 문제일 뿐, 만일 고휴선이 조처를 해 주지 않았으면 이미 숨을 거두고 말았을 것이다.

'……운명일 것이야. 스승님은 어쩔 수 없음을 알고 피하신 것이겠지. 괴로우실 테니까……'

능인은 점점 더 온화해지고 있었다. 이는 죽음을 맞이한 사람이 모든 것을 체념하고 마음을 편하게 가지려고 하는 것 때문이리라!

능인의 운명은 이와 같이 끝나야만 하는 것일까? 능인은 한 평생을 수도에 전념했고 거의 신선의 경지에 이르렀지만 가혹한 운명을 만난 것이다. 어쩌면 가혹함, 그 자체가 원래부터 예정되어 있었던 것인지도 모른다!

좌설은 능인이 죽어가는 것을 알고 있는가?

좌설은 위험을 느끼고 있었다. 하지만 그 사실을 받아들일 마음의 준비가 되어 있지 않았기 때문에 오히려 능인의 회복을 기다리고 있는 것이다.

좌설은 능인의 표정을 정밀하게 살폈다. 제발 생의 징후가 나타나 주었으면…… 이것이 좌설의 간절한 마음이었다. 능인은 좌설이 곁에 있는 것을 거의 의식하지 않고 있는 것 같았다. 그는 이미 모든 생각을 끝내고 조용히 죽음을 기다리고 있는 것이다.

고휴선은 동굴 밖 절벽 위쪽에서 이를 감지하고 있었다. 고휴선으로서도 자신이 할 수 있는 일을 다 했기 때문에 운명을 기다리고 있을 뿐이었다. 결국 한곡선이 있었더라도 결과는 마찬가지였을 것이다. 능인은 이미 생으로 돌아올 가능성은 없어진 것이다.

'이미 끝난 일이야. 한곡선은 무엇 때문에 능인의 임종을 나보고 지켜보라는 것인지?'

고휴선은 한곡선에게 생각을 돌렸다. 한곡선은 분명 능인의 죽음, 아니 위기라고 해야 할까? 아무튼 능인이 이런 지경에 이를 것을 예측하고 있었다.

'무엇 때문일까? 제자의 죽음이 애처롭기 때문이란 말인가? 그토록 급하게 피한 이유는 무엇이란 말인가?'

고휴선은 고개를 가로저으며 멀리 절벽 아래를 보고 있었다. 절벽은 여전히 안개에 싸여 하계가 보이지 않았다. 능인의 운명은 저 안개만큼이나 흐려져 있는 것이다.

능인의 운명! 죽음! 이는 가혹한 것이지만 필연적으로 도래하는 우주의 섭리인 것이다. 지금 최선을 다해 살아왔던 가엾은 능인은 외롭게 죽어가고 있다. 아니 옆에는 다정한 도반 좌설이 있으니 외롭지는 않은 것일까?

동굴 밖에는 스승의 벗인 고휴선이 지키고 있다. 그런데 이곳 덕유산에서 멀리 떨어져 있는 어느 인간의 마을에서도 능인의 위기를 알고 있는 사람이 있었다. 그 사람은 역성 정우(易聖汀雨)! 인간의 이름으로는 바로 건영이었다.

며칠 전 건영이는 정마을에 닥친 위난을 구하기 위해 능인의 방문을 청원했었다. 물론 그 일은 심정 공간 내의 일로서 건영이는 능인을 향해 마음의 신호를 발출했던 것이다.

물론 능인은 이를 감지했다. 그러나 곧 이어 닥친 자신의 위급한 상황 때문에 이에 응하지 못한 것이다. 능인은 지금 정마을을 구하지도 못할 뿐 아니라 자신의 목숨마저 지킬 수 없게 되었다.

건영이는 이 사실을 느끼고 있었다.

'⋯⋯아니! 능인 할아버지께서 어찌된 일이야? ⋯⋯이 불길한 느

낌, 병이 나신 것일까? 아니. 상처를 입으신 것 같군, 몹시 위독하군! ……죽음?'

건영이는 얼굴을 찡그리며 고개를 가로저었다. 그토록 인자하신 도인이 잘못될 리는 없는 것이다. 이것이 건영이의 마음이었다.

건영이는 능인 할아버지의 운명을 알기 위해 점을 치기로 했다. 먼 미래의 일이 아니었다. 가까운 장래! 어쩌면 점을 치고 있는 동안 결정이 날 수도 있는 운명이었다.

그것은 반드시 죽음일 수는 없는 것이다. 아니, 죽음이어서는 안 된다. 건영이는 능인 할아버지의 무사를 빌면서 점괘를 얻으려는 것이다. 그러나 이런 마음으로는 점괘가 옳게 얻어질 리가 없었다. 점이란 어떠한 편견이나 감정을 가져서는 안 된다. 오직 순수한 마음으로 천지의 근원과 감응해야 하는 것이다.

건영이는 이내 자신의 태도를 반성하고 마음을 비우기 시작했다. 그러나 그것이 쉽게 이루어지는 것은 아니었다. 건영이는 능인 할아버지에 대해 일어나는 사적인 감정을 끊임없이 배제하면서 풍곡림으로 걸어 올라갔다.

풍곡림은 언제나 평화롭고 그윽한 도량이었다. 건영이는 이곳에 오면 어느 곳에서보다 마음의 집중이 잘 이루어진다. 건영이는 자신의 명상처인 풍곡대 위에 앉았다.

우선 마음을 깊게 가라앉히고 모든 잡념을 일소했다. 그리고 좀 더 마음을 편안히 한 다음 대나무 가지를 꺼냈다. 이는 점을 치기 위한 신령한 도구인 것이다.

건영이는 눈을 감고 마음을 우주의 근원과 합치시켰다. 이 순간 건영이의 마음은 우주에서 사라졌고 천지와 하나가 되었다. 천지는 저 스스로 끊임없이 운행하고 있는 것이다. 건영이는 천지와 더불어 그 흐름 속에 내맡겨지고 있었다.

잠시 시간이 흐르자 건영이는 마음을 조금 움직여 능인의 운명에 집중하기 시작했다. 이는 어린아이의 의식처럼 어떠한 가정이나 기대함이 없이 궁금함, 그 자체만을 유지하고 있는 것이다. 이 마음은 곧 천지의 마음으로, 천지가 의문을 품고 그 답을 얻으려 하는 것이다.

천지의 감응은 건영이의 손을 통해 나타나기 시작했다. 건영이는 대나무 가지를 나누고 세면서 차츰 괘상(卦象)을 이루어나갔다. 이것은 바로 천지의 계시로서 의문에 대한 답인 것이다.

이제 괘상은 맺어졌다. 건영이는 나타난 괘상을 조용히 바라보고 있었다.

이 순간 멀리 덕유산 동굴에서는 좌설이 자리를 박차고 일어났다. 능인의 상태가 궁금해서 견딜 수 없었던 것이다. 좌설은 동굴 밖으로 걸어 나왔다. 고휴선을 찾기 위해서였다. 동굴 밖에 나온 좌설은 잠깐 주위를 살폈다. 이는 눈으로 살피는 것이 아니라 의식으로 살피는 것이다. 좌설의 의식에 고휴선이 즉각 나타났다. 고휴선은 먼 곳에 가 있지 않고 바로 동굴 위쪽 절벽 위에 있었던 것이다.

좌설은 비약했다. 좌설이 단번에 뛰어올라 절벽 위에 이르자 고휴선이 보였다. 고휴선은 좌설이 올라오는 방향을 등지고 멀리 안개를 바라보고 있었다.

"고휴 스승님!"

"······."

고휴선은 좌설이 부르는 것에 반응을 보이지 않았다. 좌설은 몇 발자국 걸어서 고휴선의 바로 등 뒤로 갔다.

"고휴 스승님!"

좌설은 무릎을 꿇고 애절하게 불렀다. 그러자 고휴선은 천천히 돌아섰다. 고휴선의 얼굴빛은 어두운 상태였다.

"좌설! ……어쩔 수 없네…… 운명이라고 생각해야지!"

"예? 능인을 살릴 수 없는 것입니까?"

"그렇다네……."

"안 됩니다. 살려주십시오!"

"낸들 살리고 싶지 않겠나……. 이미 끝난 일이야."

고휴선은 애처롭게 좌설을 바라보며 고개를 저었다.

"무슨 말씀이십니까? 빨리 살려주십시오!"

좌설은 따지듯 말하고는 고휴선을 노려봤다. 고휴선은 허탈하게 웃으며 고개를 저었다.

"허허, 미안하이……. 내 힘으로는 안 돼! 끝났어……."

"제발 살려주십시오."

좌설은 눈물을 주르륵 흘렸다. 고휴선도 잠시 고개를 들어 먼 곳을 바라봤다. 선인의 마음도 인간의 마음과 같은 것일까? 고휴선은 고개를 저으며 애처로운 표정을 짓고 있었다.

"좌설, 진정하게! ……능인이 떠나려 하네. 내려가 봐야지?"

고휴선이 이렇게 말하자 좌설은 일어나서 고휴선을 원망하듯 쳐다봤다. 그러자 고휴선은 인자한 표정을 지으며 타이르듯 말했다.

"가보게! ……어서."

좌설은 하는 수 없이 동굴로 돌아왔다. 능인은 여전히 평화로운 모습을 유지하고 있었다.

"능인! ……괜찮나?"

“…….”

능인은 좌설의 물음에 침묵을 지키고 있었다. 이미 세상을 떠난 것인가? 좌설은 다급한 목소리로 불렀다.

“능인! 능인!”

그러자 능인의 목소리가 조용히 들려왔다.

“좌설! 나 여기 있네! 자넨 열심히 공부하게. 그리고…….”

능인은 유언을 남기려는 듯 갑자기 눈을 떴다. 이때 고휴선도 동굴 안으로 들어왔다.

“고휴 스승님…….”

능인은 앉은 채로 돌아서서 고개를 숙였다. 고휴선은 가까이 다가왔다. 그러자 능인이 고휴선을 향해 말했다.

“한곡 스승님께 죄송하다고 전해 주십시오. 은혜를 갚지 못하고 먼저 떠난다고…….”

능인의 목소리는 맑고 평화로웠다. 그러나 유언을 듣는 사람에게만은 애처로운 것이다. 좌설은 말없이 눈물을 흘리고 있었다. 고휴선은 고개를 천천히 끄덕였다. 이제 떠나도 좋다는 뜻인 것이다. 이와 함께 좌설의 흐느낌이 들리기 시작했다.

바로 이 때였다. 고휴선은 갑자기 능인의 몸을 훌쩍 뛰어넘어 등 뒤로 갔다. 그러고는 번개같이 등을 찔러갔다. 좌설이 느끼기에는 마치 공격을 하는 것 같았다.

“아니?”

좌설은 울음을 그치고 고휴선을 바라봤는데 고휴선은 등 뒤에 앉아 능인에게 팔을 뻗치고 있었다. 기운을 주입하고 있는 자세! 이 무슨 일일까?

이미 죽음이 도래한 사람에게 기운이 무슨 필요 있을까! 잠시 생을 연장한들 그것이 무슨 의미가 있을까? 오히려 번거로움만 주는 것이 아닐까?

좌설은 영문을 몰라서 고휴선을 바라봤는데, 고휴선은 즉시 일어났다.

"좌설!"

"……."

"내 말을 잘 듣게! 능인은 잠시 기다렸다 가야겠네!"

"예? 무슨 말씀이신지요?"

좌설은 영문을 몰라서 고휴선의 기색을 살폈다. 그러자 고휴선은 엄숙한 표정을 지으며 날카롭게 말했다.

"좌설. 나는 잠시 나갔다 올 것이네. 절대로 동굴 밖으로 나오면 안 돼! 알겠나?"

"예! 하오면 능인은 어떻게 되는지요?"

"급할 것 없네! 잠시 쉬었다 가면 되는 거네!"

고휴선은 급히 동굴 밖으로 나왔다. 좌설은 꿈을 꾸는 기분으로 능인을 바라봤다.

"능인! 들었나?"

"음, 들었네…… 조금 기다렸다 가라는 뜻이시겠지!"

"그래? 괜찮겠나?"

"허허, 잘된 일이 아닌가! ……우리 얘기나 좀 더 하면서 기다리지!"

"하긴…… 그런데 고휴 스승님이 왜 급히 나가셨지?"

좌설은 궁금한 표정을 지으며 능인을 빤히 바라봤다.

"글쎄…… 내겐 생각할 시간이 없어. 기다리라고 했으니 돌아오시겠지!"

능인의 목소리는 평온했다. 이것은 최후의 기운을 사용하고 있는 것이리라! 그러나 고휴선이 죽음을 잠시 연기시킨 것이 오래 갈 수는 없을 것이다. 좌설은 쫓기는 마음으로 능인을 지켜보고 있었다.

동굴 밖으로 나간 고휴선은 즉각 비약해서 절벽 위쪽으로 올라섰다. 그러고는 다시 동굴 반대쪽 허공으로 날아올랐다. 잠시 후 고휴선이 착지한 곳은 동굴 뒤쪽 절벽을 건너뛴 높은 봉우리였다.

이곳에서 보면 동굴의 절벽은 아래쪽으로 내려다보이는 봉우리이다. 주변에는 이와 같은 봉우리가 몇 개 더 있어서 서로 키를 재고 있는 것처럼 보였다.

그러나 저 아래쪽에는 안개가 서려 있어 바닥이 보이지 않는다. 오늘처럼 안개가 두텁게 싸였을 때는 봉우리들은 자그마한 섬들처럼 느껴진다. 고휴선이 있는 높은 봉우리는 조금 큰 섬일 뿐이다.

고휴선은 잠시 사방을 둘러보고 있었다. 산 아래쪽은 안개가 넓게 퍼져 있어서 망망한 바다를 바라보고 있는 것 같았다. 안개는 점점 많아지고 섬들은 작아지고 있는 중이다.

봉우리 위쪽, 하늘에 불고 있던 바람은 갑자기 뚝 멈추었다. 이상한 일이었다. 모든 방향에서 불던 바람이 일제히 멈춘 것이다. 이와 함께 안개가 급격히 많아지고 있었다.

안개는 잠깐 사이 동굴 절벽을 삼켜버렸다. 주변에 조금 높은 봉우리도 차츰 사라지고 있었다. 잠시 후 낮은 봉우리들은 다 사라지고 안개는 고휴선이 있는 봉우리를 감싸기 시작했다. 고휴선은 봉우리의 중앙 쪽으로 자리를 옮겼다.

이때였다. 안개 속에 희미한 그림자가 소리 없이 출현했다. 고휴선의 가까운 앞쪽이었다. 아니 고휴선이 그림자가 출현하는 방향으로 서 있었던 것이다. 그림자는 약간 선명해졌다. 이곳 봉우리는 이미 짙은 안개에 묻혀 있어 한 치 앞도 볼 수 없는 상태였다.

그러나 고휴선의 눈에는 그림자 같은 존재가 보이고 있는 것이다. 고휴선은 두 손을 맞잡고 오른쪽 무릎을 꿇었다. 그림자는 조용히 서 있었다. 고휴선은 그림자를 향해 고개를 숙이고 정중하게 읊조렸다.

"어른을 뵈옵니다."

"일어나게!"

"감사하옵니다."

고휴선은 조심스럽게 일어나서 여전히 두 손을 맞잡고 있었다. 그림자의 말소리가 들려왔다. 근엄하고 인자한 음성이었지만 극한의 기운이 서려 있었다.

"고휴, 자넨 천소에 있지 않고 이곳엔 왜 와 있나?"

그림자는 고휴선을 익히 잘 알고 있는 것 같았다. 천소란 지리산에 있는 고휴선부로 해동 일대의 대표적인 선부이다. 천소는 하늘이 지정해 준 선부로서 하늘에서 하계로 내려올 때 으레 들르는 곳이다.

그러나 천소라고 해서 어떤 조건이 있는 곳은 아니다. 특별히 경치가 좋다거나 넓은 곳도 아니고, 높은 곳에 위치한 곳도 아니다. 단지 그곳에서 수도하는 선인이 널리 하늘까지 알려져 있으면 대개 천소로 지정되는 것이다.

그리고 천소의 선인이라고 해도 다른 선인보다 인격이 뛰어난 것이 아니다. 물론 직위가 높은 것도 아니다. 원래 하계에는 하늘에서 임명한 선관이 없다. 이는 속계라는 곳이 하늘이 다스릴 만한 일도 없거니와 속인 자체가 하늘의 다스림을 받을 만한 인격도 갖추지 못하고 있기 때문이다.

　속인들의 세계는 그야말로 아무런 할 일도 없이 생존 경쟁만 존재하는 세계이다. 하기야 이런 곳에도 인격 높은 선인들이 있어서 종종 천계와 교류가 이루어지고 있는 것이다. 특히 지리산 천소는 상계의 선인들이 빈번히 왕래하고 있었다. 지금 안개 속에 서 있는 그림자만 보이는 선인도 지리산 천소를 거쳐 온 것 같았다.

　'자넨 천소에 있지 않고 이곳엔 왜 와 있나?'

　그림자의 선인은 하계에 내려오자마자 먼저 천소를 찾았을 것이다. 그리고 천소에 고휴선이 없는 것을 알고 다시 덕유산으로 이동했을 것이다. 고휴선을 찾기 위해서인지 덕유산에 용무가 있는지는 알 길이 없다.

　그림자의 선인의 질문에 고휴선은 황급히 대답했다.

　"예, 저는 사사로운 일로 이곳에 와 있사옵니다. 어른께선 어인 행차이시옵니까?"

　"음, 한곡을 찾아왔다네⋯⋯."

　"죄송합니다만 한곡은 지금 이곳에 있지 않사옵니다."

　"그런가? ⋯⋯어디로 갔나?"

　그림자 선인은 자신이 찾고자 하는 한곡선이 없다고 하는데도 전혀 변화가 없는 음성으로 물었다. 완전한 평정인 것이다.

　고휴선이 정중히 대답했다.

　"예, 옥황천으로 간다고 떠났사옵니다."

　"⋯⋯무슨 일로?"

　"풍곡을 만나러 간다고 했사옵니다."

　"음, 내가 또 한 발 늦었군⋯⋯."

　그림자의 선인은 조용히 스스로에게 말했다. 고휴선은 침묵을 지키며 속으로 잠깐 생각했다.

'……한곡이 급히 떠난 것은 이 어른과 어떤 관계가 있었던 것일까? 그렇다면 한곡은 이 어른이 오실 것을 알고 있었단 말인가?'

고휴선은 이렇게 생각하고 있었지만 그림자의 선인이 한곡선과 적대 관계인지 어떤지는 알 수가 없었다.

다시 그림자 선인의 음성이 들려왔다.

"자네, 소지선관을 만났는가?"

"예……."

"어디로 갔나?"

"잘 모르겠사옵니다. 속계를 떠난 것만 알고 있사옵니다."

"그건 알고 있네. 속계에선 어디를 다녀갔나?"

"이곳에 다녀갔습니다."

"그러고는?"

"예? 정마을이란 곳을 간 것으로 알고 있사옵니다."

고휴선은 잠깐 망설이다가 대답했다. 소지선의 향방을 자세히 얘기하는 것이 좋은지 어떤지 모르기 때문이었다. 하지만 지체 높은 선인의 물음에 대답을 회피할 수는 없었다.

그림자의 선인이 다시 물었다.

"소지선관은 한곡과 함께 갔겠지? ……정마을이란 곳으로."

"예……."

"정마을엔 왜 갔는가?"

"모르겠사옵니다."

"모르겠다고? 잘 생각해 보게!"

그림자의 선인의 음성은 미세한 정도로 변했지만 날카로운 기운이 서려 있었다. 고휴선은 급히 대답했다.

"누구를 만나러 간 것 같사옵니다!"

"역성(易聖)을?"

역성이라면 건영이를 말한다. 그림자의 선인은 소지선과 한곡선이 정마을을 찾아간 이유를 이미 알고 있었다. 고휴선으로서는 그림자 선인이 뻔히 아는 내용을 묻는 이유를 몰랐다.

'이 어른께서는 소지선관을 찾는 것인가? 한곡선을 찾는 것인가? ……아니면 역성을 찾는 것일까?'

고휴선은 속으로 생각하며 대답했다.

"예, 저는 역성을 만나러 갔었다는 것을 나중에야 알았사옵니다."

고휴선은 변명을 했다. 그러자 그림자의 선인은 미소를 짓는 것 같았다. 하지만 고휴선은 이를 직접 바라다볼 수는 없고 느낄 수 있을 뿐이었다. 그림자 선인의 음성이 다시 부드러워졌다.

"나중에 알았다고? ……어떻게 알았나?"

"생각해 보고 알았사옵니다."

"그런가? ……소지와 한곡이 역성을 왜 만났나?"

그림자 선인은 세심하게 물었다.

'필경 이미 알고 있는 사실을 확인하고 있는 것이야…….'

고휴선은 이렇게 생각하며 조심스럽게 대답했다.

"제 생각이옵니다만, 소지선이 도피처를 물으러 간 것 같사옵니다."

"그럴 테지! 자넨 역성을 만나봤나?"

"못 만나봤사옵니다."

"정마을의 위치는?"

"가까운 곳에 있사옵니다."

"그래? 안내를 하게!"

"예? 저…… 지금 당장 말이옵니까?"

고휴선은 더듬거리며 대답했다. 그러자 그림자의 선인은 어처구니 없다는 투로 가볍게 웃고 있었다. 그림자의 선인은 고휴선이 무례하게 나오는 것을 잠시 음미하고 있는 것이리라!

고휴선은 즉시 변명했다.

"저…… 어르신께 죄송스럽사옵니다만 사정이 있사옵니다."

"사정? ……허허 ……그 사정이 무엇인가?"

그림자의 선인은 많이 참으며 묻고 있는 것이리라. 고휴선도 이를 느끼고 있지만 강하게 밀고 나가고 있었다. 다행히 그림자의 선인이 사정의 내용을 묻고 있으니 설명을 해도 좋은 것이다.

"예, 저는 사람을 치료하고 있었사옵니다. 현재 아주 위급한 상태이옵니다."

고휴선은 고개를 조금 숙여 보이면서 간절하게 말했다. 그러나 그림자의 선인은 감정의 변화 없이 담담하게 물었다.

"환자가 누구인고?"

"능인이란 사람이옵니다."

"속인인가?"

"예."

"속인을 치료해? ……자넨 왜 그 일을 하나?"

"죄송하옵니다만, 능인은 한곡의 제자이옵니다."

"그래? ……능인이라!"

그림자의 선인은 잠시 생각을 하는 듯 보였다.

"……."

고휴선은 침묵을 지키며 기다릴 뿐이었다. 하지만 속으로는 중대한 계획을 진행시키고 있었다. 고휴선은 어떡하든 그림자의 선인과 능인을 연계시키려 하는 것이다.

그림자의 선인의 근엄한 목소리가 다시 들려왔다.

"고휴, 자네가 할 일이 아니구먼."

그림자의 선인은 냉정하게 말해 왔다. 그러나 고휴선은 지지 않고 대꾸했다. 이제 와서는 이미 내친걸음인 것이다.

"죄송하옵니다만 저는 한곡으로부터 능인을 부탁받았사옵니다. 치료를 해야 하옵니다."

"그런가? ……소용없는 일이야! 능인은 살지 못해!"

"예? ……어째서 그런 것이옵니까?"

"허허, 자넨 고집이 세군. 천명이 그렇게 되어 있네!"

그림자의 선인은 질렸다는 듯이 고개를 가로저었다. 고휴선은 또다시 말했다.

"천명인 것이옵니까? ……그래도 저는 구하고 싶사옵니다."

"무어? 자넨 천명을 어길 셈인가?"

그림자의 선인은 다소 놀란 음성으로 말했다. 그러자 고휴선은 무릎을 꿇으며 대답했다.

"예…… 그렇게 하고 싶사옵니다."

"……도대체 자넨 왜 그러는가?"

"한곡의 부탁이기 때문이옵니다!"

"한곡의 부탁? 한곡도 잘 알 텐데…… 이상한 일이야!"

그림자의 선인은 이렇게 말하면서 고휴선을 의심쩍게 바라봤다. 고휴선은 무릎을 꿇은 채로 말했다.

"능인을 살려주옵소서!"

"음? ……굳이 천명을 어길 셈인가?"

"예, 죄송하옵니다."

"허허…… 한곡의 부탁 때문이라? ……할 수 없군…… 가서 치료하게! 나는 기다리겠네!"

"……."

고휴선은 그림자 선인의 말을 듣고도 일어나지 않고 있었다. 그럴 수밖에 없었다. 고휴선의 뜻은 다른 데 있는 것이다. 그림자의 선인은 영문을 몰라 다시 물었다.

"자네, 왜 그러고 있나? ……다녀오라니까!"

그림자의 선인은 다소 냉엄한 투로 말했다. 이때 고휴선은 비장한 각오를 하고 있었다. 그동안 이미 무례를 범할 대로 범한 이상 목표를 향해 밀고 나갈 수밖에 없었다. 고휴선은 고개를 숙여 절을 하고는 천천히 말했다.

"죄송하옵니다만 어르신께 사실을 밝히고 싶사옵니다."

"사실이라니?"

"예, 저는 능인을 치료할 능력이 없사옵니다."

"그래? ……그럼 끝난 일 아닌가? ……다 천명인 것이야!"

그림자의 선인의 말은 고휴가 치료도 할 수 없고 천명도 그렇게 되어 있으니 생각할 필요가 없다는 것이다. 그림자의 선인으로서는 고휴선이 끝까지 고집을 부리기 때문에 마음대로 하라고 말한 것뿐이었다.

그러나 고휴선은 자신의 계획이 있었다. 그것은 그림자의 선인을 통해 능인을 살려내려는 것이다. 고휴선은 머리를 땅에 더욱 숙이며 말했다.

"능인을 살려주소서…… 간곡히 청원 드리옵니다."

그림자의 선인은 심히 놀라고 말았다.

"아니! 자네 무슨 말을 하고 있나? 나에게 속인을 치료해달라고? 더구나 천명을 어기면서까지?"

그림자의 선인은 너무나 놀라 오히려 목소리가 차분해졌다. 고휴선은 태연하게 대답했다.

"예, 그렇사옵니다…… 능인을 살려주옵소서."

"허허, 자네 미쳤군…… 더 이상 말하면 벌을 내릴 것이네! 그만하고 갈 길이나 가세!"

그림자의 선인은 어처구니없다는 미소를 지으며 날카롭게 말했다. 그러나 고휴선은 물러나지 않았다.

"저는 벌을 받겠사옵니다! 하지만 어르신께서도 모르시는 것이 있사옵니다."

"음? ……무슨 말인가?"

그림자 선인의 음성은 냉엄해졌다.

"예, 말씀드리겠사옵니다……."

고휴선은 무릎을 꿇은 채로 한 번 더 절을 하고는 말을 이어나갔다.

"어르신께서는 지금 역성을 만나려 하고 계시옵니다. 역성의 본래 이름은 정우이옵니다만 이곳 속계에서는 건영이라고 부르옵니다. 건영이는 지금 정마을에 살고 있사옵니다. 그러하온데……."

고휴선의 음성은 침착했다. 그림자의 선인은 그대로 듣고만 있었다. 그림자의 선인으로서는 자신이 모르는 것이 있다고 하니 우선 들어보려는 것뿐이었다. 하지만 고휴선의 말이 허튼 수작이라는 것이 밝혀지면 그때는 용서하지 않을 생각이었다. 그것은 죽음을 포함한 아주 엄한 벌인 것이다.

고휴선의 말이 이어졌다.

"능인과 건영이는 절친한 사이옵니다. 만약 어르신께서 건영이를 만나 어떤 도움을 청하려 하옵신다면 능인의 도움이 필요할 것이옵니다. 능인이 아니면 정마을에 가서도 건영이를 만나보기 힘드옵니다. 굳이 속인들 틈에 흔적을 남기실 생각이면 모르시지만…… 그러나 능인이 죽고 난 후에는 건영이도 상심해서 입을 다물 수도 있사옵니다. 어쩌면 어르신께서 능인의 죽음을 방치했다는 것을 건영이가 안다면 건영이는 어르신을 적대시할지도 모르옵니다."

고휴선은 여기까지 말하고는 잠시 그림자의 선인의 기색을 살폈다.

"……."

그림자의 선인은 침묵을 하며 무엇인가 생각을 하고 있는 듯 보였다. 그렇다면 고휴선의 말을 듣고 있는 것이리라! 고휴선은 말을 계속했다.

"능인을 살려주는 것은 분명 천명을 어기는 것이옵니다. 그렇다면 어르신께서 속인인 건영이를 만나 천기를 묻는다면 이는 어찌 되는 것이옵니까? 그런 일도 천명에 있는 것이옵니까? 더구나 건영이에게 무엇인가 도움을 청하려는 마당에 건영이가 좋아하는 능인의 죽음을 방치하신다면 어르신의 하고자 하는 일에 혹시 나쁜 운명을 초래하지 않겠사옵니까?"

"……."

그림자의 선인은 여전히 침묵으로 일관하고 있었다. 고휴선은 얘기를 계속 진행해 나갔다.

"오늘날 능인이 죽음에 이르게 된 것은 비록 천명일지는 모르나 그 과정은 가혹스럽사옵니다. 능인은 혼마(混魔)를 상태로 싸우다 다친 것이옵니다. 말하자면 능인은 세상을 위하는 싸움에 목숨을 맡긴 것이옵니다. 혼마와의 싸움은 능인에게는 처음부터 힘겨웠던 것이옵니다. 그리고 혼마는 지금도 힘을 키워가고 있사옵니다. 능인이 죽으면 이제 혼마를 상대할 사람도 없사옵니다. 통촉해 주옵소서.”

고휴선은 여기까지 얘기하고 일단 멈추었다. 그러자 그림자선이 말했다.

“자네, 말을 다 했는가?”

“예, 죄송하옵니다.”

“자네 정성은 알겠네. 하지만 자네 말은 엉터리야! 하지만 이번만은 용서해 주겠네. 어서 떠날 준비를 하세!”

그림자의 선인의 말투는 무덤덤했다. 속으로는 별로 감흥을 받지 못한 것이 분명했다. 그러나 고휴선은 아직도 버티고 있었다.

“예? 능인은 죽어야 하는 것이옵니까?”

“허허, 자넨 참 어지간하군! 이보게, 혼마와 싸운 사람을 내가 도우면 이는 참견하는 일이 되는 거야! 그리고 능인이 죽는 것은 천명일세. 나의 책임이 아니야! 건영이가 어떻게 생각하든 나는 정당하네. 그리고 나는 건영이를 만날 운명이 처음부터 있었어. 건영이가 말을 하지 않는다면 자네가 설득하게. 건영이를 만나는 방법도 자네가 연구하면 되는 것이야. 건영이가 상심한다고 해서 내가 공연히 능인 같은 사람과 인연을 맺을 수는 없어! ……어서 일어나게!”

그림자의 선인은 완강했다. 고휴선은 왼쪽 무릎을 세우고 두 손을 맞잡았다. 그러고는 비통한 음성으로 말했다.

“한 말씀만 더 올리겠사옵니다. 현재 풍곡은 옥황부에 올라가 있사옵니다. 저의 생각에는 풍곡은 평허선공을 상대로 큰일을 벌이고 있다고 믿사옵니다. 그 일 중에는 소지선관과 어르신을 돕는 일도 포함되어 있을 것이옵니다."

고휴선은 그림자의 선인의 기색을 살피지 않고 속도를 조금 빨리 해서 말했다. 이제 노골적으로 그림자의 선인을 설득하고 있는 것이다. 벌 받을 각오는 이미 되어 있었다. 죽을 각오도 되어 있는 것이다. 고휴선의 말이 이어졌다.

"풍곡은 능인에게 건영이를 보호하라고 부탁했사옵니다. 이제 능인이 죽으면 건영이를 보호할 사람도 없사옵니다."

"알겠네, 잠깐!"

그림자의 선인은 고휴선의 말을 막았다.

"자네가 방금 한 말, 능인이 건영이의 보호자란 말은 사실인가?"

"예, 어느 안전이라고 거짓을 말하겠사옵니까? 풍곡선은 태상노군으로부터 건영이를 보호하라는 명을 받았사옵니다."

"무엇이라고? 태상노군?"

"예, 그렇사옵니다. 풍곡은 그 일을 다시 능인에게 맡겼사옵니다."

"허, 그런 일…… 하지만 내가…… 무슨 상관인가? 나에게는 나의 천명이 있는데 말일세."

그림자의 선인은 숙일 듯하다가도 다시 완강해지는 듯 보였다. 그러나 망설임이 분명한 이상 더욱 밀어붙이고 볼 일이었다. 고휴선은 이렇게 생각하고 즉시 말했다.

"……어르신께서는 당초 소지선의 보호에 실패하셨사옵니다. 그런데 건영이는 소지선을 구해줬사옵니다. 이런 점에서 어르신께서는 이미 건영이의 신세를 진 셈이옵니다."

"무어? ……거 참…… 그런가?"

그림자의 선인은 당황하며 말했는데, 이에 마음이 상당히 흔들리고 있는 것이다. 고휴선은 계속했다.

"그렇사옵니다. 그리고 능인은 건영이를 호랑이로부터 구한바 있사옵니다. 능인은 건영이의 은인이옵니다. 말하자면 능인은 어르신의 은인의 은인인 것이옵니다."

그림자의 선인은 말을 못 하고 있었다. 무엇인가 깊게 생각하고 있는 것이리라. 고휴선은 그림자의 선인의 생각을 방해할 목적으로 음성을 조금 바꾸면서 급히 말했다.

"만일 어르신께서 건영이의 도움을 받으신다면 건영이에게 무엇으로 보답하겠사옵니까? 건영이의 은인인 능인을 구하는 것보다 더 큰 일이 있겠사옵니까?"

"……"

그림자의 선인은 고휴선을 흘끗 바라보며 침묵을 지켰다. 고휴선은 계속했다.

"어르신께서는 소지선의 행방 외에도 건영이에게 도움을 청할 일이 있사옵니다. 그렇사옵니다. 어르신께서 건영이를 만나기 위해 내려오셨다면 필경 그런 운명일 것이옵니다. 이런 말씀 드려 죄송스럽사옵니다만 그러한 건영이는 이제 위험에 노출되게 되었사옵니다. 어쩌면 건영이는 죽을지도 모르옵니다. 그나마 능인의 보호로 이제껏 위험을 여러 번 넘겼는데 능인이 없다면 건영이는 어떻게 되겠사옵니까? 속계란 아주 위험한 곳이옵니다."

고휴선은 그림자의 선인이 모를 내용, 즉 속계에 관한 내용을 추가했다. 고휴선으로서는 속계의 위험을 과장하여 능인의 필요성을 강조하려는 것이다. 그러자 그림자의 선인이 말을 막았다.

"속계에도 천명이 있어! 능인이 없다고 해서 죽지 않을 사람이 죽겠는가?"

그림자의 선인은 이렇게 말했는데, 이 순간 고휴선은 속으로 생각했다.

'이 어른은 건영이의 죽음을 걱정하는군! 그렇다면……'

고휴선의 마음에는 또 하나의 생각이 떠올랐다.

"물론 그렇사옵니다. 하지만 건영이는 다르옵니다. 평허선공만 해도 무작정 건영이를 죽이려 하지 않았사옵니까? 건영이에게는 보호자가 필요하옵니다. 만일 능인마저 없다면 건영이는 위험에 직면할 것이옵니다. 건영이는 이상한 아이이옵니다. 어쩌면 능인의 존재는 건영이의 안전을 지켜주는 상징적 역할을 할지도 모르옵니다! 무엇보다도 능인의 죽음은 건영이의 정서에 영향을 미쳐 학문 발전에 지장을 줄 것이옵니다."

고휴선은 조용히 말을 끝냈다. 그러고는 다시 무릎을 꿇고 고개를 숙였다. 이제 더 이상 할 수 있는 얘기는 없었다. 그림자의 선인의 처분에 맡길 수밖에 없는 것이다.

고휴선은 마지막 호소를 통해 은근히 평허선공을 끌어들였고, 능인의 역할이 현실적인 것을 넘어서 건영이의 운명에 단서가 될 것이라는 점을 내비추었다. 특히 고휴선이 평허선공을 끌어들인 것은 깊은 뜻이 있었다.

현재 평허선공과 그림자의 선인은 경쟁을 하고 있는 중으로 서로가 하는 일을 방해하는 것에 주력하고 있었다. 고휴선은 이 일을 잘 알고 있었다. 고휴선의 계획은 평허선공이 건영이를 죽이려 했다는 것을 환기시켜 그림자의 선인의 의욕을 자극하려는 것이다.

"……"

고휴선은 침묵을 지키고 있었고 그림자의 선인도 잠시 생각에 잠겨 있었다. 시간이 다소 길게 느껴졌다.

"고휴! 일어나게……."

이윽고 그림자의 선인이 말을 하기 시작했다. 이제 그림자의 선인의 다음 말이 능인의 운명을 결정하게 되어 있는 것이다. 고휴선은 조용히 일어나 두 손을 맞잡고 있었다. 그림자의 선인의 말소리가 들려왔다.

"능인은 어디 있나?"

"저 쪽 절벽에 있사옵니다."

"운명할 시간이 지났을 텐데…… 아직 살아 있나?"

그림자의 선인은 다소 염려되듯 물었다. 그러자 고휴선이 미소를 지으며 당당하게 대답했다.

"예, 제가 생명을 연장시켜 놓았사옵니다."

"음? 자네는 내가 도와줄 것을 알았나?"

"아니옵니다! 만약을 대비해 놓았을 뿐이옵니다…… 죄송하옵니다."

"허허, 알겠네! 완전히 계획적이었군!"

그러나 그림자의 선인은 이렇게 말하면서도 심기는 편한 것 같았다. 두 선인은 소리 없이 날아서 동굴이 있는 절벽에 당도했다.

"바로 이 아래이옵니다!"

고휴선은 밝은 목소리로 말했다.

"음, 밖으로 나오지 않도록 하게! 능인을 보고 싶지는 않으니까……."

"예, 이미 지시해 두었사옵니다. 그런데 환자가 한 사람 더 있사옵니다."

"알고 있네! 그 사람의 행운일 뿐이야."

"감사하옵니다."

고휴선은 급히 한쪽 무릎을 꿇고 두 손을 맞잡아 보였다. 그림자의 선인은 이를 쳐다보지 않고 조용히 자리에 앉았다. 고휴선은 즉시 피해서 절벽 끝에 가서 서 있었다. 순간 강렬한 광채가 그림자의 선인의 몸 주변에 서리기 시작했다.

광채는 두 가지 색이 이층으로 되어 있는데, 위쪽은 붉은색, 아래쪽은 초록색이었다. 초록색 광채는 그림자의 선인이 앉아 있는 돌바닥을 파고들기 시작했다. 이와 동시에 주변이 진동하고 그 파장은 고휴선이 서 있는 곳까지 느껴졌다.

봉우리 전체에는 짙은 안개가 덮여 있어 광채는 현란하게 빛나고 있었다. 그림자 선인의 모습은 광채에 완전히 가려져 사람의 형체는 보이지 않았다. 파고든 초록색 빛은 이미 동굴 속에 뿌려지고 있었다.

"아니! 이게 뭐지?"

좌설은 갑작스런 사태에 놀라 능인을 불렀다. 능인은 평온하게 죽음을 향해 가라앉고 있다가 의식을 일으켜 세웠다. 이와 함께 좌설이 부르는 소리가 선명하게 들려왔다.

"능인! 정신을 차리게! 심상치 않은 일이 생겼어!"

"음? 좌설. 내가 졸고 있었나? ……아니! 이건 무엇이지?"

능인은 갑자기 정신이 맑아지는 것을 느꼈다. 그리고 이 순간 동굴 속에 초록색 광채가 가득 차고 있다는 것을 알았다.

"이건? ……이게 무엇이지? ……어! 이것은……."

능인은 하던 말을 중지했다. 좌설도 무엇인가 말을 하려다 입을 다물고 말았다. 동굴 속에서 일어나는 현상이 너무나 기이했던 것이다. 두 사람은 잠시 영문을 모르고 당황했지만 이내 상황을 깨달았다.

좌설과 능인은 기운의 성격을 파악한 것이다. 이는 극한의 활동력을 가진 생의 기운으로서 모든 만물을 소생시키고 있었다.

"……"

두 사람은 대화를 중지하고 기운과 감응하기 시작했다. 능인은 동굴의 천정에서 쏟아지는 기운을 백회혈(百會穴)에서 맞이하고, 이 기운을 안면을 통과시켜 인체의 전면으로 흘러내리게 했다.

이어 계속 하강하는 기운은 회음(會陰)을 통과하고 장강(長强)으로 건너뛰어 인체의 후면을 오르기 시작했다. 능인은 장강혈에서부터 인체의 후면, 즉 독맥(督脈)을 타고 오르는 기운을 차례차례 신체의 내면에 흡입시켰다.

그러자 기운은 급격히 작용을 나타내기 시작했다. 신체의 내면에 파고든 기운은 장부(腸部)에 주입되면서 병든 신체에 활력을 공급했다. 이에 따라 능인의 곪은 장기는 병소를 몰아내고 차츰 생기를 되찾아갔다.

동굴의 천장에서는 초록의 광채가 마치 물이 흐르듯 뚝뚝 흘러내리고 있었다. 동굴 밖의 안개는 이미 동굴 안으로도 스며들기 시작했다. 그러나 동굴 속을 가득 메우고 있는 초록의 광채는 안개를 아름답게 물들이며 더욱 찬란하게 빛났다.

초록의 광채는 곧 생명의 기운이었다. 능인은 이를 쉬지 않고 흡입하면서 죽어 있는 장기를 소생시키고 있었다.

어느덧 능인을 감싸고 있던 사신(死神)은 멀어져 가고 모든 신체는 작용을 개시했다. 이와 함께 능인은 기운의 근원을 작동시켰다. 이로써 능인은 죽음에서 벗어나고 어느덧 본연의 모습을 회복했다.

이제 능인의 몸은 상처를 완전히 퇴치하고 끊임없이 공급되는 기운을 마음껏 축적하고 있었다. 능인의 옆에 앉아 있는 좌설도 넘쳐흐르는 생명의 기운을 유감없이 수용하고 있었다. 생명의 기운은 동굴의 벽들을 온통 초록색으로 물들이며 그칠 줄 모르고 분출하고 있었다.

시간이 좀 더 흐르자 좌설과 능인은 자신이 수용할 수 있는 기운의 최대치를 얻었다. 이제는 아무리 고귀한 생명의 기운이라 해도 몸에는 주입할 수 없는 상태가 된 것이다. 말하자면 그릇의 한계에 도달한 셈이다.

이는 1000년의 공력이 쌓인 것으로서 몸에 관한 한 완벽한 경지에 다다른 것이다. 더 이상의 기운은 몸을 떠난 혼령의 영역에 쌓일 수 있을 뿐이다. 그러나 능인과 좌설은 아직 그만한 경지에 이르지 못했기 때문에 선선천(先先天), 즉 몸 이전의 혼령을 개선해야만 했다. 그것은 시간이 걸리는 일이다.

능인과 좌설은 이미 인간의 몸을 초월했고 선인의 경지에 들어섰다. 그러나 아직은 미숙하다. 이는 갓 태어난 어린아이와 같은 상태로, 인간의 몸을 떠났지만 선인의 몸은 성장하지 않은 것이다.

선인의 몸은 비록 물질로 되어 있지만 물질을 초월해 있었다. 따라서 선인의 몸은 임의로 변화할 수 있을 뿐 아니라 공간마저 뛰어넘을 수 있다. 물론 능인과 좌설에게는 아직 어려운 일이다.

단지 씨앗은 갖추어졌기 때문에 세월이 지날수록 향상해 나갈 것이다. 향상의 속도는 각자의 수행에 달려 있다. 훌륭한 인격과 선인의 수련을 성취하게 되면 끝없이 성장할 수 있다. 이제는 이미 자연적인 죽음은 존재하지 않는다.

좌설과 능인은 영생의 몸을 이룩한 것이다. 그러나 아직 난관은 존재한다. 갓 선인이 된 몸은 수많은 시련을 견뎌야 하는 것이다. 자칫하여 발전이 멈춰지면 선인의 몸도 궤멸할 수 있다. 정확히 말해서 이는 몸의 궤멸이라고는 할 수 없다. 영혼의 분산인 것이다.

아무튼 능인과 좌설은 이제 무한히 확장된 세계에 첫발을 들여놓

앉다. 이는 축복이고 인생의 새로운 출발이다.

동굴 속의 광채는 한동안 더 계속되었다. 만일 능인과 좌설이 능력만 더 있다면 이 기운을 더욱 섭취하여 선인의 몸을 키울 수 있다. 그러나 능인과 좌설에게는 그만한 힘이 없었다. 이제 갓 인간의 몸을 떠났을 뿐이다. 동굴 속에 여전히 분출되는 기운이 아까워도 할 수 없는 일이다.

지금 동굴 벽에서 스며 나오는 신비한 광채는 소용없이 넘쳐흐르고 있다. 이는 그림자의 선인의 특별한 배려로서 차제에 인간의 몸을 완전히 초월시키려는 것이다. 능인과 좌설은 대체 어떠한 복이 있기에 이런 천공(天供)을 받을 수 있는 것일까?

인간이 있은 이래 이만한 복을 받은 사람은 없었을 것이다. 그림자의 선인이 공급하는 기운은 끝없는 우주 천계에서도 아주 희귀한 것으로 선인들도 부러워하는 기운인 것이다.

능인과 좌설은 현재 선인으로 새로이 탄생했을 뿐 아니라 아주 건강한 몸을 받은 것이다. 이는 선인으로 출발하는 두 사람의 장래에 커다란 이점(利點)으로 작용할 것이다.

동굴 속의 광채는 약해지고 있었다. 초록색으로 변해 있던 동굴의 벽도 차츰 본연의 빛을 찾아가고 있다. 동굴 속에 가득 찬 안개는 색채가 사라짐에 따라 뿌연 모습으로 변하기 시작했다.

좌설과 능인은 외부의 이러한 변화를 감지하지 못하고 있었다. 좌설과 능인은 자신들의 몸에 충만된 기운을 수습하기에 여념이 없었다. 겉으로의 자세는 벽을 바라보고 평온히 앉아 있는 상태로 외부와는 감각을 차단하고 있다.

이제 동굴 속의 광채는 사라졌고 돌 벽은 검고 칙칙한 모습을 회복했다. 동굴 밖 봉우리 쪽에는 아직 광채가 서려 있었다. 그러나 이 광채도 급격히 강도를 줄여나갔다. 잠깐 사이에 초록색 광채는 자취를 감추었고 적색 광채만 남았다.

그리고 잠시 후 붉은색마저 사라지고 신령한 그림자의 선인의 형체만 어른거렸다. 생명의 향연은 끝이 난 것이다. 그동안의 시간은 영원처럼 길게 느껴졌다. 고휴선은 조용히 무릎을 꿇었다. 그림자의 선인은 일어났다.

"……."

잠깐 침묵이 있고 나서 인자한 음성이 들려왔다.

"고휴, 저들은 이제 인간의 몸을 떠났네."

"예, 신은(神恩)에 감사드리옵니다."

고휴선은 머리를 깊게 조아리며 인사를 올렸다. 다시 그림자 선인의 음성이 이어서 들려왔다.

"이제 정마을로 가야 할 텐데…… 능인이 깨어나려면 며칠은 걸리겠지?"

"예, 능인이 깨어나는 즉시 정마을로 떠나겠사옵니다."

"음, 나는 자네의 뒤를 따라가겠네."

그림자의 선인은 이 말을 남기고 홀연히 사라졌다. 잠시 후 바람이 불기 시작했다. 그동안 바람이 멈추었던 것은 그림자의 선인의 출현 때문이었다. 바람이 불기 시작하자 차츰 안개가 걷히고 봉우리의 모습이 드러나고 있었다.

— 7권에 계속 —

인지
본사
소유

대하소설 주역 ⑥

1판 1쇄 인쇄 1995년 03월 30일
1판 1쇄 발행 1995년 04월 10일
2판 1쇄 발행 2015년 10월 20일
3판 1쇄 발행 2019년 02월 30일
3판 2쇄 발행 2023년 03월 10일

지 은 이 김승호
편집주간 장상태
책임편집 김원석
디 자 인 정은영

펴낸이 김영길
펴낸곳 도서출판 선영사
주 소 서울시 마포구 서교동 485-14 영진상가 지층
TEL (02)338-8231~2 FAX (02)338-8233
E-mail sunyoungsa@hanmail.net

등 록 1983년 6월 29일 (제02-01-51호)

ISBN 978-89-7558-202-8   03810